Martin Güdel

Der Ständerat

**Ein Fall für David Wyss,
Regionalfahndung Burgdorf**

Impressum

Alle Angaben in diesem Buch wurden vom Autor nach bestem Wissen und Gewissen erstellt und von ihm und dem Verlag mit Sorgfalt geprüft. Inhaltliche Fehler sind dennoch nicht auszuschliessen. Daher erfolgen alle Angaben ohne Gewähr. Weder Autor noch Verlag übernehmen Verantwortung für etwaige Unstimmigkeiten.

Alle Rechte vorbehalten, einschliesslich derjenigen des auszugsweisen Abdrucks und der elektronischen Wiedergabe.

©2018 Werd & Weber Verlag AG, Gwattstrasse 144, CH-3645 Thun/Gwatt

Autor: Martin Güdel
Foto Titelbild: Rolf Veraguth, CH-3400 Burgdorf, www.highendscan.ch
Gestaltung Titelbild: Monica Schulthess Zettel, Werd & Weber Verlag AG
Layout: Catherine Schubiger, PT-6150 Sobreira Formosa
Lektorat: Laura Scheidegger, Werd & Weber Verlag AG
Korrektorat: Lars Wyss, Werd & Weber Verlag AG

ISBN 978-3-03818-194-1

www.weberverlag.ch
www.werdverlag.ch

Das Buch

David Wyss ist nicht irgendein Ermittler: Er ist der Polizist, der 2009 auf der Verfolgung eines Doppelmörders mit dem Dienstwagen einen Unfall mit vier Todesopfern verursacht hat. Die Ermittlungen im Mord an einem Historiker und Sammler von alten Spielwaren und Münzen in Konolfingen führen ihn sechs Jahre nach seinem schicksalhaften Tag auf die Fährte eines Ferrarimodells und damit direkt ins Direktionsbüro der Sollberger AG, deren Inhaber nicht nur ein einflussreicher Burgdorfer ist, sondern auch als ambitionierter Politiker für den Einzug in den Ständerat kandidiert. Schnell ahnt Wyss, dass der aktuelle Mord mit dem alten, längst abgeschlossenen Fall in Zusammenhang stehen muss. Die Idee, durch die Lösung des Falls auch sein von schrecklichen Schuldgefühlen gepeinigtes Leben wieder in den Griff zu kriegen, beflügelt ihn ebenso wie die Liebe zu seiner Jugendfreundin Vanessa, deren verstorbener Mann sein Partner und eines der Unfallopfer war. Oder hat der Mord etwa doch mit den Forschungsarbeiten des Opfers zu tun, der in Zusammenarbeit mit der Gurlitt-Taskforce nach verschollener Naziraubkunst gesucht hat?

Der Autor

Martin Güdel, Jahrgang 1966, wuchs in Rüegsauschachen auf und besuchte das Gymnasium in Burgdorf, wo er seit 1990 auch wohnt. Er studierte am Sekundarlehramt Bern die Fächer Deutsch, Französisch und Englisch und unterrichtete anschliessend in Burgdorf und später nach einem Abstecher in andere Berufsfelder in Langenthal. Der vorliegende Roman ist sein Erstlingswerk als Autor.

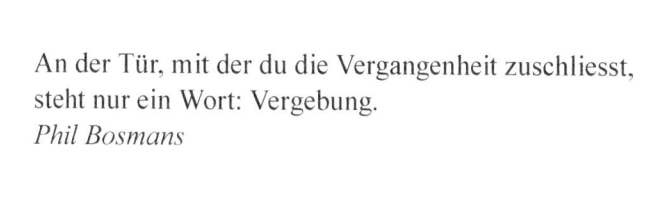

An der Tür, mit der du die Vergangenheit zuschliesst,
steht nur ein Wort: Vergebung.
Phil Bosmans

Prolog – September 2009

Renato Flückigers Hände zitterten, als er den eingeschriebenen Brief öffnete, den ihm der Postbote eben gebracht hatte. Er wusste bereits, was in dem Schreiben des Inkassobüros stehen würde.

Burgdorf, 1. September 2009

Letzte Zahlungsaufforderung vor Betreibungseinleitung

Sehr geehrter Herr Flückiger

Alle unsere Zahlungsaufforderungen betreffend offene Rechnung an Herrn Christian Sollberger sind unerhört geblieben. Wir zeigen Ihnen hiermit an, dass wir als nächsten Schritt die Betreibung gegen Sie einleiten werden ...

Weiter wollte er gar nicht lesen. Wütend zerknüllte er den Papierbogen, warf ihn auf den Boden und schlug mit der Faust auf den Tisch. Diese verfluchte Ungerechtigkeit würde er sich nicht gefallen lassen, schwor er sich und goss sich ein weiteres Trinkglas mit billigem Rotwein voll.

Donnerstag, 8. Oktober 2015

«Scheisse, verfluchte!» Wie immer stand David Wyss am Jahrestag des Unfalls am Grab der Familie, die er zerstört hatte. «Warum?» stand unter den drei Namen auf dem Grabstein. Seit genau sechs Jahren überschattete diese Frage Davids Leben. Er starrte bitter grübelnd vor sich hin und bemerkte kaum die Sonne, die nach dem bisher wolkenverhangenen Tag doch noch zum Vorschein kam, und auch nicht die junge Frau, die zu ihm getreten war und schweigend neben ihm stehen blieb.

«Komm, Dave, wir gehen zu Tom», sagte sie nach einigen Minuten leise und hakte sich bei ihm ein. An einer anderen Ecke des Friedhofs machten sie vor einem Urnengrab halt. Es trug dasselbe Todesdatum wie das Familiengrab vorher. Wyss zitterte leicht und ballte die Fäuste, um sich besser kontrollieren zu können. Er starrte mit verzweifeltem Blick ins Leere. Warum hatte er sich an diesem verhängnisvollen Tag nicht krankgemeldet, wenn er mit seinen Gedanken eh nur bei seinem Vater weilte, der nach einem Schlaganfall im Spital lag? Und wenn er schon trotzdem zur Arbeit gekommen war, warum hatte er nicht wenigstens Tom gebeten, mit dessen Wagen zu fahren? Und warum dieser Traktor? Und der Scheisskerl, den sie verfolgten, wollte sich ja eh bloss die Kugel geben! Morgenthalers und Tom — sie alle waren sinnlos gestorben.

«Es tut mir so leid, Vanessa», stammelte er mühsam.

Sie legte ihren Arm um ihn. Dann legte sie eine Rose auf das Grab und wandte sich zu ihm. Er hielt ihrem ernsten Blick kurz stand, dann schloss er die Augen und strich sich mit Daumen und Zeigefinger die Tränen weg. Ja, es war ein Unfall gewesen, das wusste er, und auch, dass es keines der Opfer zurückbrachte, wenn er sich immer wieder quälte. Man hatte es ihm schon oft genug gesagt.

«Ich vermisse ihn.» Sie versuchte, tapfer zu klingen. «Aber ich will weiterleben, verstehst du? Und du sollst auch weiterleben.»

Nichts war mehr, wie es war. Sie hatte mit Tom ihren Mann verloren und all die Jahre seither mit David auch ihren besten Freund. Er war froh, dass sie einander wieder in die Augen schauen konnten.

«Und ich werde nicht länger zusehen, wie du als Schatten deiner selbst dahin vegetierst.»

«Du hast gut reden, du trägst auch keine Schuld!», entgegnete er barscher als beabsichtigt. Er wusste, dass sie recht hatte. Aber auch er hatte damals alles verloren. Nur gab er sich nicht das Recht, über seinen Verlust zu trauern. Er dachte an die Schulzeit zurück, als er sich in sie verknallt hatte; an Tom, seinen besten Kumpel, den er im Fussballclub kennengelernt und der ihm Vanessa vor der Nase weggeschnappt hatte; mit dem er später nach der Berufslehre die Polizeischule besuchte und dessen Trauzeuge er wurde. Sie waren Partner gewesen, und auch privat ein Team, zusammen mit Vanessa und Maya, seiner Freundin. Und heute? Tom war tot, Maya hatte er zuletzt gesehen, als sie ihm im Spital nach seiner Aufwachphase aus dem Koma mitteilte, sie könne mit seiner Schuld nicht leben, und er, er war mit 35 ein gebrochener Mann; die Einzige, die ihren Mut nicht verloren hatte, war Vanessa, obwohl auch sie lange gebraucht und mit Gott und der Welt gehadert hatte. Er bewunderte sie, und manchmal regte sie ihn auch auf mit ihrem Optimismus und ihrem Willen, ihr Leben wieder in die Hand zu nehmen: Sie hatte es geschafft, ihre Trauer nie in Vorwürfe und Hass gegen ihn umzudrehen. Sie hatte sogar während dem Prozess gegen ihn betont, sie habe keine Wut auf ihn, obwohl sie wisse, dass seine Unachtsamkeit vier Menschen das Leben gekostet hatte. Manchmal wäre es ihm lieber gewesen, sie hätte ihn angeklagt und angeschrien. Wie er selbst es tat, jeden verdammten Tag und jede einsame Nacht.

«Ich hab sie wieder getroffen», sagte sie unvermittelt.

«Noena?», fragte er.

«Ja, Noena. Am Montag. Diesmal ohne ihre Psychologin. Ich war bei ihr zu Hause in Belp.»

«Und?», seine Stimme klang beinahe ängstlich.

«Sie war weniger abweisend, als ich nach meinem ersten Besuch befürchtet hatte», beruhigte sie ihn. «Die Grosseltern hatten ja schon damals gestaunt, dass sie überhaupt bereit war, mit mir zu reden. Ich hab mit ihnen übrigens auch über die Idee mit dem Hund gesprochen. Sie fanden sie interessant und werden die Psychologin fragen. Keine Angst, ich hab ihnen nicht verraten, dass der Vorschlag von dir stammt.»

Sein Handy klingelte.

«Der Chef! Ich muss! Erzähl mir später unbedingt mehr davon. Und: Danke! Ich weiss, ich bin ein Esel. Du hörst von mir.»

Er winkte ihr zu und machte sich auf den Weg, während er den Anruf entgegennahm.

Der Chef kam gleich auf den Punkt:

«Wyss, die Kripo Bern fragt, ob wir einen Mann hätten, der sie in dem Mordfall in Konolfingen unterstützen könne. Ich hab an dich gedacht, ich denke, etwas Tapetenwechsel könnte dir nicht schaden.»

«Vielleicht hast du recht», meinte David. «Ich bin in einer Viertelstunde im Büro.» Er mochte Felix Küng, seinen Chef, der die Regionalfahndung Burgdorf leitete, denn im Gegensatz zu den meisten anderen, die lange einen Bogen um ihn machten, weil sie nicht wussten, wie sie ihm begegnen sollten, hatte Küng ihm nach dem Unfall zwar zuerst massive Vorwürfe gemacht, ihn dann aber über die ganzen Jahre nie aus den Augen gelassen und ihm jede Unterstützung gegeben, damit er im Job wieder Fuss fassen und bei der Polizei bleiben konnte. Er hatte ihn nach seiner Reha eine Weile lang zuerst im Innendienst und als eine Art «Mann für besondere Aufgaben» eingesetzt und dann erst mit kleineren und später auch komplexeren Ermittlungsarbeiten wieder aufgebaut. Wenn er jetzt die Absicht hatte, ihn als Verstärkung zur Kripo ins Dezernat Leib und Leben zu schicken, dann nicht, um ihn loszuwerden, sondern weil er ihm diese Chance geben wollte.

Wyss folgte zu Fuss dem Radweg und ging am Oberstufenzentrum vorbei. Normalerweise hätte sich hier um diese Zeit gerade eine Flut von lärmenden Teenagern auf die Strasse ergossen, aber es waren Schulferien. Der Grund auch für die Unterbesetzung der Kripo. Der Mord in Konolfingen! Die Zeitungen hatten in den letzten Tagen ausführlich berichtet und eine Spekulation hatte die vorhergehende abgelöst. Die Polizei war nicht eben gut weggekommen. Er war gespannt, was ihn erwarten würde.

«Hoppla!», lachte David, als ihm zwei Jungs auf nur einem Velo fast über die Füsse fuhren. «Wie war das schon wieder mit dem Mitfahren auf dem Gepäckträger?»

«Tschuldigung», rief der vordere und kleinere der beiden schuldbewusst, riss den Lenker herum, verlor das Gleichgewicht und stürzte mitsamt seiner Fracht aufs Trottoir.

«Gott straft sofort», meinte Wyss, verkniff sich ein Grinsen und half dem Jungen beim Aufstehen.

«Mein Vater sagt, das sei nicht so, und er muss es wissen, er ist Pastor!», entgegnete der Kleine ernsthaft und rieb sich die Knie. Dann fügte er hinzu: «Aber mit den Konsequenzen seines Handelns müsse man leben.»

«Ein kluger Mann, dein Vater», sagte der Polizist.

Ein weiteres Fahrrad näherte sich vom Pausenplatz her. Es war Geri Felder, einer der Lehrer der Oberstufe, der wohl auch während seiner «unterrichtsfreien Zeit» im Schulhaus zu tun hatte.

«Grüessech Herr Felder», krähten die beiden Jungs im Chor.

«Pascal Schenk und Timo Hofer», rief der Lehrer amüsiert. «Was habt denn ihr ausgefressen, dass ein Polizist euch befragt?» Er zwinkerte Wyss zu. Die beiden Männer kannten sich. Sie waren sich vor einigen Jahren zum ersten Mal begegnet, als sie aufgrund von Wyss' Tätigkeit als Jugendsachbearbeiter miteinander zu tun hatten, weil einer von Felders Neuntklässlern straffällig geworden war.

«Sie sind ein Polizist?», fragte der Kleine etwas erschrocken und schaute Wyss, der in hellgrauen Jeans, schwarzem T-Shirt und einer blauen, leichten Baumwoll-Jacke vor ihm stand, skeptisch an. «Sie tragen ja gar keine Uniform.» Und mit aufkeimender Hoffnung fügte er hinzu: «Vielleicht sind Sie ja gar nicht im Dienst?»

«Herr Wyss ist ein Fahnder», klärte der Lehrer die beiden Jungen auf. «Die arbeiten in Zivil.»

«Ihr wisst schon, weshalb es verboten ist, zu zweit auf einem Fahrrad unterwegs zu sein?», fragte Wyss und schaute die beiden an.

«Weil's zu gefährlich ist?», fragte Timo.

«Genau. Ihr habt's ja grad am eigenen Leib erfahren. Wärt ihr vor ein Auto geraten, dann wär's wohl nicht so glimpflich gelaufen.»

«Und jetzt?», fragte Pascal kleinlaut.

«Jetzt macht ihr, dass ihr fortkommt und den Rest der Ferien geniesst, ihr Bengel. Vielleicht lässt sich ja euer Lehrer eine nette Strafe für euch einfallen.»

Die beiden Jungs trollten sich erleichtert von dannen, Felder blickte auf die Uhr und meinte, er müsse sich beeilen, sonst komme er zu spät zum Klavierunterricht, und verabschiedete sich. Soso, dachte Wyss, Pascal Schenk, der kleine Sohn des Pastors der Freikirche neben der Migros. Vanessa hatte dort Freunde und neuen Halt gefunden. Er wurde wieder nachdenklich. Der Junge mochte recht haben, Gott strafte nicht sofort, sonst hätte er ihn damals gleich mitsterben lassen. In seinem Fall war es rechtlich nicht einmal zu einer Strafe gekommen, der Richter hatte ihn freigesprochen. Aber er hätte jede Strafe akzeptiert, wenn er dadurch seine Schuld losgeworden wäre. Gott strafte nicht sofort, er strafte langsam, indem er ihn hatte leben lassen.

Zehn Minuten später traf er auf der Wache an der Dunantstrasse ein, ging in den ersten Stock und öffnete die Tür zum Büro seines Chefs.

«Da bist du ja», begrüsste ihn Küng. Er sass hinter seinem Schreibtisch, auf dem dutzende von Akten nach einem seltsamen System, das nur ihm vertraut war, scheinbar wild verteilt herumlagen. Wie immer trug er ein etwas zu knappes Hemd, sein wohlgenährter Bauch spannte den Stoff zwischen den Knöpfen auseinander und liess sein weisses Unterhemd in kleinen Rautenformen durchblitzen. Die kleinen «Renault-Logos» waren eine Art Markenzeichen, und niemand war sicher, ob Küng nicht wusste, dass seine Kollegen darüber Witze machten.

«Honegger vom Dezernat Leib und Leben hat mich gefragt, ob ich ihm jemanden für seine Ermittlungen nach Konolfingen schicken könne. Gerber von der Kripo ist mit einigen Leuten an dem Fall dran, und du würdest ihn unterstützen. Er ist ein guter Mann, Wyss, auch wenn ihr euch damals nicht besonders gut verstanden habt. Ich bin sicher, du kannst ihm eine Hilfe sein.»

«Hast du nähere Infos zum Fall?»

«Nicht wesentlich mehr, als was in der Presse zu lesen war. Das Opfer heisst Samuel Dürrenmatt, er war Dozent für Schweizer Geschichte an der Uni Bern, arbeitete Mitte 90er-Jahre als renommierter wissenschaftlicher Mitarbeiter für die Bergier-Kommission und hilft seit zwei Jahren der sogenannten Gurlitt-Taskforce, die Herkunft der Bilder aus der Sammlung des Münchner Kunsthändlers Cornelius Gurlitt zu klären, die momentan in aller Munde ist; und nebenbei war er offensichtlich ein leidenschaftlicher Sammler. Spielzeuge und Münzen. Seine Putzfrau hat ihn tot aufgefunden. Erschossen.»

«Ein Raubmord?»

«Einiges ist unklar. Es scheint, als habe das Opfer den Täter selbst ins Haus gelassen, es gab keine Einbruchspuren. Es wurden eine ganze Anzahl Münzen aus seiner Sammlung gestohlen, einige darunter waren ziemlich wertvoll.»

«Wann und wo erwartet mich Gerber?»

«Er holt dich gleich ab, er möchte unbedingt heute nochmal an den Tatort. Er wird dich über alles ins Bild setzen. Alles okay mit dir, David?»

Küng kam hinter seinem Schreibtisch hervor und bot Wyss einen Stuhl an, während er die Bürotür zuzog.

«Du warst am Grab, nicht wahr?», fragte er beinahe behutsam.

«Es geht schon wieder, Chef», murmelte Wyss etwas verlegen, als er Küngs sorgenvolles Gesicht sah.

«Du hast Schreckliches durchgemacht», sagte Küng und setzte sich auch hin. «Die Zeit heilt keine Wunden?» Es war weniger eine Frage als eine Feststellung.

«Nein, das ist Blödsinn», seufzte Wyss. «Sie lässt vielleicht Gras über die Geschichte wachsen. Aber die Rasenmäher sind allgegenwärtig.»

Küng rieb sich seine Glatze und kratzte in seinem grauen Bart. «Ich glaube an dich! Du warst ein toller Fahnder und hast deine Arbeit in den letzten Jahren gut erledigt. Ich weiss, dass du immer noch das Zeug dazu hast. Pack die Chance und zeig dem Gerber, dass du's drauf hast, verstanden?»

David starrte mit leicht zusammengekniffenen Augen die gegenüberliegende Wand an und dachte nach. Er war immer gerne bei der Fahndung gewesen, hatte grosse Pläne gehabt. Damals. Dann war alles anders gekommen. Dieser Fall würde möglicherweise richtungsweisend für ihn sein: Abwechslung vom normalen Job hier oder doch vielleicht ein Neuanfang? Er atmete tief durch und nickte einige Male still vor sich hin.

«Ja, das mach ich!», sagte er dann entschlossen und erhob sich. «Danke, Felix.»

***

Als Silas Gerber um halb drei kam, um ihn abzuholen, war Wyss gespannt auf ihre erste Begegnung seit Jahren. Sie kannten einander von verschiedenen gemeinsamen Einsätzen, waren aber ein paarmal aneinandergeraten, weil Wyss mit Gerbers zum Teil sonderbaren Humor nicht wirklich zurechtkam.

«Hey Wyss! Dein Chef meint, du seist alles, was er an Unterstützung anzubieten habe», begrüsste ihn Gerber, die Zigarette im Mundwinkel.

«Du mich auch!», knurrte Wyss, sah dann aber, dass Gerber ihn angrinste.

«Keine Angst, Küng hat dich wärmstens empfohlen. Und ich kann wirklich jeden Mann gebrauchen. Wollen wir?»

«Ich bin bereit», sagte Wyss schon etwas besser gelaunt.

«Okay», meinte Gerber, «aber ich fahre!»

«Arschloch», lachte Wyss bitter und Gerber klopfte ihm versöhnlich auf die Schulter.

Während der rund dreissigminütigen Fahrt liess er sich von Gerber die wichtigsten Eckpunkte des Falls darlegen: Samuel Dürrenmatt war am Abend des 3. oder am frühen Morgen des 4. Oktober in seiner Wohnung mit einer Pistole des Kalibers 9 mm erschossen worden. Der Täter hatte zahlreiche Goldmünzen im Wert mehrerer zehntausend Franken mitgehen lassen. Keine Fingerabdrücke, keine sonstigen Spuren. Seine geschiedene Frau und sein Sohn waren bereits am 4. Oktober vernommen worden, am Tag darauf auch der Vorgesetzte des Opfers an der Universität Bern. Es gab keine Verdachtsmomente, weder innerhalb der Familie noch am Arbeitsplatz, wenn man den besagten Aussagen Glauben schenkte.

«Ziemlich dürftig», sagte Wyss nachdenklich.

«Scheisse, ja doch», antwortete Gerber genervt. «Deswegen sitzt mir ja Honegger derart im Nacken. Er will endlich Resultate sehen.»

Sie erreichten Konolfingen. Dürrenmatts Haus war eines der hintersten in einem ruhigen Strässchen im oberen Teil des Dorfes. Sie wurden bereits von Frau Hertig, die bei Dürrenmatt zweimal die Woche geputzt hatte, erwartet.

«Haben Sie den Mörder gefunden?», wollte sie sogleich wissen. «Herr Dürrenmatt war ein so herzensguter Mensch!»

Die Frau schien noch immer fassungslos zu sein über das, was mit ihrem Arbeitgeber geschehen war. Sie traten ein und Gerber ging voran in Dürrenmatts Büro, das von der Spurensicherung bereits wieder freigegeben worden war. Ein alter, schwerer Schreibtisch dominierte den Raum, einige Vitrinen mit altem Spielzeug hingen an den Wänden. Alles sah ordentlich aufgeräumt aus. Allerdings war da auch der grosse dunkle Fleck auf dem Teppich neben dem Schreibtisch.

Gerber bat Frau Hertig, noch einmal genau zu überlegen.

«Am Tag, als Sie Dürrenmatt gefunden haben…», die Frau begann zu weinen, «Frau Hertig, ist Ihnen noch etwas in den Sinn gekommen, von dem Sie mir damals nicht berichtet haben?»

«Ich habe Ihnen alles erzählt, was ich weiss», schluchzte sie. Wyss schob ihr einen Stuhl hin, damit sie sich setzen konnte. Langsam beruhigte sie sich. «Als ich an diesem Morgen die Tür aufschliessen wollte, fand ich sie unverschlossen, und das kam mir merkwürdig vor. Ich rief

Hallo, weil ich dachte, Herr Dürrenmatt sei vielleicht zu Hause geblieben. Dann betrat ich das Büro und fand ihn am Boden. Genau hier neben dem Schreibtisch.» Sie begann wieder zu weinen. «Ich habe sofort gesehen, dass er tot war und da war überall Blut. Dann habe ich die Polizei angerufen und draussen gewartet.»

«Haben Sie schon lange für Herrn Dürrenmatt gearbeitet?», fragte Wyss nun.

«Ja, seit seine Frau ihn verlassen hat. Etwa vor fünf oder sechs Jahren. Er brauchte jemand, der hinter ihm aufräumte. Aber er war immer nett zu mir.»

«Haben Sie auch zu seinen Sammelobjekten geschaut?»

«Oh nein, die waren tabu. Nur die Scheiben der Vitrinen, die habe ich regelmässig gereinigt.»

«Wann haben Sie Herrn Dürrenmatt zum letzten Mal gesehen?»

«Das war Mitte letzte Woche, ich war immer Donnerstag und Montag hier. Oh, da fällt mir ein: Er war letzte Woche ganz aufgebracht. Ich fragte ihn, ob etwas vorgefallen sei, und er sagte, er sei enttäuscht, weil er eine Münze, die er besonders gerne gehabt hätte, nicht kaufen konnte.»

«Eine Münze?», fragte Gerber.

«Ja, er sagte, er habe schon seit Jahren nach dieser Münze gesucht, und jetzt, wo er sie endlich gefunden habe, könne er sie nicht kriegen.»

«Wissen Sie, um was für eine Münze es ging und wo er sie kaufen wollte?»

«Nein, tut mir leid, mehr weiss ich nicht.»

Gerber bedankte sich bei der Frau und brachte sie hinaus.

«Immerhin ein neuer Anhaltspunkt», meinte Wyss, als Gerber wieder ins Büro zurückkam.

«Schau mal!», sagte Gerber und öffnete die Tür zum Nebenraum. Im Gegensatz zum Büro war dieses Zimmer vollständig mit Regalen zugestellt. In den einen standen hunderte von nummerierten Kisten und Schachteln, in den anderen Schatullen und Alben. Dies war das Reich des Sammlers, in dem er alle seine Schätze gehütet hatte.

«Wahnsinn!», staunte Wyss. «Und was geschieht jetzt mit all diesem Zeug?»

«Dürrenmatts Sohn wird sich die Sache anschauen und wohl das Meiste zu verkaufen versuchen. Es gibt einen recht grossen Markt für solche Sammelobjekte.»

«Für wertvolle Münzen ohnehin», meinte Wyss.

«Offensichtlich sind sämtliche rund zwei Dutzend Goldmünzen weg. Die meisten werden auf je einige tausend Franken beziffert, ein paar auch auf mehr», antwortete Gerber. «Hier ist der Tresor, in dem er sie aufbewahrt hat.» Er deutete auf einen kleinen eingemauerten Panzerschrank, dessen Türe offenstand. «Das Schloss ist unbeschädigt, der Schlüssel steckt. Ein Spezialist der Versicherung hat uns bereits eine Liste der fehlenden Münzen zugestellt. Aber das teuerste Objekt hat der Täter nicht mitgenommen. Schau hier!» Er führte Wyss zurück ins Büro zu einer Vitrine rechts neben dem Schreibtisch.

«Was, dieses Spielzeugauto?», fragte Wyss ungläubig.

«Nicht irgendein Spielzeugauto. Es ist ein Dinky Toys Ferrari 23 J im Massstab 1:43 aus dem Jahre 1956, irgendeine besonders seltene Version davon. Der Sammlerwert beträgt wohl weit über zehntausend Schweizerfranken.»

Wyss pfiff durch die Zähne und grinste. «Nicht schlecht! Teurer als jeder Occasion, den ich jemals hatte!» Er zückte sein Smartphone und machte einige Fotos des kleinen Fahrzeugs und der daneben liegenden Originalverpackung.

«Mit einem Ferrari hättest du die Verfolgungsjagd damals vielleicht gewonnen», neckte Gerber, erkannte aber sofort am grimmigen Blick, den Wyss ihm zuwarf, dass der vermeintliche Witz nicht gut angekommen war.

«Sorry, du brauchst nicht gleich einzuschnappen», meinte er kleinlaut. «Wir müssen dieser Münze auf die Spur kommen, die er kaufen wollte», wechselte er das Thema. «Vielleicht finden wir auf Dürrenmatts PC einen Hinweis. Die Spurensicherung hat ihn mitgenommen. Ich werde gleich morgen früh bei denen ansaugen.»

«Das Projektil?», fragte Wyss.

«Passt zu keiner Waffe, die bei uns im Zusammenhang mit einer anderen Straftat registriert ist», antwortete Gerber.

Wieder draussen steckte sich Gerber eine Zigarette an und bot Wyss an, ihn nach Burgdorf zurückzufahren, aber der lehnte ab. Er musste nachdenken und dazu wollte er allein sein. Dass er dies im Zug um diese Zeit nicht sein würde, war ihm klar, aber im Abteil mit einigen unbekannten Gesichtern um sich war es doch einfacher als auf dem Beifahrersitz neben Gerber mit seinen zweifelhaften Sprüchen. So nahm er sich unterwegs die Akte vor, die ihm Küng ausgedruckt hatte. Dürrenmatt war sechsundfünfzig und über zwei Jahrzehnte am Historischen Institut der Uni Bern tätig gewesen. Seine geschiedene Frau wohnte mittlerweile in Rüegsauschachen. Wyss schaute aus dem Fenster. Er erkannte die Mazda-Garage in Gomerkinden, griff zum Handy und wählte Frau Dürrenmatts Nummer. Drei Minuten später stieg er in Hasle-Rüegsau aus und klingelte wenig später an der Tür eines schmucken kleinen Einfamilienhauses in der Nähe des Fussballplatzes.

«Sie klingen nicht, als ob Sie in Ihren Ermittlungen wesentlich vorangekommen wären», sagte Esther Dürrenmatt, nachdem sich Wyss vorgestellt und sie sich gesetzt hatten.

«Sie haben recht», erklärte er. «Ich weiss, dass Sie meinen Kollegen bereits Rede und Antwort gestanden haben. Trotzdem bin ich froh, wenn ich Ihnen auch noch einige Fragen stellen darf.»

«Das dürfen Sie.» Sie nickte ihm zu.

«Wie viel wissen Sie über die Sammelleidenschaft ihres Ex-Mannes?» Sie zuckte mit den Schultern.

«Nicht viel. Eigentlich nichts. Spielzeug und Münzen.» Sie schwieg einen Augenblick. «Wissen Sie, Samuels Sammlung war mit ein Grund für das Scheitern unserer Ehe. Er war ein Bücherwurm, ständig mit seinen Forschungen beschäftigt. Und wenn er einmal nicht am Lesen war, dann beschäftigte er sich mit seinen Sammlerstücken. Es klingt hart, aber er war ein Langweiler.»

«Wussten viele Leute vom Wert seiner Sammlung?», fragte Wyss.

«Das kann ich mir kaum vorstellen.» Sie dachte nach. «Ich hatte ja selbst keine Ahnung, dass er so kostbare Stücke besass. Und mindestens einige davon hatte er schon, als wir noch verheiratet waren.»

«Können Sie sich vorstellen, dass er Feinde hatte?»

«Samuel? Feinde? Ich weiss nicht.»

«Vielleicht am Institut?»

«Bestimmt gab's da manchmal Konkurrenzkampf», überlegte sie. «Es ging ja um Forschungsgelder, und darum, wer sie kriegt. Er war gut in seinem Job.»

«Denken Sie, es wäre möglich, dass er bei seinen Forschungen auf etwas gestossen sein könnte, das...»

Sie schüttelte den Kopf. «Es ist Jahre her, seit wir zum letzten Mal über seine Arbeit gesprochen haben. Da müssten Sie die Leute an der Uni fragen.»

Eine Viertelstunde später sass er bereits wieder in der S44 Richtung Burgdorf. Er steckte sich die Ohrhörer seines Smartphones in die Ohren und machte die Musik an. *«Please don't stop the rain»*, sang James Morrison. Dabei hatte es seit dem Nachmittag gar nicht mehr geregnet. Er zog den Brief aus der Innentasche seiner Jacke, den er heute von den Eltern des Bauernjungen erhalten hatte, und las ihn noch einmal durch. Immerhin er hatte überlebt. *«We can pray for sunny weather but that won't stop the rain.»* Alles Beten für besseres Wetter hatte den Sturm und Regen in seinem Innern bisher nicht gestoppt. Es war das Leben des Jungen gegen drei andere gewesen, aber diese Überlegung hatte er sich logischerweise nicht gemacht, als er das Steuer reflexartig herumriss. Er schloss die Augen und war mit seinem zivilen Dienstwagen unterwegs, mit Blaulicht und Sirene. Scheissflückiger, der Kerl raste wie der Teufel im blauen Passat des Betreibungsbeamten beim «Rösslikreisel» um die Ecke, er hinterher, Tom schaute etwas besorgt zu ihm herüber. Sekunden später überquerten sie die Emme und jagten dann mit 140 Sachen am Siechenhaus vorbei, das den Stadtrand markierte. In der S-Kurve über dem Eisenbahntunnel quietschten die Reifen bedenklich, danach ging es im Höllentempo an ein paar Weilern vorbei weiter Richtung Wynigen. Da war sie wieder, die Verfolgungsjagd, die sein Leben für immer verändert hatte. Die kurz nach Wynigen ein furchtbares Ende gefunden hatte, als der Junge mit dem Traktor nach der Kurve von rechts in die Landstrasse bog.

Die Musik hörte abrupt auf, als jemand ihn anrief. Es war Küng. Wyss ging ran.

«Und, wie sieht's aus?», hörte er seinen Chef fragen.

«Gerber ist in Ordnung», sagte Wyss, «und wir haben möglicherweise eine neue Spur. Dürrenmatt wollte wohl kurz vor seinem Tod eine Münze kaufen, was aber nicht klappte und worüber er sich mächtig aufregte. Gerber versucht morgen, ob sich auf Dürrenmatts PC was finden lässt.»

«Und sonst?»

«Ich war eben noch bei der Frau des Opfers. Ich glaube nicht, dass sie etwas mit der Ermordung ihres Ex-Mannes zu tun hat.»

«Was hätte sie auch davon. Ihr Sohn ist Alleinerbe.»

«Weisst du, ob schon jemand sich an der Uni betreffend Dürrenmatts aktuelle Forschungsarbeiten schlau gemacht hat?»

Küng klang plötzlich interessiert. «Du meinst, er sei vielleicht auf irgendetwas gestossen, das niemand wissen sollte?»

«Könnte ja sein. Oder ein Neider, der ihm den Erfolg missgönnt hat. Mindestens in Betracht ziehen müssen wir's», entgegnete Wyss.

«Hat dir Gerber den Ferrari gezeigt?»

«Du weisst von dem Modellauto?» Wyss war verdutzt.

«Ich bin dein Chef, ich weiss alles», lachte Küng. «Und ich weiss, warum ich wollte, dass du an diesen Fall rangehst.»

«Wie meinst du das?»

«Du weisst es nicht?»

«Ich weiss was nicht?», fragte Wyss.

«Du weisst es tatsächlich nicht.»

«Kannst du mir vielleicht sagen, worum es geht?» Wyss war genervt.

«Schöne Hinech, David», sagte Küng. «Komm morgen rasch im Büro vorbei, bevor du nach Bern fährst.»

«Was ist jetzt mit...» Aber Küng hatte bereits aufgehängt und Wyss starrte ungläubig auf sein Telefon. «Was war das denn?», murmelte er und war einmal mehr erstaunt über seinen Vorgesetzten.

Auf dem Weg vom Hauptbahnhof nach Hause holte er sich an der Take-away-Ecke in der Migros ein halbes Poulet und einen Weissbrot-Krustenkranz. Er war nicht der Gourmet, wie sie unter den Ermittlern in den Krimis der letzten Jahre wie Pilze aus dem Boden schossen. Die einen konnten kochen wie Gott in Frankreich und die anderen leisteten sich jeden Abend im Restaurant ein Essen, das den Budgetrahmen eines Schweizer Polizisten bei weitem gesprengt hätte. Bei ihm hatte die Kochschule immerhin so viel gebracht, dass es zum Überleben reichte. Aber heute hatte er keine Energie. Poulet, einen halben Salat kleinschneiden und mit Fertigsauce anrühren, dazu Brot und ein Glas Hahnenburger und den Rest des Rotweins von gestern, das war sein Plan. Und vor den Fernseher sitzen, um die letzten Folgen seiner Lieblingsserien nachzuschauen. Das würde ihm helfen, seine Einsamkeit zu verdrängen.

***

Es war halb zwei Uhr morgens, David Wyss lag schweissüberströmt im Bett.

«Scheisstraum», fluchte er leise und knipste das Licht seiner Nachttischlampe an. Er hatte wieder seinen Albtraum gehabt, wie fast jede Nacht seit dem Unfall. Nur dass Flückiger diesmal vor dem Losfahren zuerst eine Goldmünze in einen Schlitz am Auto einwarf und sich der dunkelblaue Passat in einen alten roten Ferrari verwandelte. Und auf dem Gepäckträger sass Pascal Schenk und winkte. Wie immer endete der Traum mit dem Einbiegen des Traktors auf die Landstrasse und mit Toms Schrei «Pass auf!» und dem Bewusstsein, dass es gleich krachen würde. Dies war auch immer der Moment, in dem Wyss in Panik hochschreckte und feststellen musste, dass der Unfall zwar ein Traum war, aber doch in Wirklichkeit stattgefunden hatte. An Weiterschlafen war nicht zu denken.

Nachts war's besonders schlimm. Tagsüber war er meistens abgelenkt genug, aber abends, wenn er allein war, wenn die Gedanken ins Kreisen kamen, hielt er es kaum mit sich aus. In wildem Wechselspiel trieb die Erinnerung an seine Schuld ihn um wie einen rastlosen, sich am viel zu kleinen Käfig wund reibenden Tiger, oder sie lähmte ihn mit ihrem Gift zu einem willenlosen Haufen Selbstmitleid. Und nachts, wenn er erschöpft in einen unruhigen Schlaf gestürzt war, umklammerte sie mit eiskalten Fingern sein heftig schlagendes Herz und erstickte seine nach Erlösung dürstende Seele mit dem klebrigen Schleim der Verdammnis.

Er hörte Stimmen im Treppenhaus. Das alte Haus in der Burgdorfer Oberstadt war alles andere als schalldicht gebaut. Roxy vom ersten Stock links verabschiedete ihren letzten Gast. Sie bot in ihrer Wohnung männlicher Kundschaft ihre Dienste an, ganz diskret, nicht wie die Frauen in der lärmigen Kontaktbar weiter vorne in der Gasse.

Wyss und Denise, wie sie mit richtigem Namen hiess, kannten sich schon lange. Er hatte nach seiner Genesung ein paar Mal in ihren Armen Trost gesucht und sie wusste um die Geschichte seines Unfalls, allerdings hatte er bald eingesehen, dass die vermeintliche Vertrautheit nach dem Ablaufen der gebuchten Zeit und spätestens eine Viertelstunde vor dem Erscheinen des nächsten Gastes jeweils vorbei war. Aber sie mochte den Polizisten und betrachtete ihn als eine Art Beschützer. Die meisten ihrer Freier hatten keine Ahnung, dass nur ein paar Meter Roxys Liebesnest von der Wohnung eines Gesetzeshüters trennten. Aber sie war schon mehr als einen renitenten Typen losgeworden, indem sie ihm mit dem Kripo-Beamten im Haus drohte.

David ging in die Küche, trank ein Glas Wasser und legte sich wieder ins Bett. Scheissschlaf, dachte er und erinnerte sich an die Worte seiner Psychologin: «Wenn Sie wach liegen, dann ist es wichtig, dass Sie sich nicht aufregen, sondern sich trotzdem entspannen. Der Körper erholt sich erstaunlich gut, auch wenn wir nicht schlafen.» Ich reg mich nicht auf, fluchte er innerlich, ich möchte nur verdammt nochmal schlafen und nicht diesen immer wiederkehrenden Gedanken nachhängen. Noena, dachte er, Vanessa war am Montag bei ihr gewesen, in Belp, bei ihr und ihren Grosseltern. Er hatte vor ein paar Monaten ihren Facebook-Account besucht und war erschrocken, als er ihre einerseits überdrehten und andererseits abgelöschten Fotos gesehen hatte. Ihr trauriger Blick hatte ihn durchbohrt und seiner Schuld ein Gesicht gegeben. War es ein Zufall gewesen, dass Vanessa ihn am selben Abend zum ersten Mal seit langem angerufen hatte, weil sie ihn treffen wollte? Sie hatte verändert geklungen, positiv verändert. Seit da war ihr Kontakt nicht mehr abgerissen. Noena. Vanessa war auf seinen Vorschlag hin mit den Grosseltern, die sich von den Gerichtsverhandlungen her an sie erinnerten, in Verbindung getreten, hatte sich nach Noena erkundigt und sie gefragt, was sie von der Idee hielten, wenn sie mit ihrer Enkelin Kontakt aufnehmen würde. Vielleicht könnte es ihr helfen, mit ihr, die beim gleichen Unfall einen geliebten Menschen verloren habe, zu sprechen. Die Grosseltern waren nach Rücksprache mit Noenas Psychologin einverstanden gewesen, und nach einem Gespräch zu viert unter Erwachsenen hatte die Psychologin Noena ermutigt, eine Begegnung mit dieser jungen Frau zu wagen, in deren Leben am selben Tag, am selben Ort und beim selben Unglück eine so ähnliche, schicksalhafte Wendung eingetreten war. Das erste Mal hatten sie sich in der Praxis der Therapeutin getroffen und Vanessa war betreten gewesen, wie das Mädchen litt und seine Umgebung mitleiden liess. Noena hatte sich geritzt, verschloss sich, tat bockig, begehrte auf. Aber war das nicht normal? Sie hatte als Neunjährige ihre Eltern und ihre Schwester verloren, steckte jetzt mitten in der Pubertät und wohnte bei ihren restlos überforderten Grosseltern, die Wyss damals vor Gericht am liebsten an die Gurgel gegangen wären. Was Vanessa sowohl ihnen als auch Noena noch verschwiegen hatte, war, dass er, David, hinter der Idee dieser Kontaktaufnahme steckte. Scheisse, dachte er. Wie werden sie reagieren, wenn sie's erfahren? Hoffentlich hatten Vanessa und er sich da nicht zu viel vorgenommen. Aber wenn jemand helfen konnte, dann war sie es. Sie hatte neuen Mut gefasst, und irgendetwas liess ihn hoffen, dass ihr neuer Mut vielleicht auch auf Noena abfärben würde. Und vielleicht ja auch auf ihn. Neuer Mut. Den konnte er brauchen.

Der Brief! Er knipste die Lampe an und griff nach dem Umschlag auf dem Nachttisch.

Lieber Herr Wyss,

Wir denken gerade in diesen Tagen oft an Sie. Es ist sechs Jahre her, seit dem tragischen Unfall. Manuel geht es gut, er ist momentan in der Rekrutenschule. Wir sind dankbar, dass seine Panikattacken seltener geworden sind. Das Gespräch mit Ihnen, als Sie ihm versicherten, dass er keine Schuld am Unfall habe, hat ihm viel geholfen. Danke! Stellen Sie sich vor, im Militär lernt er jetzt Lastwagenfahren, nachdem er sich jahrelang nie mehr ans Steuer eines Traktors gewagt hatte!
Wir wünschen Ihnen viel Kraft und Gottes Segen. Mögen auch Sie jemanden finden, der Sie von Ihrer Schuld freispricht.

Anna und Werner Bürki

David schaltete das Licht aus. Der Brief tat ihm gut. Er nahm sich vor, am nächsten Tag bei Bürkis nach der Feldpostadresse ihres Sohnes zu fragen. Und er wollte Vanessa davon erzählen. Über diesen versöhnlichen Gedanken schlief er endlich wieder ein.

Freitag, 9. Oktober 2015

«Zimmerservice!» Küng betrat mit zwei Tassen wohlriechendem Kaffee sein Büro, wo Wyss bereits am Besprechungstisch sass und gebannt eine alte Akte studierte, die ihm sein Chef am Vorabend hingelegt hatte. Nachdem sein Smartphone ihn um halb sechs geweckt hatte, war er auf seine morgendliche Joggingrunde gegangen. Er liebte es, so früh unterwegs zu sein. Vor dem Sonnenaufgang allein seine Runde zu drehen war eine andere Art Einsamkeit als die am Abend in der kleinen Wohnung. Wie immer rannte er von der Oberstadt Richtung südwestlicher Stadtrand am Bahnhof Steinhof und später am Friedhof vorbei und dann dem Spazierweg durch die Felder entlang. In der Morgendämmerung erkannte er bereits die Jurakette vor sich. Beim Bauernhof im Meienmoos drehte er ab und machte kehrt, wieder der Stadt entgegen. Burgdorf: Da lag es vor ihm mit seinem schlanken Kirchturm und seinem stattlichen Schloss, zu gross für ein Dorf, zu klein für eine Stadt, ein Provinznest einerseits, das darum kämpfte, nicht in die Bedeutungslosigkeit zu versinken, ein traditionelles Kleinstädtlein andererseits mit stolzer Zähringervergangenheit und einigen durchaus illustren Gross- und Kleinbetrieben, verkehrstechnisch optimal gelegen am Tor zum Emmental und bloss einen Katzensprung von Bern entfernt. Wyss lebte gerne hier, obwohl ihm die Vertrautheit mit den Dorfleuten manchmal bedrohlich vorkam: Man kannte ihn und seinen Unfall; dann war er jeweils froh, in die vermeintliche Anonymität eines Stadtmenschen abtauchen zu können. Nachdem er zurückgekehrt war und sich frisch gemacht hatte, fuhr er mit dem Velo zur Polizeiwache in der Neumatt. Früher, als sich der Polizeiposten noch in der Nähe des Bahnhofs befand, war sein Arbeitsweg wesentlich kürzer gewesen, aber er mochte die neue Situation ganz gut: Die Burgdorfer Wache galt als die modernste des Kantons, wenn nicht der Schweiz. Dies begann bei den Stehpulten, die Wyss sehr zu schätzen lernte, als er nach seiner langen, verletzungsbedingten Pause die Arbeit langsam wieder aufnahm, und hörte bei der Nespressomaschine im Pausenraum auf, die in angenehmem Kontrast stand zu den Kaffeeautomaten in einigen der gängigen Krimiserien, die bloss eine schwer zu definierende Brühe in Plastikbechern ausspuckten.

«Dürrenmatts Ferrari könnte tatsächlich derselbe sein wie der, den Flückiger damals dem Sollberger geklaut hat», sagte Wyss ganz aufgeregt zu seinem Chef. «Ich hab vorhin rasch gegoogelt. Dürrenmatts Wagen ist dem Ferrari 500 nachempfunden, das Modell 23 J von Dinky Toys Frankreich. Er ist an und für sich nicht selten, aber sein Modell hat rot lackierte Felgen und die Nummer 5 ist weiss, genau wie auf dem Foto in den Akten zum Fall Flückiger. Gemäss Internet kam dieses Modell so nie auf den Markt, obwohl das Bild auf der Verpackung den Wagen genau so zeigt. Es heisst, es sei kein einziges Exemplar bekannt. Ich kann nicht glauben, dass wir plötzlich gerade auf zwei davon gestossen sein sollen.»

«Wer weiss!», entgegnete Küng, setzte sich Wyss gegenüber, trank einen Schluck Kaffee und beobachtete ihn, wie er beinahe fiebrig in der Akte blätterte. «Du siehst aus, als hätte jemand ein Licht angeknipst», lachte er.

«Ich hatte ja damals mit dem Fall gar nichts zu tun, bis...» Wyss zögerte. Tom und er waren damals nach der Einvernahme eines Mannes auf dem Rückweg von der Justizvollzugsanstalt Thorberg, als der Notruf sie erreichte, ein flüchtiger Mörder sei in einem dunkelblauen Passat unterwegs Richtung Burgdorf. Tom setzte schon einmal das Blaulicht aufs Dach, aber es war wirklich purer Zufall, dass Flückiger genau dann vor ihnen auf der Hauptstrasse vorbeifuhr, als sie sich auf der Höhe des Parkhauses der Kreuzung näherten. Logisch, dass sie dann mit Sirene die Verfolgung aufnahmen und sich an seine Fersen hefteten. Und nach dem Unfall spielte eh alles keine Rolle mehr. Als er aus dem Koma aufwachte, war die Akte geschlossen und er hatte andere Sorgen, als sich nachträglich darüber Gedanken zu machen, was Flückiger zu seinem Doppelmord getrieben hatte.

Wyss schüttelte den Kopf und schaute Küng an. «Was macht dieser Ferrari in Dürrenmatts Sammlung? Denkst du, es gibt eine Verbindung?»

«Die Frage ist nicht, was ich denke, sondern ob es diese Verbindung wirklich gibt.»

«Und?»

«Und ob du bereit bist, Antworten zu suchen, wo du vielleicht keine finden wirst.»

«Ich müsste Gerber fragen, was er davon hält, wenn ich dieser alten Spur nachgehe!»

«Er gibt dir einen Tag und wenn nötig noch das Wochenende.»

Wyss starrte ihn verblüfft an. Küng grinste.

«Was ist? Ich will auch wissen, ob du was findest, und Gerber hab ich gestern Abend Bescheid gegeben, dass er dich heute nicht zur Verfügung hat. Er war mir noch einen Gefallen schuldig. Ich hab ihm erzählt, dass man den kleinen Ferrari wohl unter die Lupe nehmen muss, um festzustellen, ob es sich um den damals gestohlenen handelt, und dass du auf seiner Fährte bist. Er lässt ihn heute nach Bern in die Spurensicherung holen. Wenn was dran sein sollte, müsste dann die Staatsanwaltschaft weiterentscheiden. Am Montag früh erwartet er dich in Bern.»

«Immer einen Schritt voraus, ich sehe», staunte Wyss.

«Wie packst du's an?», fragte Küng.

«Ich versuch, bei Sollberger einen Termin zu kriegen. Hoffentlich hat er Zeit, der ist doch so kurz vor den Wahlen sicher vor allem am Lobbyieren in eigener Sache. Aber ich brauche seine Fingerabdrücke, damit wir sie mit den Abdrücken auf dem Ferrari von Dürrenmatt abgleichen können. Bei dieser Gelegenheit kann ich noch ein bisschen bohren und mich vielleicht in der Firma umhören.»

«Gut so!», nickte Küng und schmunzelte. «Ich hab ihn bereits über seine Sekretärin informieren lassen, dass du gleich um acht Uhr bei ihm im Büro bist. Willkommen zurück in der Welt der Ermittler! Vergiss die Akte nicht!» Und damit machte er klar, dass das Gespräch beendet war. Wyss holte noch Luft, um seiner Verwunderung Ausdruck zu geben, aber Küng hatte schon den Telefonhörer in der Hand und gab Wyss mit einem Wink zu verstehen, dass er allein sein wollte.

***

Die paar hundert Meter zur Sollberger AG ging David Wyss zu Fuss. Unterwegs ging er in Gedanken nochmal die Informationen durch, die er in der Akte gelesen hatte. Flückiger war während fast zehn Jahren Hauswart der Firma gewesen, bis zu dem Tag, als aus der Vitrine des Chefbüros der besagte Ferrari gestohlen wurde und Sollberger ihn dieses Diebstahls beschuldigte und fristlos entliess. Flückiger hatte bis zum bitteren Ende seine Unschuld beteuert.

Die Empfangsdame begleitete Wyss in den dritten Stock ins Büro von Christian Sollberger, der ihn bereits erwartete. Sollberger, ein durchaus attraktiver, sportlicher und braungebrannter Mittvierziger, blickte ihn bei seinem Eintreten gleichzeitig skeptisch und etwas zu freundlich an, erhob sich und trat hinter seinem Schreibtisch hervor. Das Lächeln wirkte einstudiert, es war exakt dasselbe wie das auf den Wahlplakaten zur Ständeratsersatzwahl, mit denen die Stadt und die ganze Umgebung zugekleistert schienen. Er war gross, sicher um die einsneunzig, schätzte Wyss, und trug lässige aber teure Freizeitkleider.

«Guten Morgen Herr Wyss», begrüsste er den Polizisten. «Ihr Chef hat Sie angekündigt, sparte aber mit Informationen zum Grund Ihres Besuchs. Wie kann ich Ihnen helfen?»

Er reichte Wyss zur Begrüssung die Hand.

«Sie haben bestimmt in der Presse vom Mordfall Dürrenmatt gelesen», erklärte Wyss. «Bei unseren Ermittlungen am Tatort sind wir auf etwas gestossen, was Sie interessieren dürfte.»

«Mich? Und was könnte das sein?», fragte Sollberger.

«Wissen Sie, dass Dürrenmatt eine reiche Sammlung an altem Spielzeug hatte? Unter anderem war er im Besitz eines Dinky Toys Ferrari 23 J aus dem Jahre 1956, und zwar offensichtlich des gleichen seltenen Modells wie jenes, das Ihnen vor rund sechs Jahren gestohlen wurde.»

«Das ist ja interessant», sagte Sollberger, «mein Vater sagte immer, es gebe wohl nur sein Exemplar. Und Sie denken…»

Die Tür öffnete sich und eine attraktive Sekretärin mit blondierten kurzen Haaren und braungebrannten endlos langen Beinen trat ein. Sie brachte ein Tablett mit zwei Tassen Kaffee und stellte es auf den kleinen Besprechungstisch, an dem Sollberger und Wyss Platz genommen hatten. Dabei berührte sie mit ihrer üppigen Oberweite wie zufällig die Schulter ihres Chefs und lächelte den Besucher herausfordernd an. Hoppla, dachte Wyss, besann sich aber dann auf das Gespräch, weswegen er hergekommen war.

«Ja», bestätigte er. «Wir vermuten, es könnte sich um den damals aus Ihrem Büro gestohlenen Ferrari handeln. Schauen Sie!» Er zeigte ihm die Fotos, die er mit seinem Smartphone geschossen hatte. «Rote Felgen, weisse Nummer.»

«Das ist unglaublich!», rief Sollberger. «Und er ist echt? Wie könnte er in den Besitz dieses Sammlers gekommen sein?»

Täuschte sich Wyss, oder war Sollbergers Überraschung etwas zu übertrieben?

«Wir hofften, dass vielleicht Sie eine Erklärung wüssten», sagte er.

«Wie könnte ich? Ich habe den Ferrari seit dem Diebstahl nie mehr gesehen», erwiderte Sollberger. «Flückiger wird ihn ihm verkauft haben.»

«Möglich», sagte Wyss. «Aber um einen Irrtum ausschliessen zu können, brauchen wir Ihre Fingerabdrücke, um sie mit denen auf dem Modellauto abzugleichen.»

«Oh, meine Abdrücke werden Sie darauf nicht finden», erklärte Sollberger schnell. «Ich habe das Modell nie in den Händen gehabt. Mein Vater kaufte den Ferrari vor vielen Jahren, und er stand die ganze Zeit in dieser Vitrine.»

Er wies auf einen Schaukasten gegenüber dem Schreibtisch. «Sie müssten nach seinen Fingerabdrücken suchen. Ich kann Ihnen gerne ein anderes seiner Sammlerstücke mitgeben. Die stehen alle noch da wie eh und je.»

Er führte Wyss zu einer Vitrine, in der jede Menge Automodelle standen. «Die Sammlerinteressen meines Vaters waren überschaubar», erklärte Sollberger. «Das blaue hier ist ein Dinky Toys Talbot-Lago 23 H von 1952, die in Frankreich hergestellte Variante in der seltenen Ausführung mit grauen Reifen aus der englischen Produktion. Und hier ein weiterer Ferrari 500. Die englische Dinky-Toys-Version von 1952. Das Besondere daran ist die rote Farbe. Das Ding kam eigentlich in blau-gelb auf den Markt, wie der nebendran, sehen Sie? Irgendein Fan hat es sorgfältig rot umlackiert und vom damaligen Weltmeister Alberto Ascari signieren lassen. Vater sah 1953 seinen Sieg am Grand Prix von Bern und war untröstlich, als er 1955 ums Leben kam. Dazu Ascaris Nummer 12 weiss links auf der Kühlerhaube: ein einmaliges Sammlerstück. Der silberne Wagen hier ist ein Mercedes Formel-1-Wagen aus der Vorkriegszeit von Gescha. Aufziehbar, demontierbare Reifen und mit Autogramm von Rudolf Caracciola, dem erfolgreichsten Rennfahrer vor dem Zweiten Weltkrieg. Jeder dieser Wagen ist ein kleines Vermögen wert. Wenn es Ihnen nichts ausmacht, gebe ich Ihnen lieber ein weniger kostbares Stück mit.»

Er führte Wyss zu einer anderen Vitrine, öffnete sie und trat beiseite. Wyss streifte sich einen Latexhandschuh über und entnahm ihr eine kleine Ambulanz und legte sie in einen Plastikbeutel, den er mitgebracht hatte.

«Was genau geschah damals, als der Ferrari gestohlen wurde?», fragte er.

«Das ist lange her, Herr Wyss, wozu wollen Sie das wissen?» Sollberger blickte auf die Uhr.

«Als Sie das Fehlen des Spielzeugautos entdeckt haben, warum waren Sie überzeugt, dass Flückiger der Dieb war?», fragte Wyss weiter.

«Ganz einfach», erklärte Sollberger. «Als ich am Abend zuvor das Büro verliess, war der Ferrari noch da und am nächsten Morgen fehlte er. Nichts deutete auf einen Einbruch hin, und niemand hatte einen Schlüssel ausser Flückiger als Hauswart. Er wohnte ja sogar im Haus. Er hatte jederzeit die Möglichkeit, das kleine Modellauto zu stehlen.»

«Aber er hat den Diebstahl abgestritten», sagte Wyss. «Allerdings hatte er auch kein Alibi, das ihn entlastet hätte. Trotzdem wundere ich mich: Flückiger war jahrelang Hauswart in Ihrer Firma. Hätten Sie ihm den Diebstahl zugetraut? Oder gar den Mord am Betreibungsbeamten und am Polizisten?»

Sollberger zögerte einen Moment, als müsste er überlegen, wie viel er erzählen sollte. «Wissen Sie», begann er dann und setzte sich wieder an den Tisch. «Renato Flückiger war der Patensohn meiner Mutter. Er geriet als Jugendlicher auf die schiefe Bahn und kam wegen Drogendelikten mit dem Gesetz in Konflikt. Er sass mehrere Male im Gefängnis und hatte riesige Schulden. Mutter bat damals meinen Vater, Renato eine Chance zu geben. Vater gab ihm ein Darlehen, damit er seine Schulden begleichen konnte, und den Posten als Hauswart. Ein Teil des Lohnes wurde jeweils gebraucht, um das Darlehen in Raten zurückzubezahlen.» Er hielt einen Augenblick inne, um seinen Kaffee auszutrinken. «Hätte ich ihm den Diebstahl zugetraut? Renato war ein Straftäter und es war bekannt, dass er immer wieder Geldprobleme hatte. Ganz ehrlich? Nein, der Diebstahl hat mich nicht sonderlich überrascht.»

«Aber dass er dann gleich zwei Personen umbringt?», fragte Wyss weiter.

«Er war verzweifelt», antwortete Sollberger, «und ein verzweifelter Mann kann zu allem fähig werden.»

Es klopfte an die Tür und die Sekretärin schaute herein.

«Herr Ramseyer wartet unten», sagte sie.

«Ich stehe Ihnen gerne weiter zur Verfügung, Herr Wyss», erklärte Sollberger. «Aber ich muss Sie auf ein andermal vertrösten. Ich fahre mit einigen Freunden in ein verlängertes Wochenende nach Deutschland.»

«Dann will ich Sie nicht länger aufhalten», sagte Wyss. «Danke, ich werde Sie betreffend den kleinen Ferrari auf dem Laufenden halten.» Beim Verlassen des Büros blieb sein Blick an einer grossformatigen, gerahmten Fotografie hängen. Sie zeigte Sollberger neben einem Sauber-Formel-1-Boliden im Gespräch mit dem Chef des Rennstalls.

«Schnelle Autos sind auch meine Leidenschaft», erklärte Sollberger. Wyss verabschiedete sich, ging zum Lift, fuhr aber nicht ins Erdgeschoss, sondern in den zweiten Stock.

Wenig später stand er vor dem Büro des Personalchefs, klopfte an und trat ein. Die Sekretärin musterte ihn verblüfft, als er sich als Fahnder der Kripo vorstellte. «Guten Morgen, der Chef ist leider gerade in einer Sitzung. Was sucht denn die Polizei bei uns?»

«Keine Bange», beruhigte Wyss die Frau. «Ich bin nur bei aktuellen Ermittlungen auf den Namen von Herrn Flückiger gestossen, der früher Hauswart Ihrer Firma war.»

«Renato? Ja, das war eine tragische Geschichte!»

«Sie erinnern sich an ihn?», fragte Wyss.

«Aber klar. Renato war ein besonderer Mensch. Ein gutmütiger, hünenhafter Kerl, nie ohne seine rote Baseballmütze, immer hilfsbereit. Manchmal aber auch launisch und oft ziemlich vergesslich, was wohl an seinem früheren Drogenkonsum lag. Jeder merkte, dass er sich Mühe gab. Er litt sehr darunter, dass er in jungen Jahren Mist gebaut hatte, und er schien dankbar dafür, hier wieder Boden unter den Füssen gefunden zu haben. In welchem Zusammenhang ist denn sein Name aufgetaucht?»

«Das darf ich Ihnen leider nicht verraten. Gab es irgendeinmal Probleme mit ihm? Streit oder frühere Diebstahlvorwürfe?», fragte Wyss weiter.

«Nein, nicht dass ich wüsste. Im Gegenteil, die meisten schätzten ihn, weil er seine Arbeit ernst nahm und auch gewissenhaft erledigte», antwortete sie.

«Hatte er sich irgendwie verändert damals vor dem Diebstahl? Hatte er vielleicht Geldprobleme?»

«Geldprobleme? Sie stellen Fragen! Ich weiss nicht... Und verändert? Ich kann mich nicht an etwas Spezielles erinnern», sagte sie. Und ergänzte, mehr zu sich selbst: «Ich fand das immer merkwürdig.»

«Was fanden Sie merkwürdig?»

«Wir alle kannten Sollbergers Sammelleidenschaft, also die des Vaters unseres heutigen Chefs. Wir wussten, dass er Spielzeugautos in seinen Vitrinen hatte. Aber wir fanden das eher ‹herzig›, Jungenzeugs eben. Wir hätten doch nie angenommen, dass die Dinger so wertvoll sind.»

«Flückiger scheint es gewusst zu haben», meinte Wyss.

«Offensichtlich», stimmte die Sekretärin zu. Und ergänzte dann etwas geheimnisvoll: «Wenn ich Geld gebraucht hätte, dann hätte ich das Einmachglas aus dem

Regal hinter dem Schreibtisch gestohlen. Dort drin sammelte Sollberger senior die Fünfliber aus seinem Portemonnaie und spendete sie Ende Jahr einem Hilfswerk. Einige von uns haben es ihm sogar nachgemacht.»

Wyss dankte der Sekretärin und verabschiedete sich, drehte sich aber nochmal um: «Wer von den heutigen Mitarbeitern stand Flückiger am nächsten?»

«Am ehesten die von der Logistik», antwortete sie. «Im Untergeschoss. Fragen Sie nach Herrn Eichenberger.»

Eichenberger und auch andere Mitarbeiter bestätigten das Bild, das die Sekretärin von Flückiger gezeichnet hatte. Er sei ein «Chrampfer» gewesen und ziemlich geschickt. Zwei linke Hände seien für einen Linkshänder eben praktisch, habe er immer gesagt, wenn ihm etwas gut gelungen war. Daneben sei er sicher auch manchmal reizbar gewesen und etwas laut. Und gesellig. Aber trocken. Er habe nie einen Hehl aus seiner Vergangenheit gemacht, sei aber stolz darauf gewesen, sein Suchtproblem im Griff zu haben.

Wyss hatte genug gehört. Aber etwas wollte er noch tun. Er trat in den Lift, doch anstatt in die Eingangshalle fuhr er noch einmal in den dritten Stock. Die Sekretärin von vorhin war am Telefon und schaute ihn fragend an.

«Ich hab mein Notizbuch liegenlassen», sagte Wyss und ging durch die offene Tür ins Direktionsbüro. Er zog sich einen neuen Latexhandschuh an, öffnete die Vitrine mit den wertvollen Sammlerstücken, entnahm ihr den blauen Talbot-Lago, steckte ihn in seine Originalverpackung und packte ihn in einen Plastiksack, den er aus dem Keller mitgenommen hatte. Er hörte, wie die Sekretärin den Anruf beendete, und es blieb ihm noch gerade genügend Zeit, die Vitrine zu schliessen, den Handschuh verschwinden zu lassen und sein Notizbuch aus der Innentasche seiner Jacke zu ziehen, bevor sie ihren hübschen Kopf ins Büro streckte. «Gefunden!», sagte er und schwenkte das kleine Heft in der Hand.

«Sagen Sie, Frau...» Wyss stockte.

«Kaufmann, Sonja Kaufmann», half sie ihm weiter.

«Sagen Sie, Frau Kaufmann, warum schliesst Herr Sollberger die Vitrinen nicht ab, wenn die Sammlerstücke seines Vaters so wertvoll sind?», fragte er sie.

«Sind sie das?», sie klang verblüfft. «Ich hatte keine Ahnung.»

«Wie lange arbeiten Sie schon für Ihren Chef?», fragte er weiter. Täuschte er sich, oder hatte sie ihre Bluse noch weiter aufgeknöpft?

«Für Christian?», entgegnete sie, «etwa vier Jahre.»

«Ihr Chef mag wohl schnelle Autos», fuhr Wyss fort und zeigte auf das Bild an der Wand. Er stutzte kurz, als er es noch einmal genauer betrachtete.

«Ich auch», lächelte sie geheimnisvoll. «Wir mögen es beide auf die schnelle Tour.»

«Einen schönen Tag noch», Wyss schluckte leer und verabschiedete sich.

Auf dem Rückweg zur Polizeiwache dachte Wyss nach. Was er über Flückiger erfahren hatte, beschäftigte ihn. Irgendwie passten die Eindrücke nicht zu seinen Vorstellungen über den Mann, der einen Betreibungsbeamten und einen Polizisten erschossen und sich dann nach einer wilden Verfolgungsjagd das Leben genommen hatte. Flückiger, der Mann, dessen Verbrechen schuld war, dass es damals überhaupt zu dem Unfall kommen konnte, der sein Leben aus der Bahn geworfen hatte. Merkwürdig war auch, dass Sollberger ihn anders beschrieben hatte als seine Mitarbeiter. Es sei bekannt gewesen, dass Flückiger immer wieder mit Geldproblemen kämpfte, hatte Sollberger gesagt. Den engeren Mitarbeitern war das jedenfalls nicht bekannt. Ebenso wenig wie der Wert der Modellautos. Aber wieso hätte Flückiger den Ferrari stehlen sollen, wenn nicht wegen seines Werts? Und wenn er schon Geldprobleme hatte, warum hatte er nicht das Bargeld aus dem Einmachglas gestohlen. Scheisse. Und dann war er noch der Patensohn von Sollbergers Mutter. Irgendwie kriegte Wyss das Gefühl nicht los, dass etwas an der ganzen Geschichte faul war. Ein Mann, der unter der Schuld seiner Jugendjahre litt und alles tat, um wieder auf eigenen Füssen zu stehen, der sich über Jahre hin abmühte, um seine Schulden in Raten zurückzubezahlen, der im Betrieb beliebt war: Warum würde er all das aufs Spiel setzen? Niemand ging davon aus, dass er aus einer verzweifelten Situation heraus gestohlen hatte. Gemordet vielleicht schon, aber das war später. Und Sollberger? Wyss mochte diesen Typ Mensch nicht: zu freundlich, zu selbstsicher, zu herablassend. Wieso die übertriebene Überraschung, als er ihm vom Ferrari in Dürrenmatts Sammlung erzählt hatte? Und dann die Sekretärin, die keinen Hehl daraus zu machen schien, dass sie und ihr Chef wohl nicht bloss in einem beruflichen Verhältnis zueinander standen. Es gab einfach zu viele Ungereimtheiten. Wyss hasste es, wenn er sich auf eine blosse Ahnung verlassen musste, weil er keine wirklichen Anhaltspunkte hatte. Ja, er hatte das Gefühl, einer Fährte auf der Spur zu sein, aber ohne sie bereits gefunden zu haben. Es nervte ihn, und gleichzeitig begeisterte es ihn, und dies im wahrsten Sinne des Wortes: Sein Jagdgeist war zurück! Er hatte gar nicht mehr gewusst, wie es sich anfühlte, in einem Mordfall zu ermitteln.

***

Wyss holte sich Kaffee, suchte aus der alten Fallakte ein Bild von Flückiger, fertigte eine Fotokopie an und heftete diese an die Pinnwand in seinem Büro. Er schrieb die Angaben und Details, die er erfahren hatte, auf kleine Zettel unterschiedlicher Farbe und befestigte sie rund um das Porträt des Mörders; bewiesene Facts auf weiss, Zeugenaussagen auf gelb; und darunter auf rot die Frage «Warum sollte er alles aufs Spiel setzen?» Danach griff er zum Hörer und wählte Gerbers Nummer.

Gerber erwartete seinen Anruf bereits und er hatte Neuigkeiten. Die Spezialisten hatten sich Dürrenmatts Privatcomputer vorgenommen und unter den Mails der vergangenen Woche einen interessanten Anhaltspunkt gefunden: Dürrenmatt hatte einem Sammler im Tessin mitgeteilt, dass er das Tauschgeschäft Münze gegen Spielzeug-Ferrari kurzfristig platzen lassen müsse, er könne das Modellauto nicht hergeben. Leider ohne Angabe eines genauen Grundes.

«Deswegen war er so aufgebracht», sagte Wyss.

«Genau. Aber wir wissen immer noch nicht, weshalb er den Tausch platzen liess», sagte Gerber.

«Und wenn ihr den Tessiner Sammler anruft?», schlug Wyss vor.

«Das haben wir natürlich bereits gemacht. Aber er konnte uns auch nicht weiterhelfen. Er war untröstlich, als er vom Tod Dürrenmatts hörte.»

«Das ist ärgerlich», brummte Wyss. «Es wäre ja auch zu einfach gewesen. Allerdings ist die Annahme, dass das geplatzte Tauschgeschäft und der Mord zusammenhängen, ohnehin blosse Vermutung.»

«Und der Typ hat ein Alibi. Er war einige Tage in Italien, weshalb er auch nichts vom Mord in der Presse zu lesen kriegte.»

«Habt ihr eigentlich auch mal in der Uni nachgefragt?», fragte Wyss.

«Haben wir, steht in der Akte.»

Wyss hatte nach seinem gestrigen Besuch bei Dürrenmatts Frau die Akte gar nicht mehr fertig gelesen. «Sorry», erwiderte er etwas zerknirscht. «Hast du eine Kurzfassung?»

«Wir sprachen mit seinem Assistenten, einem Amerikaner mit deutsch-jüdischen Wurzeln. Michael So-und-so, glaube ich. Sie befassten sich mit Nachforschungen zur Herkunft der Gurlitt-Bildersammlung, die dieser dem Kunstmuseum vermacht hat.»

«Vielleicht müssten wir da nachbohren? Wenn's um Raubkunst geht, wären sicher auch Sammler im Spiel, vielleicht auch welche, die scharf auf Goldmünzen sind», meinte Wyss.

«Es klang nicht danach, als wären sie auf delikate Informationen gestossen. Er hat uns aber einiges an Dokumenten bereitgestellt. Unsere Leute sichten sie und werden sich melden, falls etwas Verdächtiges auftaucht.»

«Und irgendwelche eifersüchtigen Nebenbuhler um die Forschungsgelder? Dürrenmatts Witwe – oder heisst das jetzt Ex-Witwe? – sprach davon, dass es Neider gab, weil er so erfolgreich war.»

«Einen Dr. Bertrand haben wir befragt. Er war Dürrenmatts grösster Konkurrent. Aber sein Alibi ist hieb- und stichfest.» Gerber schwieg einen Moment. «Und was hast du zu berichten?», wollte er dann wissen.

«Küng hat dir sicher erklärt, dass der kleine Ferrari möglicherweise mit dem alten Fall Flückiger zusammenhängt», sagte Wyss. «Ich hab zwei Spielzeugautos aus dem Direktionsbüro der Sollberger AG, wo das Modellauto damals gestohlen wurde. Der heutige Chef selbst hat die Wagen angeblich nie berührt, aber die Fingerabdrücke seines Vaters sollten sicher zu finden sein. Der Abgleich mit dem Ferrari wird also wohl kein Problem darstellen.»

«Bingo!», freute sich Gerber und versprach, gleich einen Mann vorbeizuschicken, der die beiden Autos nach Bern zum kriminaltechnischen Dienst bringen sollte.

Dann berichtete Wyss seinem Kollegen von dem, was er über den alten Fall Flückiger in Erfahrung gebracht hatte, auch von seinem flauen Gefühl, dass da nicht alles stimmen konnte. Gerber hörte allerdings nur halb interessiert zu.

«Ich habe eher das Gefühl, dass du dich da in etwas verrennst», meinte er.

«Möglich», entgegnete Wyss. «Aber du weisst, Flückiger betrifft mich persönlich. Allerdings kann auch ich mir kaum vorstellen, dass die Geschichte von damals mit dem Mord an Dürrenmatt in Zusammenhang steht.»

Kaum hatte Wyss aufgehängt, stand sein Chef im Türrahmen.

«Ich seh's an deiner Nasenspitze, dass du eine Spur witterst.» Küng musterte seinen Untergebenen interessiert. «Wie sieht's aus?»

Wyss erzählte ausführlich über seine Begegnung mit Sollberger und den ehemaligen Mitarbeitern Flückigers.

«Irgendetwas ist faul an der Geschichte, bloss krieg ich noch nicht raus, was es ist.»

«Was hältst du von Sollberger?», fragte Küng.

«Ich mag seine herablassende Art nicht», antwortete Wyss. «Aber Eitelkeit ist kein Verbrechen. Und du?»

«Alles, was wir bis heute über Flückiger wussten, hat Sollberger uns damals erzählt. Wir hatten nie einen Grund an seinen Aussagen zu zweifeln. Aber jetzt tauchen Ungereimtheiten auf. Ich an deiner Stelle würde Sollberger etwas auf den Zahn fühlen.»

«Was wissen wir über ihn?», fragte Wyss.

«Was wir damals an Personalien aufgenommen haben, und was wir aus seinem Steckbrief in den Unterlagen zur Ersatzwahl für den Ständerat erfahren können, die neulich in unsere Briefkästen geflattert sind», antwortete Küng.

«Alteingesessene Burgdorfer Familie, Maschinenproduktion in vierter Generation, Einzelkind Jahrgang 1969, Gymnasium hier in Burgdorf und später Wirtschaftsstudium an der HSG St. Gallen, Major bei der Artillerie, mehrjähriger Auslandaufenthalt in England; dann, nach dem plötzlichen Tod seines Vaters vor rund sieben Jahren, Rückkehr nach Burgdorf und Übernahme der Firma Verheiratet und eine Tochter, die wie ihr Vater Wirtschaft studiert. Politisch tätig, Grossrat mit Ambitionen auf den frei gewordenen Sitz im Ständerat.» Wyss hatte seine Hausaufgaben gemacht.

«Dazu aalglatt mit narzisstischer Veranlagung. Aber das steht nicht in seinem Wahldossier», grinste Küng.

«Und er ist Formel-1-Fan», ergänzte Wyss. «Nun ja, in seinem Büro hängt ein Foto, das ihn in der Sauber-Box zeigt. Und vermutlich betrügt er seine Frau mit seiner Sekretärin.»

«Wie kommst du da drauf?», wollte sein Chef wissen.

«Einerseits macht sie selber Andeutungen, die darauf schliessen lassen, andererseits ist sie auf dem besagten Foto im Hintergrund zu sehen, was ich allerdings auch erst auf den zweiten Blick erkennen konnte.»

«Also hast du neben deinem Bauchgefühl nichts, was einen Verdacht gegen Sollberger rechtfertigen würde», fasste Küng zusammen.

«Genau. Nada», stellte Wyss trocken klar. «Scheisse. Trotzdem lässt mir die Geschichte mit dem Ferrari keine Ruhe. Aber noch ist ja gar nicht sicher, ob es sich wirklich um das Auto von Sollberger handelt. Gerber meint, er kriegt noch heute Nachmittag Resultate.»

«Themawechsel», sagte Küng. «Hast du morgen Abend etwas vor? Sie melden gutes Wetter, und ich hätte Lust auf ein Barbecue im kleinen Kreis. Käthi würde sich freuen, wenn du kommst. Und ich auch.»

«Danke, ich komme gerne! Kann ich was mitbringen?» Wyss mochte Küngs Barbecues. Nicht nur, weil dieser ein wahrlicher Geniesser war, was gutes Grillgut anging, sondern und vor allem weil es immer unglaublich gemütlich war. Felix und Käthi Küng, das waren nicht bloss sein Chef und dessen Frau, sie waren ihm in den letzten dunklen Jahren elterliche Freunde geworden.

«Du kennst Käthi», schmunzelte Küng. «Da fehlt nie was. Und mein Weinkeller wird auch noch was Feines hergeben. Aber vielleicht kannst du ein paar Flaschen Burgdorfer Weizen beisteuern?»

Das Telefon klingelte. Gerbers Mann war da, um die beiden Autos fürs Labor abzuholen.

Der Gedanke ans Barbecue hatte Appetit gemacht. Es war kurz nach elf und er hatte Lust auf Pizza. Und er wollte sich bei Vanessa dafür bedanken, dass sie ihn am Vortag auf den Friedhof begleitet hatte. Wyss griff zum Telefon und nach zwei kurzen Anrufen war seine Mittagspause organisiert. Danach machte er sich daran, auf der anderen Seite der Pinnwand den Fall Dürrenmatt nach demselben System zu visualisieren, wie er es zuvor mit der alten Geschichte um Flückiger getan hatte. Zuletzt hängte er ein rotes Blatt in der Mitte zwischen die beiden Fälle: «Was erzählt uns der Ferrari?»

Er schloss sein Handy an die Bose-Lautsprecher auf seinem Schreibtisch an und startete die Musik-App. *«Die mit den guten Geschichten sind immer die Mutigen»*, sang die Sängerin von Silbermond. Wyss verschränkte die Arme hinter dem Kopf und lehnte sich zurück. Endlich wieder einmal eine gute Geschichte schreiben, das wäre was, dachte er. Die letzten Jahre waren eher Stoff für eine Horrorstory gewesen, oder wenigstens für eine ausgewachsene Tragödie. Aber irgendetwas in ihm war heute Morgen aufgewacht, das ihn aus seiner Resignation aufgeweckt hatte. Das Leben war kein Roman. Und wenn es schon einer sein sollte, dann wollte er wieder beginnen, selber daran zu schreiben. Vanessa hatte recht, er lebte als Schatten seiner selbst unter der Last seiner Schuld. Sie hatte sich gefangen, stand wieder mit mindestens anderthalb Füssen im Leben. Er selbst konnte sich kaum daran erinnern, wann er sich zuletzt gewünscht hatte, sein Leben wieder in die Hand zu nehmen. Ja, er verspürte Dankbarkeit für die, die ihn gestützt und getragen hatten: Küngs und in den letzten Monaten auch Vanessa. Aber nun schien es Zeit, sich aufzuraffen. Dieser Fall. Hing der Mord an Dürrenmatt wirklich mit dem Fall Flückiger zusammen? Er hatte diese Spur aufgenommen, und er war je länger je mehr sicher, dass der Schlüssel zur Aufklärung des neuen Mordes in der Vergangenheit lag. In seiner Vergangenheit. Er musste diesen Zusammenhang finden. Denn dieser Schlüssel würde nicht nur den Mordfall lösen, er war auch der Schlüssel für die Geschichte seiner Zukunft.

***

Als er um Viertel nach zwölf das italienische Restaurant in der unteren Altstadt erreichte, wartete Vanessa bereits vor dem Eingang. Als Sekretärin eines Notariatsbüros war sie wie immer adrett gekleidet, und ihr blondes, leicht gewelltes Haar fiel ihr in der Sonne glänzend auf die schlanken Schultern.

«Schön, dass es geklappt hat», sagte er, während er sie mit einer kurzen Umarmung begrüsste.

Sie musterte ihn gespannt mit ihren hellblauen Augen. «Irgendetwas an dir ist anders heute», meinte sie dann. «Etwas Gutes!»

«Komm rein, ich muss dir erzählen.»

Während des gemeinsamen Mittagessens berichtete Wyss von seinen Ermittlungen in Konolfingen, vom Spielzeugauto, das ihn auf den Fall Flückiger gebracht hatte, von seinem Besuch in der Firma, in der Flückiger gearbeitet hatte, und von seinem unbestimmten Gefühl, dass die beiden Fälle miteinander in Verbindung stehen könnten. Vanessa mochte es, ihm zuzuhören. Sie beobachtete ihn und schmunzelte, als ihr Teller leer war und seiner noch halb voll, weil er vor lauter erzählen kaum zum Essen kam. Normalerweise war es umgekehrt.

«Leidenschaft!», sagte sie unvermittelt und David hielt verblüfft inne.

«Was meinst du damit?», fragte er sie.

«Deine Leidenschaft erwacht langsam wieder!», antwortete sie. «Ich hab immer gerne zugehört, wenn du und Tom über eure Ermittlungen gesprochen habt. Du klingst ähnlich wie damals, und ich find's schön.»

«Danke», sagte er leise. «Und danke, dass du gestern mit mir zu den Gräbern gekommen bist. Und dass du mich nicht aufgegeben hast.»

«Eine Weile lang hab ich's versucht», sagte sie nachdenklich, und ihre Finger spielten mit einer Strähne ihres Haars. «Aber es ging nicht. Und als ich dann begann, mich selbst wieder aufzurappeln, ging's erst recht nicht mehr. Du und ich, wir sind Schicksalsgenossen.» Sie schaute ihn an.

«Ich glaube heute zum ersten Mal seit langem, dass ich die Kraft haben könnte, mich auch wieder aufzurappeln», sagte er. «Ich hoffe nur, ich falle dann nicht wieder auf die Schnauze.»

«Das gehört dazu», sagte sie ernsthaft. «Aber wenn du's nicht versuchst, dann bleibst du am Boden. Umfallen, aufstehen, Krone richten, weitergehen. So hab ich's gelernt.»

«Vielleicht müsste ich wirklich mal mit deinem Pastor sprechen.»

«Mit Urs Schenk?», fragte sie. «Er ist ein feiner Kerl. Er würde dich mögen. Ich hab mit ihm und seiner Frau auch über Noena gesprochen.»

«Erzähl von ihr», bat er. «Gestern hat uns der Chef unterbrochen, als wir über sie redeten.»

«Ich war am Abend noch einmal bei ihr in Belp», begann Vanessa und erzählte, wie das Mädchen beim letzten Besuch am Montag mit ihr über die Schule gesprochen hatte und darüber, dass niemand sie verstehe oder etwas mit ihr zu tun haben wolle und dass sie eigentlich eine Lehrstelle suchen müsste, aber erstens keine Lust und zweitens nur ziemlich unterirdische schulische Leistungen vorzuweisen habe. «Ich hab ihr dann spontan angeboten, meinen Chef zu fragen, ob sie bei uns eine Schnupperlehre machen könne.»

«Das hast du gemacht?», David war verblüfft. «Bei euch in der Anwaltskanzlei?»

«Ja! Sie war auch verblüfft. Offensichtlich so sehr, dass sie sich nicht gegen den Gedanken wehrte und nach Rücksprache mit den Grosseltern einverstanden war.»

«Und dein Chef?» David staunte immer noch.

«Er nimmt sie für drei Tage», antwortete sie. «Nächste Woche schon! Als ich sie am Dienstag anrief, um ihr zu bestätigen, dass es klappt, wurde sie plötzlich nervös. Sie sagte, sie habe nichts für die Arbeit in einem Büro Passendes anzuziehen. Deswegen war ich gestern noch einmal bei ihr. Wir durchsuchten ihren Kleiderschrank. Und als ich mich vergewissert hatte, dass da wirklich nichts zu finden war, fuhren wir zusammen nach Bern und haben Kleider gekauft. Und ich hab sie zum Friseur gebracht. Ich hatte das Gefühl, dass es ihr Spass machte. Ich glaube, ich hab den Draht zu ihr gefunden.»

«Das ist wunderbar», sagte er und zögerte einen Moment. «Denkst du, wir machen das Richtige?»

«Ich denke, dass es ihr hilft, sich verstanden zu fühlen, und dass sie mir deshalb zuhört und Hilfe von mir akzeptiert.» Vanessa schaute ihn an. «Es gibt keine Gewissheit, dass es gut kommt. Aber ich fühle, dass es mir selber Mut macht.»

«Und wenn sie durchdreht, wenn sie die ganze Geschichte erfährt?»

«Es ist den Versuch wert. Sie wird während ihrer Schnupperlehre bei mir wohnen. Schau, ich hab ein Foto von ihr geschossen, mit neuer Frisur und neuen Kleidern.»

David war beeindruckt. «Sie sieht sehr viel besser aus als auf den Bildern, die sie vor ein paar Monaten online gestellt hat! Du bist unglaublich, weisst du das?»

Vanessa blickte ihn dankbar an.

«Und die Idee mit dem Hund?», fragte er.

«Sie würde gerne, aber sie weiss nicht, ob sie es sich zutrauen soll», antwortete Vanessa. «Sie möchte es noch einmal mit ihren Grosseltern besprechen. Und mit Frau Elsener, ihrer Psychologin. Ich hab ihr versprochen, dass ich mit ihr nach Ramsei zum Hundezüchter fahre, wenn sie da ist, um die jungen Golden Retriever anzuschauen. Ich bin überzeugt, dass sie sich in einen der Kleinen verlieben wird.»

«Wie gesagt, das Finanzielle übernehme ich», sagte David und schaute auf seine Uhr. «Ich muss! Sehen wir uns am Wochenende?»

«Ja, am Samstagabend. Küngs haben mich auch eingeladen.»

***

Kurz darauf fuhr Wyss mit seinem Fahrrad zurück zur Polizeiwache. Es fiel ihm schwer, seine Gedanken nach dem Gespräch mit Vanessa wieder auf den Fall zurückzulenken. Aber als ein Ferrari an ihm vorbeifuhr, erinnerte er sich daran, dass er unbedingt herausfinden musste, wie lange das geklaute Modellauto schon in Dürrenmatts

Besitz gewesen war. Im Büro angekommen, rief er Frau Hertig an, Dürrenmatts Putzfrau.

«Ja, ich erinnere mich», sagte sie. «Er zeigte mir das Auto voller Stolz, nachdem er es auf einer Reise nach London gekauft hatte.»

«Können Sie sich auch erinnern, wann das war?», fragte Wyss.

«Das muss vor drei Jahren gewesen sein. Oder vor vier. Er besuchte damals seinen Sohn, der dort ein Auslandsemester absolvierte.»

Wyss bedankte sich und suchte in seinen Akten nach einer Nummer. Wenig später hatte er Dürrenmatts Sohn am Apparat. Dieser erzählte ihm, sein Vater sei damals tatsächlich an eine Antiquitätenmesse gegangen und habe diesen Trip mit einem Besuch bei ihm verknüpft. Er habe ihm den kleinen Ferrari gezeigt und ihm verraten, er habe ihn trotz seines miserablen Englisch bei einer Auktion für knapp über viertausend Pfund ersteigert. Er sei über das wahre Schnäppchen sehr erfreut und auf sich sehr stolz gewesen.

«Könnte es sein, dass Ihr Vater Feinde hatte?», fragte Wyss zum Schluss.

«Mir ist nichts dergleichen bekannt», antwortete Dürrenmatts Sohn. «Wir haben vor vielleicht vier Wochen zum letzten Mal telefoniert. Er klang guter Dinge, wie eigentlich immer.»

«Hat er Ihnen gegenüber je etwas von einer Goldmünze erwähnt, die er unbedingt hätte erstehen wollen? Oder von Sorgen betreffend seiner Arbeit?»

«Nein, tut mir leid.»

Wyss kniff die Augen leicht zusammen und massierte sein Kinn mit dem Daumen und dem Zeigefinger der rechten

Hand. Er dachte nach. Dürrenmatt konnte den Ferrari also definitiv nicht direkt von Flückiger erhalten haben. Aber wie war das Auto damals nach dem Diebstahl nach London gekommen? Hatte Flückiger es einem englischen Sammler verkauft? Bloss: Woher hätte er die Kontakte nach England gehabt? Versteigert übers Internet vielleicht? Scheisse. Er konnte es drehen und wenden, wie er wollte, er kriegte keinen konkreten Anhaltspunkt. Das Telefon erlöste ihn von seinen Grübeleien. Es war Gerber. Er hatte dem kriminaltechnischen Dienst mächtig Dampf gemacht, weshalb die Resultate des Fingerabdruckabgleichs bereits vorlagen.

«Es besteht kein Zweifel, es handelt sich tatsächlich um das Auto, das aus Sollbergers Vitrine gestohlen wurde», sagte Gerber.

«Okay», meinte Wyss, «immerhin etwas. Aber was und ob überhaupt der Ferrari etwas mit dem Mord an Dürrenmatt zu tun hat, das bleibt offen.» Anschliessend informierte er Gerber über seine Telefonate mit Frau Hertig und Dürrenmatts Sohn.

Die Gewissheit über den Ferrari war das eine. Dass ihn das in seinen Überlegungen nicht weiterbrachte, war das andere. Auch Gerber konnte keine grossen Erfolge vorweisen. Er wusste jetzt zwar von dem Tessiner Sammler, um was für eine Münze es sich bei dem geplatzten Tauschgeschäft gehandelt hatte, nämlich eine unzirkulierte Solothurner Halbdublone von 1813, Sammlerwert rund 15 000 Franken, aber auch hier führte die Spur nicht weiter. Die Spezialisten hatten weder auf Dürrenmatts PC noch auf seinem Handy irgendwelche verdächtigen Mails oder SMS oder Anrufe gefunden. Und es waren auch noch keine der gestohlenen Münzen bei irgendwelchen Händlern aufgetaucht. Die Ermittlungen steckten in einer Sackgasse. Vielleicht mussten sie aber auch einfach nur warten. Wyss war sauer. Irgendetwas mussten sie doch tun können. Alles Augenzukneifen und Kinn massieren half nichts.

Eine halbe Stunde später brütete Wyss über der Akte Flückiger und suchte nach etwas, was ihm am Morgen möglicherweise entgangen war. Aber da gab es nicht viel, das Dossier füllte nur wenige Seiten. Man hatte ihn am Tag nach der fatalen Verfolgungsjagd in einem Wald bei Thörigen auf der Zufahrt zu einer Jagdhütte gefunden, am Steuer des dunkelblauen Passats, mit dem der Betreibungsbeamte zu ihm nach Oberburg gefahren war. Die halbleere Schnapsflasche, die Kopfwunde, die Blutspuren und das Loch im Fenster der Fahrertür, die Schmauchspuren an seiner Hand, die Fingerabdrücke am Lenkrad und an der nicht registrierten Waffe, die Einstellungen der Spiegel und des Fahrersitzes: Es gab keinen Zweifel daran, dass der hoch verschuldete und des Diebstahls angeklagte Flückiger sich nach seiner Verzweiflungstat und seiner halsbrecherischen Flucht zuerst betrunken und dann das Leben genommen hatte. Die Akte war bereits im Januar 2010 geschlossen worden, ohne dass man vom gestohlenen Ferrarimodell eine Spur gefunden hätte. Verwandte gab es keine, die Mutter war kurz nach seiner Geburt gestorben, der Vater, ein Bruder der Frau von Sollberger senior, fünfzehn Jahre später an Leukämie. Keine Stiefmutter, keine Geschwister, keine lebenden Grosseltern und auch keine Frau oder Freundin. Aber vielleicht Nachbarn? Nach seiner Kündigung hatte er logischerweise auch die Abwartswohnung verlassen müssen und war dann in eine Zweizimmerwohnung in einem alten Haus in Oberburg, einem Nachbarort, gezogen.

***

Es war Viertel nach drei, als sich Wyss auf sein Fahrrad schwang. Im Jahr zuvor war Burgdorf zur Schweizer Velostadt Nummer eins gekürt worden, und auf diesen Prix Velo war die Bevölkerung doch ziemlich stolz, auch wenn einige fanden, dass «pro Fahrrad» doch nicht notgedrungen auch «kontra Auto» zu heissen bräuchte. Die Tatsache, dass Wyss stets mit dem ÖV oder dem Fahrrad unterwegs war, hatte allerdings einen anderen Grund: Seit dem Unfall hatte er sich nie mehr an das Steuer eines Autos gesetzt. Nun fuhr er der Emme entlang, zuerst durch Quartiersträsschen, dann an der Schützenmatte und dem Freibad vorbei, passierte schliesslich die Strasse, die Richtung Heimiswil und Affoltern führt, tauchte in den Schatten des Schachenwaldes, das «Schächli», wie die Emmentaler sagen, und erreichte Flückigers letzte Adresse in Oberburg nach gut zwanzig Minuten. Es war ein heruntergekommener Bauernhof am Dorfrand. Das eine Haus, wohl das alte Stöckli, sah baufällig aus und schien unbewohnt, aber vor dem eigentlichen Wohnhaus sah er eine alte Frau im Garten arbeiten.

«Guten Tag, mein Name ist Wyss», stellte er sich vor, «Regionalfahndung Burgdorf.» Die Frau richtete sich auf und musterte erstaunt den am Zaun stehenden Fremden.

«Grüss Gott, wie kann ich Ihnen helfen?», fragte sie und zog ihre Gartenhandschuhe aus.

«Frau Schertenleib?», fragte er.

«Seit zweiundsechzig Jahren», sagte sie und wischte sich mit dem Handrücken den Schweiss aus der Stirn.

«Leben Sie schon lange hier?», fragte Wyss.

«Das kann man wohl sagen», schmunzelte die Frau und musterte ihn. «Ich denke, ich lebte schon hier, da waren Sie noch nicht mal auf der Welt.»

«Ich arbeite momentan für die Kripo Bern, und wir sind bei Ermittlungen in einem aktuellen Fall auf den Namen von Herrn Flückiger gestossen, der im Haus nebenan wohnte.»

«Renato?», die Frau war verblüfft. «Aber er ist doch längst tot, der arme Kerl!»

«Kannten Sie ihn gut?», fragte Wyss.

«Möchten Sie etwas trinken? Ich kann Ihnen ein Glas Holundersirup anbieten», lud die Frau ihn ein und ging ihm voran ins Haus.

«Machen Sie sich nur keine Umstände», sagte er, während sie sich in der Küche zu schaffen machte. Neugierig sah er sich um. Burgdorf war beileibe keine Grossstadt, aber hier, nur ein Dorf weiter talaufwärts, fand er sich in einer beinahe gotthelfisch anmutenden Kulisse wieder. Die alte Frau kam mit einem Tablett zurück, auf dem zwei Gläser, eine Sirupflasche und ein Wasserkrug standen, und führte ihn ins Wohnzimmer. Auf dem Tisch stand ein Bilderrahmen mit der Portraitfotografie eines alten Mannes.

«Ernst ist vor zwei Jahren gestorben», sagte sie und lächelte traurig. Wyss half beim Zubereiten des Sirups und sie setzten sich. «Und nun erzählen Sie, Herr Wyss, was ist mit Renato?»

«Ich darf Ihnen leider über laufende Ermittlungen nichts mitteilen», erklärte er. «Aber der neue Fall gibt uns Gelegenheit, vielleicht besser zu verstehen, was damals vor sechs Jahren geschehen ist.»

«Wie gesagt, Renato war ein armer Kerl», begann die alte Frau zu erzählen. Er habe offensichtlich eine schwere Zeit hinter sich gehabt und sei daran gewesen, sein Leben endlich in den Griff zu kriegen, als sein Chef ihm den Diebstahl vorwarf und ihn entliess. «Zuerst war er zuversichtlich, dass er recht bekommen würde», fuhr sie weiter. «Das war die Zeit, in der er zu uns zog. Wir haben nie geglaubt, dass er seinen Chef wirklich bestohlen hat. Was war es? Ein Spielzeugauto? So ein Unsinn.» Sie schüttelte energisch den Kopf. «Später fühlte er sich immer mehr in die Enge getrieben, und während er uns zu Beginn seiner Zeit hier noch oft im Garten oder im Haus zur Hand gegangen war, zog er sich mehr und mehr zurück.» Dann sei die Polizei gekommen, um auch hier seine Wohnung zu durchsuchen, sie hätten aber nichts gefunden. Dass die Anklage natürlich trotzdem stehen blieb, habe ihn furchtbar aufgeregt, und in der Folge habe er wieder zu trinken begonnen, und manchmal hätten sie ihn wütend fluchen und Sachen herumschmeissen hören.

«Und dann kam die Forderung auf Rückzahlung des Restdarlehens.» Frau Schertenleib seufzte bedauernd und schaute den Polizisten an. «Daran zerbrach er endgültig. Ich erinnere mich, dass er sagte, der wolle wohl, dass er sich umbringe, aber diesen Gefallen werde er ihm nicht tun.»

«Wen meinte er damit?», hakte Wyss nach.

«Sollberger, wen sonst?», entgegnete sie. «Wissen Sie, er strahlt uns momentan an allen Ecken als Ehrenmann von seinen Wahlplakaten entgegen, aber er hat Flückiger zu dieser Verzweiflungstat getrieben. Obwohl er ihm kurz vor der Katastrophe wohl noch entgegenkommen wollte.»

«Sollberger wollte ihm in letzter Sekunde doch noch helfen?», Wyss war verblüfft.

«Am Tag vor dem angekündigten Besuch des Betreibungsbeamten schien sich Renato wieder Hoffnungen zu machen. Er war zwar sturzbetrunken, aber er erzählte uns, Sollberger habe ihn angerufen und ihn eingeladen, er wolle nach dem Feierabend mit ihm reden und sei bereit, eine für beide Seiten tragbare Lösung zu suchen.»

«Das ist interessant. Und was kam dabei heraus? Ist er überhaupt hingegangen?»

«Ich weiss es nicht», entgegnete sie. «Herausgekommen ist nichts Gutes, vermute ich, sonst hätte er sich sicher bei uns gemeldet und es wäre nicht zu der Bluttat gekommen. Wir sahen ihn erst am nächsten Vormittag wieder, als er nach den Schüssen aus dem Haus stürmte und mit dem Auto des Betreibungsbeamten davonraste.»

«Sie haben damals die Polizei alarmiert?», fragte Wyss weiter.

«Ja, Ernst, mein Mann», sagte die Frau. «Wir waren hinter dem Haus, als es geschah. Als wir den ersten Schuss hörten, dachten wir, Renato habe sich etwas angetan. Aber noch während wir nach vorne eilten, fiel der zweite Schuss. Als wir um die Hausecke bogen, sahen wir ihn zu diesem dunkelblauen Auto rennen, mit dem offenbar der Betreibungsbeamte hergefahren war. Er warf eine Pistole auf den Vordersitz und fuhr weg.»

«Das muss ein grosser Schreck für Sie gewesen sein», bemerkte Wyss, als er sah, wie die Erinnerung an das blutige Ereignis die alte Frau erregte.

«Es war furchtbar. Die beiden toten Männer auf der Schwelle zu Renatos Wohnung, die Polizei, die Presse… Wir hatten Mitleid mit Renato, wissen Sie. Aber niemand hätte uns verstanden, also haben wir uns so wenig wie möglich geäussert.»

«Niemand hat Mitleid mit einem Mörder, Sie haben recht», nickte Wyss langsam und fühlte, wie sich der Abgrund unter ihm einmal mehr drohend öffnete, um ihn in einen Strudel von Schuldgefühlen zu zerren. Er schüttelte den Gedanken weg. «Sie haben mir sehr geholfen, Frau Schertenleib. Danke, und danke auch für den feinen Sirup.» Er verabschiedete sich und machte sich auf den Rückweg.

***

Als Wyss in die Polizeiwache zurückkehrte, waren die meisten Kollegen bereits im Wochenende. Er setzte sich an seinen Schreibtisch und drehte die Musik richtig laut auf. *I'm a man on a wire* von The Script dröhnte aus den Boxen. Ein Mann auf dem Drahtseil. Er war daran, sich aufzurappeln, seine Füsse fanden langsam wieder Halt, und er hatte Angst, er könnte stürzen. Was hatte Vanessa beim Mittagessen gesagt: «Das gehört dazu!» Scheisse. Er hatte keine Lust auf einen erneuten freien Fall.

Er stand auf und stellte sich vor die Pinnwand mit den Angaben zu Flückiger. «Am Vorabend der Tat Kontakt zu Sollberger», schrieb er auf einen gelben Zettel und heftete ihn zu den anderen. Warum hatte Sollberger dies heute nicht erwähnt? Auch in der Akte stand nichts davon. Er schaute noch einmal nach. Nichts. Irgendetwas war faul. Aber was? Hatte Sollberger ihm tatsächlich helfen wollen? Hatte Flückiger abgelehnt, weil er keine Almosen annehmen wollte? Er nahm ein rotes Blatt zu Hand, notierte «Was geschah da?» und hängte es dazu.

Es war Zeit für den Feierabend. Er überlegte kurz: Hatte ihn der Tag weitergebracht? Ja, definitiv. Er hatte zwar mehr Fragen als Antworten erhalten, aber zu spüren, dass sein Jagdinstinkt langsam aus seinem frostigen Winterschlaf erwachte, das tat gut. Küng hatte ihn in diesen Fall geschubst, und er war ihm dankbar dafür.

***

Im Treppenhaus hörte er laute Stimmen. Roxy hatte Streit mit einem Freier. «Blöde Nutte», sagte eine Männerstimme. «Lausig, was du für so überhöhte Preise bietest.»

«Ich hab dir klipp und klar gesagt, was ich anbiete und was nicht. Ich hätte dich gar nicht erst rein lassen sollen.» Roxy klang stinksauer.

«Ich will mein Geld zurück!», schrie er.

«Das würde dir so passen!», entgegnete sie.

«Weisst du eigentlich, wer ich bin?» Er packte sie eben am Handgelenk, als Wyss den ersten Stock erreichte.

«Ja, Sie sind der Typ, der meint, er brauche als bezahlender Kunde keinen Respekt zu zeigen.» Als der Mann den ernst dreinblickenden Fremden sah, der sich in den Streit einmischte, wurde er bleich und liess Roxy sofort los.

«Halbe Zeit, halbes Geld», zischte sie und drückte ihm einen Hunderter in die Hand, «und jetzt hau ab!»

Er presste sich an Wyss vorbei und verschwand, so rasch er konnte.

«So ein Arschloch!» Roxy atmete auf.

«Ärger mit der Kundschaft?», wollte Wyss wissen.

«Ein Blödmann, der meine Grenzen nicht akzeptieren wollte», erklärte sie und rieb sich das Handgelenk. «Danke! Das war perfektes Timing.»

«Die Polizei, dein Freund und Helfer.» Er blinzelte ihr zu, zuckte mit den Schultern und mit einem «Häb sorg, Denise!» stieg er in den zweiten Stock hoch.

Während er sich in seinem Zimmer eine bequeme Trainingshose anzog, fiel sein Blick auf den Brief auf dem Nachttisch. Genau, die Feldpostadresse von Manuel hatte er noch herausfinden wollen. Er konnte sich gut an seine Rekrutenschule erinnern und daran, wie ihn ein Proviantpäcklein jeweils aufgemuntert hatte. Wenige Minuten später hatte er Frau Bürki am Telefon. Sie freute sich, von ihm zu hören.

«Sie müssen uns unbedingt einmal an einem Wochenende besuchen kommen, Herr Wyss. Manuel würde Sie sicher gerne wiedersehen», sagte sie und ergänzte: «Das ist jetzt etwas kurzfristig, aber er hat morgen Besuchstag. In Wangen an der Aare, ab halb neun.»

«Hmm, warum nicht?», meinte er. «Ich habe zwar einen Fall, in dem ich ermittle, aber am Wochenende läuft eh nicht viel. Vielleicht kann ich mir den Vormittag einrichten.»

«Das wäre schön», meinte Frau Bürki und sie verabschiedeten sich. Dann fiel ihm ein, dass der Weg nach Wangen mit dem Zug etwas mühsam war. Manchmal vergass er in der Eile immer noch, dass er nicht mehr Auto fuhr. Einige Minuten und Whatsapp-Nachrichten später war aber klar, dass Vanessa mitkommen würde.

Er holte sein Notebook und googelte im Internet nach teuren Spielzeugautos und Münzen und staunte erneut über die Preise, die Sammler offensichtlich für Raritäten zu zahlen bereit waren. 2003 wurden für einen dunkelroten

Dinky Toys 505 Foden Vierachser-Lastwagen 12 000 Pfund geboten, damals über 25 000 Franken! Das Ding war in den Fünfzigerjahren nur kurze Zeit in dieser Farbe verkauft worden und darum entsprechend rar. Sollbergers Ferrari, sofern er echt war, hatte es in dieser Form gemäss offiziellen Angaben gar nie auf den Markt geschafft. Gerbers Angabe «wohl weit über 10 000 Franken» war womöglich viel zu tief gegriffen. Als kleiner Junge hatte Wyss Briefmarken gesammelt wie sein Vater. Und er hatte Kursmünzen aus den Ferien nach Hause gebracht, aus Frankreich, Spanien, Deutschland und Dänemark. Aber irgendeinmal hatte das Interesse nachgelassen. Eine Halbdublone aus dem Kanton Solothurn. 3,8 Gramm Gold mit Nennwert 8 Franken. Er hatte nicht einmal gewusst, dass es so etwas gab.

Später besuchte er Noenas Facebook-Account. Als Profilbild hatte sie ein Selfie von sich und Vanessa hochgeladen. Sie war wirklich kaum wiederzuerkennen, und das Bild strahlte nicht mehr diese abgelöschte Trauer aus, sondern eine Art gespannte Erwartung auf etwas Neues. Vanessa hatte sich mächtig ins Zeug gelegt. Als er ihr damals erzählte, wie hilflos er sich beim Anblick der Bilder des Mädchens fühlte, hätte er nicht zu hoffen gewagt, dass sie mit so viel Energie an die Sache herangehen würde. Die Idee, Noena behutsam an die Geschichte des Unfalls ihrer Familie heranzuführen, beflügelte sie. Und er? Er hoffte, dass eine positive Entwicklung in Noenas Leben ihm irgendwie ermöglichen würde, seine Schuld erträglicher zu finden. «Aber was, wenn sie durchdreht, wenn sie erfährt, dass Vanessa heute eine freundschaftliche Beziehung mit mir pflegt und mit ihrem Vorgehen nicht nur ihr, sondern auch mir helfen will?» Über diesen Gedanken schlief er ein.

Samstag, 10. Oktober 2015

Wyss gab in seinem blauen Talbot-Lago Vollgas, der Abstand zum Ferrari wurde immer kleiner. Beinahe schon hatte er ihn eingeholt, als er von rechts einen Militärlastwagen kommen sah. Er riss das Steuer herum und bemerkte erst jetzt, dass er auf einem Drahtseil gefahren war. Der Abgrund unter ihm öffnete sich und er stürzte im freien Fall in die Tiefe, das Motorengeräusch verstummte, er hörte nur noch das Martinshorn, das lauter wurde, je mehr er sich dem Boden näherte. «Nein!», schrie er und schreckte auf. Und hörte das scheppernde Tüüt-tüüt seines Weckers.

***

Eine halbe Stunde später machte er sich auf den Weg Richtung Stadtbibliothek, wo er Vanessa treffen wollte. Es war Samstag, zahlreiche bunte Marktstände säumten die Schmiedengasse, die Händler richteten sich ein für den Wochenmarkt. Es roch bereits nach frischem Brot und Käse, eine Bäuerin arrangierte ihr Gemüse und ihre Früchte und ein Metzger legte seine Fleischwaren hinter der Glastheke seines Lieferwagens zurecht. Wyss mochte es, wenn an den Markttagen Leben in die sonst doch etwas leere Burgdorfer Oberstadt kam. Wie neulich zum Herbstferienbeginn am Nachtmärit, als die Gasse und die Marktlauben fast aus den Nähten platzten. In den letzten zehn Jahren hatten hier zahlreiche Läden dichtgemacht, weil die Kundschaft unter der Woche ausgeblieben war; ein paar Alteingesessene immerhin hatten überlebt. Alles war sauber, gepflegt und gut in Stand gehalten, ein Bild von einer Altstadt, fand Wyss, bloss manchmal eher ein Museum. Trotzdem lebte er gerne hier. Er verliess die Gasse und passierte die Absperrgitter zwischen der Musikschule und der Brüder-Schnell-Terrasse, wo bereits um diese Uhrzeit einige Rentner sich zum Boulespiel verabredet hatten. Er überquerte die Kreuzung und erreichte den Parkplatz vor der Stadtbibliothek. Vanessa wartete schon in ihrem weissen Cinquecento auf ihn. Ob's den alten Fiat 500 wohl auch als Sammlerstück gab wie den Ferrari 500, überlegte er sich kurz und stieg ein.

«Hoi Dave!», begrüsste ihn Vanessa und fuhr los.

***

Militärbesuchstage laufen immer unter demselben Motto: Es gilt, den Angehörigen zu zeigen, dass die beste Armee der Welt, wie sie der Bundesrat kürzlich und offensichtlich in vollem Ernst genannt hatte, nicht nur gut ausgebildet ist, sondern entgegen jeglichen Berichten der involvierten AdAs (der Angehörigen der Armee) auch eine Menge Spass macht. Wyss war skeptisch wie alle Besucher, die auch einmal in die Uniform gesteckt worden waren. Und mit einigem Bedauern stellte er beim Blick neben das gebotene Programm fest, dass eingetroffen war, was sich schon zu Zeiten seiner Rekrutenschule abgezeichnet hatte: Ohne Handy lief auch in der Armee nichts. Aber deswegen war er nicht hier. Manuel strahlte, als er ihn neben seiner Familie im Publikum entdeckte, und er liess es sich nicht nehmen, ihn und seinen Vater im Lastwagen über die Geländepiste zu fahren, während seine Mutter und Vanessa zurückblieben.

«Manuels Mutter ist eine liebenswürdige Frau», sagte Vanessa später zu David, als die Rekruten ihre obligaten Exerzierübungen vorführten und sie sich einen Kaffee und Militärbiscuits gönnten. «Sie hat sich darüber gefreut, dass wir beide gemeinsam hier sind. Ich erklärte ihr, ich hätte die Wahl gehabt, mich entweder weiter an Toms Tod festzuklammern oder mich dem Leben zuzuwenden, das noch vor mir liegt.»

«Das tönt schön», meinte David nachdenklich. «Was hat sie darauf gesagt?»

«Dass auch du wirst wählen müssen.»

David schluckte leer. «Ihr Brief hat mir gutgetan», gestand er. «Manuel hat sich aufgefangen, und sie denkt, das hat mit einem Gespräch zu tun, das ich mit ihm über seine Beteiligung am Unfall geführt habe.»

«Ja, das hat sie mir auch erzählt. Sie hofft, dass es auch dir wieder besser gehen wird.»

«Ich habe Angst vor dieser Hoffnung», sagte er leise und rieb sein Kinn. «Was, wenn sie sich bei nächster Gelegenheit wieder zerschlägt?»

«Hoffnung ist nicht billig zu kriegen, Dave.» Vanessa blickte ihn ernst an. «Sie kann eine schwere Bürde sein. Aber wer nicht bereit ist, sie aufzuheben, wird von seiner Trauer erdrückt.»

«Das kenne ich», nickte er.

«Ich weiss», sagte sie und griff nach seiner Hand.

Vor dem Mittagessen verabschiedeten sich David und Vanessa und machten sich auf den Heimweg. Unterwegs klingelte sein Smartphone.

«Herr Wyss?» Es war Dürrenmatts Sohn. Wyss war sofort hellwach.

«Ist Ihnen noch etwas in den Sinn gekommen?», fragte er neugierig.

«Ich bin heute in Konolfingen und muss noch ein paar Formalitäten erledigen», erzählte Dürrenmatt. «Unter anderem war ich auch noch auf der Post, um die Briefe an meinen Vater abzuholen, die zurückgehalten worden sind. Dabei habe ich ein Schreiben eines Antiquitätenhändlers und Schätzungsexperten für Spielzeuge gefunden, das Sie interessieren könnte.»

«Schiessen Sie los!», bat Wyss.

«Dieser Herr Marquard schickt ihm Fotos des kleinen Ferrari zurück», erklärte Dürrenmatt, «mit dem Hinweis, dass er wie telefonisch erwähnt, nicht daran zweifle, dass das Auto tatsächlich echt sei, allerdings habe er vor seinen Ferien noch keine Antwort aus England erhalten. Er gehe jedoch, wie ebenfalls besprochen, weiterhin davon aus, dass es sich um Diebesgut handeln könnte.»

«Hier haben wir den Grund dafür, dass Ihr Vater das Tauschgeschäft gegen die Münze platzen liess», sagte Wyss aufgeregt. «Er wusste also zum Zeitpunkt seines Todes, dass der Ferrari vermutlich gestohlen worden war.»

«Der Experte schreibt weiter, dass man ein gleiches Auto 2009 einem Sammler in Burgdorf gestohlen habe. Da dies das einzige bisher bekannte Exemplar sei, müsse vor einem Weiterverkauf ausgeschlossen werden können, dass es sich um eben dieses Modell handle. Er empfehle ihm deshalb noch einmal dringend, mit der Polizei Kontakt aufzunehmen, die den Sachverhalt sicher leicht überprüfen könne. Und er mache sich möglicherweise strafbar, wenn er es nicht melde.»

«Der Experte hatte recht», sagte Wyss. «In unserem automatisierten Polizeifahndungssystem sind alle ungeklärten Straftaten und gestohlenen Objekte erfasst und jederzeit einsehbar. Der Abgleich der Fingerabdrücke hat ergeben, dass es sich tatsächlich um dieses eine Exemplar handelt. Leider hat Ihr Vater die Polizei nicht informiert.»

«Aber er hat ihn in England gekauft!», sagte Dürrenmatt, «Sie glauben doch nicht, er habe den Ferrari gestohlen!»

«Nein, das schliessen wir aus», beruhigte ihn Wyss, «und das andere ist Gegenstand unserer Ermittlungen. Ohnehin ist auch weiterhin unklar, ob der Ferrari überhaupt etwas mit dem Überfall und Mord an Ihrem Vater zu tun hat.» Er bedankte sich und bat ihn, ihm die Kontaktdaten des Experten zukommen zu lassen.

Einen Moment verharrte er in Gedanken versunken, dann schaute er Vanessa an. «Warum hat er sich nicht bei der Polizei gemeldet?»

«Hättest du, Dave?», fragte Sie zurück.

«Ich glaube schon», meinte er. «Aber ich hätte zuvor versucht, etwas über den Diebstahl herauszukriegen.»

«Siehst du», lächelte sie.

***

Bald darauf setzte Vanessa ihn bei der Wache ab.

«Bis hinech bei Küngs, und danke, dass du mitgekommen bist», verabschiedete er sich. Wenige Augenblicke später hatte er Gerber am Apparat und informierte ihn über Dürrenmatts Anruf.

«Das ist tatsächlich interessant», meinte Gerber, «aber immer noch kein Beweis, dass der Ferrari mit dem Mord zusammenhängt.»

«Ich weiss», seufzte Wyss. «Es gibt vieles, was unklar ist: Wie kommt es, dass Dürrenmatt den Wagen in England gekauft hat, wenn er in Burgdorf geklaut worden ist? Warum hat er nach dem Gespräch mit dem Experten die Polizei nicht angerufen? Und überhaupt: Wenn es um den Ferrari ginge, weshalb hat ihn der Mörder dann nicht mitgenommen?»

«Siehst du», meinte Gerber. «Ich hab immer noch das Gefühl, dass wir den Mörder anderswo suchen müssen. Wir sehen uns am Montag bei mir. Dann machen wir eine komplette Auslegeordnung. Der Chef drängt und will endlich Resultate sehen. Der Kommandant ist sauer und der Polizeidirektor macht ihm Dampf.»

«Das war ja klar. Ich bin Montagmorgen um acht bei dir.» Wyss verabschiedete sich.

Er holte sich im Pausenraum einen Nespresso und einen Schokoriegel, ging in sein Büro, drehte die Musik auf, setzte sich an seinen Schreibtisch, lehnte sich zurück und schloss die Augen. Phil Collins' *Hang in long enough* versetzte ihn in seine Teenagerjahre zurück. Der Musiklehrer hatte seiner Klasse beweisen wollen, dass Trompeten und Posaunen keine Auslaufmodelle waren, sondern durchaus auch in moderner Popmusik eine gute Falle machten. Die Bläsersätze in diesem Lied hatten die Teenies fasziniert, und als der Lehrer dann auch noch den Text mit ihnen analysierte, geschah etwas mit dem jungen David, das ihm einen neuen Zugang zur Musik gab. Bis heute war er dankbar für dieses Erlebnis. «Haltet lange genug durch!», diese Aufforderung gab der Lehrer ihnen damals mit auf den Weg, der Satz hatte ihn auch in der Polizeischule begleitet und er schien ihm auch jetzt wieder etwas zu sagen: Gib nicht auf, halt durch. «*The signs are getting clearer, clearer than you need.*» Die Zeichen werden klarer, klarer als du es brauchst. Schön wär's, dachte Wyss.

Er ging seine letzten Erkenntnisse noch einmal durch: Dürrenmatt hatte gewusst, dass der Ferrari Diebesgut war, und hatte deswegen das Tauschgeschäft platzen lassen. Aber er hatte die Polizei nicht informiert. Hatte er selber nachgeforscht und herausgefunden, wem das Auto gestohlen worden war, so wie Vanessa es für wahrscheinlich hielt?

«Was wusste Dürrenmatt über den Diebstahl des Ferraris?», schrieb er auf einen roten Zettel und hängte ihn an die Pinnwand. Hatte er sich an Sollberger gewandt? Und wenn ja: mit welcher Absicht? Hatte er Sollberger einfach informiert, dass er im Besitz seines Dinky-Toys-Ferraris war? Hatte er ihm das Auto zurückverkaufen wollen? Hatte er von ihm vielleicht Finderlohn verlangt? Und, falls er tatsächlich mit ihm Kontakt aufgenommen hatte: Warum hatte Sollberger Wyss gegenüber nichts erwähnt? Wyss griff zum Handy.

«Mach Wochenende!», meldete sich Gerber und stöhnte spasseshalber.

«Wir müssen in Dürrenmatts Telefonverbindungsnachweisen und in seinen Mails prüfen, ob er mit Sollberger Kontakt aufgenommen hat», sagte Wyss.

«Du meinst, er stellte selber Nachforschungen an, was den Diebstahl seines Sammlerstücks anging?» Gerber klang nicht überzeugt.

«Warum nicht?», fragte Wyss. «Ich hätte es wohl gemacht.»

«Einverstanden», entgegnete Gerber. «Bis Montag.»

***

Wyss machte sich auf den Heimweg. Er nahm den Bus bis zum Bahnhof, kaufte in der Migros noch etwas für den Sonntag ein und holte sich an der Take-away-Ecke ein Sandwich und eine Cola.

«Hoi Däveli», hörte er eine vertraute Stimme hinter sich. Es war Walter, ein Rentner, der ihn kannte, seit er ein Dreikäsehoch gewesen war, und es liebte, ihn immer noch gleich zu nennen wie damals vor fünfundzwanzig Jahren.»

«Hallo Walterli», schmunzelte David. «Wie geht's?»

«Gut! Und? Bist du wieder auf der Pirsch?», fragte Walter neckisch.

«Ja, ich hab gehört, in der Migros beobachte ein Rentner Frauen auf der Rolltreppe», sagte Wyss geheimnisvoll und setzte sich zu ihm an den Bistrotisch.

«Du, hast du einen Moment Zeit?», fragte Walter. «Ich hab zum Geburtstag ein neues Handy erhalten, und ich weiss nicht, wie ich es hinkriege, eine SMS zu schreiben und zu lesen.»

Eine Viertelstunde später strahlte Walter glücklich, aber immer noch etwas skeptisch, nachdem es ihm unter Anleitung von Wyss gelungen war, dessen Nummer zu speichern und ihm ein paar Textnachrichten zu schreiben und die Antworten darauf zu lesen.

«Wenn du wieder Probleme haben solltest, schick mir einfach eine SMS. Ich weiss ja, wo ich dich finde», meinte Wyss augenzwinkernd. «Ich muss weiter, grüss Ruth von mir.»

Er ging Richtung untere Altstadt, dort nahm er den Fussweg dem Stadtbach entlang zum Coop, kaufte eine kleine

Kiste Burgdorfer Weizen und stieg weiter vorne gegenüber dem Hallenbad die Treppe empor, am Alten Markt vorbei bis zum Schloss, dem weit herum sichtbaren Wahrzeichen der Kleinstadt. Bereits im 11. Jahrhundert hatte auf dem Molassefelskopf, der das untere Emmental verengt, eine Burg gestanden; die ältesten Teile des heutigen Bauwerks datierten von rund hundert Jahren später und stammten von den Zähringern, die auf dem Hügel auch eine erste Siedlung und Kirche gründeten. Diese ging bald an die Kyburger und wurde 1384 nach dem ergebnislosen Burgdorferkrieg von der Stadt Bern gekauft, die den Burgdorfern mancherlei Rechte überliessen, was dazu führte, dass sich im Mittelalter Gewerbe und Handel entfalten konnten. Die Zeit der Schultheisse war allerdings längstens vorbei, und auch der Statthalter war aufgrund der Reorganisation der Amtsbezirke weggezogen. Das Gefängnis hatte im neuen Kantonalen Verwaltungsgebäude, in dem auch die Polizeiwache untergebracht war, Platz gefunden und so stand das Schloss vor einer längeren Umbauphase, nach der, so hoffte man, eine Jugendherberge, ein Restaurant und ein Museum Touristen nach Burgdorf locken würden.

Wyss setzte sich im Hof auf eine Bank, nahm sein Sandwich und seine Cola zur Hand und schaute talaufwärts. Ganz im Hintergrund die Alpenkette, links unter sich die Emme, weiter vorne die Industrie von Oberburg, etwas weiter rechts die Rothöhe, noch weiter rechts aber wieder näher das Regionalspital und schliesslich das Schönebüeli, wo man in früheren Zeiten die zum Tode Verurteilten hinrichtete, nachdem man sie vom Schlosshügel via Armsündergässli hinunter und dann vor die Stadt geführt hatte. Ein Gericht vor zweihundertfünfzig Jahren hätte ihn vielleicht auch... er mochte gar nicht daran denken. Aber das war Burgdorf: Dem Namen nach ein Dorf mit einer Burg, aber das Dorf war eigentlich eine Stadt und die Burg ein Schloss. Sollte einer die Leute hier begreifen! Wyss schmunzelte. Obwohl er sich manchmal weit fort gewünscht hätte, fühlte er sich hier doch zu Hause und trotz seiner Geschichte irgendwie geborgen. Was häte er anderswo gewollt: Er hätte seine Schuld ja nicht zurücklassen können, auch nicht hier im 45 Meter tiefen Brunnen.

***

Kurz nach fünf holte er das Bier aus dem Kühlschrank und machte sich auf den Weg, nahm den Lift runter zur Grabengarage, überquerte die Hauptstrasse und spazierte durchs Quartier, öffnete vor einer schmucken Villa ein Gartentor und ging ums Haus herum direkt auf die Terrasse, wo Küng eben daran war, etwas mehr Holz aufs Feuer zu legen.

«Du siehst durstig aus, Felix», grüsste Wyss und reichte seinem Chef eine Flasche Weizen.

Es wurde einer dieser gemütlichen Abende, wie Wyss sie liebte. Nicht in erster Linie wegen Küngs Grillkünsten, obwohl die natürlich einen grossen Anteil am allgemeinen Wohlbefinden hatten, und auch nicht wegen dem herrlichen Tempranillo, der zum Essen gereicht wurde, sondern vor allem wegen der familiären Stimmung, die Felix und Käthi Küng verbreiteten. Die beiden waren glückliche Eltern erwachsener Kinder, die längst ausgeflogen waren, und sie verstanden es vortrefflich, ihren Gästen ein Gefühl von Willkommensein und Nestwärme zu geben. Dass sie auch Vanessa eingeladen hatten, war umso schöner.

«Wie geht's deiner Mutter, David?», fragte Käthi nach dem Essen.

«Gut, denke ich», antwortete er. «Ich freue mich, dass sie wieder glücklich ist. Sie hat nach Papas Tod eine harte Zeit gehabt, und ich war ihr wahrlich keine Stütze! Aber Arbon ist halt nicht grad um die Ecke, wir sehen uns nicht oft.»

Davids Mutter hatte vor zwei Jahren eine neue Liebe gefunden und war zu ihrem neuen Partner an den Bodensee gezogen. Er gönnte ihr das Glück, auch wenn ihr Umzug bedeutet hatte, dass er sich eine Weile lang noch wesentlich einsamer fühlte als eh schon. Es war nicht bloss sie, die er vermisste, ihr Zuhören und ihren Beistand in besonders dunklen Stunden; sein Zuhause gab es nicht mehr. Das Haus war verkauft und er und sein Bruder hatten zwar eine schöne Summe erhalten, aber seine Wurzeln waren weg und damit auch der Schauplatz seiner unbeschwerten Jugend. Einen grossen Teil des Geldes hatte er in einen Ausbildungsfonds für Noena gesteckt, in den er auch jetzt noch regelmässig einzahlte. Davon wusste allerdings selbst Vanessa nur andeutungsweise.

«Fredi wird nächsten Sommer pensioniert», erzählte er weiter, «und sie planen bereits munter drauflos, was für Reisen sie dann machen werden.»

«Bei mir geht's noch etwas länger», meinte Felix. «Aber in fünf Jahren bin auch ich so weit. Dann gehöre ich auch zum alten Eisen.»

«Red keinen Unsinn», sagte David. «Aus Edelmetall wird nie Alteisen.»

«A propos Alteisen: Wie läuft dein Ferrari?», fragte Küng.

Wyss erzählte seinem Chef von Dürrenmatts Anruf und von seinen Überlegungen dazu.

«Am Montag bin ich in Bern bei Gerber», schloss er, «und wir prüfen noch einmal die Verbindungsnachweise des Opfers. Aber ehrlich gesagt weiss ich nicht, ob das was bringen wird.»

«Was wirst du tun, wenn sich herausstellt, dass er Sollberger angerufen hat?», fragte Küng.

«Dann werde ich mir den Kerl vorknöpfen.» Wyss war entschlossen.

«Und wenn ihr nichts findet?», bohrte Küng weiter.

Wyss zögerte einen Moment. «Dann werde ich Sollberger trotzdem anrufen und ihn fragen, ob Dürrenmatt mit ihm Kontakt aufgenommen hat.»

«Genau», meinte Küng. «Du wirst so oder so nicht darum herumkommen, dich noch einmal mit ihm zu beschäftigen. Egal, ob er mit dem aktuellen Fall etwas zu tun hat oder nicht.»

«Ich hab übrigens noch einen weiteren Trumpf im Ärmel», fügte David geheimnisvoll hinzu. «Der betrifft aber den alten Fall.»

«Lass hören!» Küng blickte ihn gespannt an.

«Sollberger soll Flückiger am Tag vor dem Betreibungstermin noch ein Angebot für eine gütliche Einigung gemacht haben.»

«Sagt wer?», fragte Küng.

«Frau Schertenleib, Flückigers ehemalige Vermieterin.»

Küng pfiff durch die Zähne. Wyss fuhr fort.

«Ich bin etwas unschlüssig: Soll ich Sollberger mit dieser Aussage sofort konfrontieren oder noch zuwarten.»

«Was spricht dagegen?» Küng mochte es, an Davids Gedankengang teilzuhaben.

«Sollberger zeigt sich bisher kooperativ und ist im Moment offiziell kein Verdächtiger. Noch nicht. Nicht im Fall Dürrenmatt und schon gar nicht im alten Fall Flückiger. Sollte sich herausstellen, dass Dürrenmatt sich tatsächlich bei ihm gemeldet hat, dann kann ich ihn mit Frau Schertenleibs Aussage zusätzlich unter Druck setzen, weil er sich dann plötzlich in zwei Verbrechen verwickelt sieht. Finden wir keinen Beweis für einen Kontakt zwischen ihm und Dürrenmatt, dann wird es eh schwierig: Die Aussage über ein vermeintliches Angebot an Flückiger wäre dann höchstens ein Teil des Mosaiks, das uns zwar ein anderes Bild des Mörders zeigt, als er es uns beschreibt, aber ohne Beweiskraft bleibt.»

«Einverstanden», Küng nickte bestätigend. «Verschiess den Pfeil nicht zu früh und behalte ihn im Köcher.»

«Könnt ihr Männer nicht mal am Samstagabend das Räuber-und-Poli-Spielen bleiben lassen?», mischte sich jetzt die Gastgeberin ein, die mit Kaffee und Guetsli auf die Terrasse zurückkehrte. «Vanessa langweilt sich bestimmt zu Tode!»

«Oh, ganz und gar nicht!», wehrte Vanessa ab. «Es erinnert mich an die Zeit, als Tom noch da war und die beiden jeweils über ihre Ermittlungen sprachen.»

«Wie kommst du zurecht?», fragte Käthi behutsam.

«Es geht bergauf.» Vanessa nickte dankbar. «Ich bin froh, dass mein grundlegender Optimismus langsam wieder Oberhand gewinnt. Und ich denke, ich hab eine neue Aufgabe gefunden.»

«Erzähl mehr davon.»

«Weisst du, in all den Jahren hab ich mir tausend Fragen gestellt», begann Vanessa, «und jede vermeintliche Antwort hat noch mehr Fragen aufgeworfen. Ich meine, wer kann dir schon eine befriedigende Antwort auf die Frage geben, warum gerade dein Mann, warum gerade dein bester Freund, warum gerade du ein solches Schicksal erleiden musst?» Sie nahm einen Schluck aus ihrer Tasse. «Toms Mutter ... sie ist eine tolle Frau. Ich hab mich von Anfang an gut mit ihr verstanden. Nach dem Unfall haben wir uns oft getröstet, aber irgendwann hielt sie den Schmerz nicht mehr aus. Ihre Ehe ging in die Brüche, die beiden schafften es nicht, einander in dieser schlimmen Zeit Hoffnung und Halt zu geben und sie liessen sich scheiden. Das hat mich damals noch zusätzlich aus der Bahn geworfen. Aber vor etwa einem halben Jahr traf ich sie in der Stadt und sie erzählte mir, sie hätten sich versöhnt und würden wieder heiraten. Ich hab mich so gefreut!»

«Und?», fragte Felix.

«Sie hat mir erzählt, sie habe ihren Glauben wiedergefunden. Das klang zuerst ein bisschen banal, vielleicht sogar albern. Aber ich sah, wie sie ihr Leben wieder meisterte und wie sie es schaffte, aus ihrer Erfahrung der Trauer Kraft zu schöpfen.»

«Das wolltest du auch», sagte Käthi verständnisvoll.

«Da sah ich diese Frau, die mir mehr Freundin als Schwiegermutter gewesen war, die mein Schicksal teilte, die genau wie ich zerbrochen war, und ich war fasziniert von dem Leben, das sie ausstrahlte. Wenn sie es geschafft hatte, dann wollte ich es auch schaffen.»

«Das geknickte Rohr bricht er nicht ab, und den glimmenden Docht löscht er nicht aus», sagte Käthi nachdenklich. «Dies war mein Konfirmationsspruch.»

«Ja», sagte Vanessa. «Ich hatte längst mit Gott abgeschlossen. Aber offensichtlich er mit mir nicht.»

Einen Augenblick lang waren alle still. Dann fuhr sie fort.

«Sie besucht eine Freikirche, und ich hab ihren Pastor gefragt, ob ich ihm meine Geschichte erzählen dürfe. Die Gespräche mit ihm und seiner Frau haben mir geholfen. Dabei habe ich längst nicht auf alle Fragen Antworten erhalten, und auf die brennendsten schon gar nicht. Aber ich habe Liebe und Annahme gefunden, was vielleicht sogar wertvoller ist, denn sie haben die Tür zu neuer Hoffnung geöffnet. Ich stand vor der Wahl, am Tod von Tom zu verzweifeln oder das Leben zu wählen. Ich hab das Leben gewählt», wiederholte sie die Worte, die sie am Vormittag schon im Gespräch mit Frau Bürki verwendet hatte.

«Es ist schön, dir zuzuhören», erwiderte Käthi. «Und die neue Aufgabe, die du angetönt hast?»

Vanessa schaute David an. «Ich hab damals endlich die Kraft gefunden, Dave anzurufen», erzählte sie weiter. «Ich wollte hören, wie's ihm geht. Unser Schicksal ist eng verwoben. Und obwohl ich nicht auch noch seine Schuld tragen muss, so teilen wir doch einen grossen Teil Schmerz gemeinsam. Ich wollte ihn wissen lassen, dass ich versuchen will, ihm zu vergeben. Und ich wollte neben dem Schmerz auch meine neu gewonnene Hoffnung mit ihm teilen. Aber du bist ein harter Brocken, gell Dave.» Sie schaute ihn an.

David seufzte. «Ich weiss nicht, ob ich mit dieser Hoffnung umgehen kann», überlegte er. «Momentan geschieht etwas, das ich eigentlich so nicht mehr für möglich gehalten hätte. Es hat mit euch zu tun, mit eurer Beharrlichkeit, mich nicht aufzugeben. Irgendwie auch mit diesem Fall, den du mir aufs Auge gedrückt hast, Felix. Vanessa hat aber noch ein anderes Projekt. Du darfst es schon erzählen.»

Und so erfuhren Küngs auch von Vanessas Bemühungen um Noena, und Felix bot an, sich für das Mädchen einzusetzen, falls sie auch bei ihnen im Verwaltungsgebäude auf Stellensuche gehen möchte. Er hob sein Glas und sagte feierlich:

«Auf dich, Vanessa, und das Leben, das du wiedergefunden hast. Auf dich, David, und die hoffnungsvolle Zukunft, die auch vor dir liegt. Und auf Noena und ihre Grosseltern; mögen sie eine neue Perspektive finden.»

«Und auf euch!», ergänzte David. Er schaute Felix an, seinen väterlichen Freund, der wohl genau wegen seinem grossen Herzen in seiner Karriere stecken geblieben war, und dessen Frau Käthi. «Danke für eure Freundschaft.»

Kurz vor Mitternacht machten sich David und Vanessa auf den Heimweg. Als sie sich bei der Stadtbibliothek voneinander verabschiedeten, schaute Vanessa ihn an und meinte: «Du hast schon auch gemerkt, was die beiden vorhaben, nicht wahr Dave?»

«Ja, das hab ich», nickte er und hielt einen Augenblick lang ihre Hand. «Danke, Vanessa! Und pfuus guet!»

Er schaute ihr nach, blickte gegen den Himmel und betrachtete die Sterne. *You're a sky full of stars,* dachte er und summte den Coldplay-Song vor sich hin, während er gut gelaunt die letzten Meter nach Hause ging.

Eine Viertelstunde später löschte er das Licht seiner Nachttischlampe und verspürte zum ersten Mal seit langem wieder etwas wie Freude am Leben.

Montag, 12. Oktober 2015

Es war kurz vor halb acht und David Wyss sass in der vollen S4 nach Bern, hörte Musik und dachte nach. Nach dem Abend bei Küngs hatte er zum ersten Mal seit Monaten wieder einmal durchschlafen können, hatte einen ruhigen Sonntag verbracht, war im Hallenbad einen Kilometer geschwommen, hatte später Musik gehört und dazu im Internet nach dem Begriff «Raubkunst» gegoogelt. Was er über erzwungene sogenannte Notverkäufe und über die Konfiszierung von Kunstgegenständen aus dem Besitz von verschleppten wohlhabenden Juden zu lesen kriegte, erschütterte ihn zutiefst. Und dass die Schweiz offensichtlich damals als Drehscheibe für den Kunsthandel diente, beschämte ihn. Die aktuelle Geschichte des Münchner Kunstsammlers Cornelius Gurlitt, in dessen Besitz sich offensichtlich auch NS-Raubkunst befand und der mit einem Berner Kunsthändler Geschäfte machte, hatte einen Riesenwirbel verursacht. Konnte es sein, dass Dürrenmatt tatsächlich bei seinen Nachforschungen für die Taskforce auf pikante Informationen gestossen war, die jemand nicht aufgedeckt haben wollte? Er nahm sich vor, bald mit dem Assistenten des Mordopfers zu sprechen.

Heute Morgen war er aber einfach müde; müde und etwas enttäuscht, dass er sich frühmorgens bereits wieder in der wohlbekannten Verfolgungsjagd wiedergefunden hatte. Nur war er selber diesmal auch verfolgt worden, und zwar von einem grossen Lastwagen in den Farben der Polizei, der nach dem Aufprall ungebremst ins Heck seines Autos gekracht war. «Scheiss-Albtraum», dachte er. Er wusste nicht, was er damit anfangen sollte, und war deswegen etwas verunsichert.

Eine halbe Stunde später ging er mit Silas Gerber in dessen Büro den Stand der Ermittlungen im Mordfall Dürrenmatt durch. Die Bilanz war ernüchternd: Sicher waren bisher nicht mehr als die Todesursache, nämlich ein Schuss ins Herz mit einer Pistole vom Kaliber 9 Millimeter, vermutlich einer SIG P220, und der Todeszeitpunkt, nämlich die Zeitspanne vom Samstag, 3. Oktober ab den frühen Abendstunden bis am nächsten Morgen. Dazu war klar, welche Beute der Mörder hatte mitgehen lassen: 22 Schweizer Goldmünzen aus verschiedenen Kantonen aus der Zeit zwischen 1815 und 1845. Es gab nach wie vor keine Hinweise auf einen Täter, keine Spuren, keine Fingerabdrücke, keine Zeugen aus der Nachbarschaft, nichts.

«Mist!» Gerber war richtig sauer und steckte sich bereits die zweite Zigarette in den Mund. «Die Spur ins Tessin ist auch keine. Wir haben das Alibi des Sammlers geprüft, mit dem Dürrenmatt per Mail in Kontakt stand.»

«Mehr habt ihr nicht vorzuweisen? Ich könnte kotzen!», fluchte wenig später auch Kurt Honegger, Gerbers Chef im Dezernat Leib und Leben.

«Von den Spezialisten, die Dürrenmatts Unterlagen durchkämmen, haben wir noch nichts gehört», erklärte Wyss und ergänzte: «Allerdings stehen die Chancen wohl ohnehin schlecht, dass wir da auf den Täter stossen werden.»

«Eine weitere Spur ist aber noch offen», versuchte Gerber seinen Vorgesetzten zu beruhigen. «Wyss hat in einem Nebenschauplatz ermittelt und untersucht einen möglichen Zusammenhang mit dem Fall Flückiger, dem Doppelmord in Oberburg vor sechs Jahren.»

«Wie bitte?» Honegger zog die Brauen hoch. «Ich hab Küng nicht um Verstärkung gebeten, damit dann ein alter

Fall ausgegraben wird und sich die Anstrengungen verzetteln. Ich erwarte Resultate, verdammt noch mal.»

«Wir verzetteln uns nicht», wehrte sich Wyss, dem die Vorwürfe etwas quer eingefahren waren. «Wir beginnen nur an zwei verschiedenen Ecken. Ich bin aufgrund eines anderen Objekts aus der Sammlung des Opfers auf einige Ungereimtheiten gestossen, denen ich nachgehen wollte.»

«Und ich will, dass du Gerber bei seiner Arbeit unterstützt!», sagte Honegger in militärischem Befehlston.

«Aber hör doch mal zu», erwiderte Wyss. «Ich...»

«Hör du mir zu, Wyss!» Honegger wurde nun ziemlich laut. «Ich weiss nicht, was Küng geritten hat, als er mir einen Beamten zur Verstärkung schickte, der seit Jahren nicht mehr ermittelt hat. Flückiger? War das nicht der Typ, den du damals verfolgt und verpasst hast? Dass du die Situation missbrauchst, um ohne Auftrag der Staatsanwaltschaft in einem alten Fall rumzuwühlen, der dich persönlich betrifft, weil er deine Karriere ruiniert hat, finde ich ein starkes Stück. Weisst du was? Geh! Grüss deinen Chef, ich werde mir aus Thun Verstärkung anfordern.»

Mit diesen Worten stapfte er aus dem Büro und warf fluchend die Tür hinter sich zu.

«Was ist denn mit dem los?», Wyss stand da wie ein begossener Pudel.

«Vermutlich hat ihm der Polizeidirektor heute Morgen auf den Hut geschissen», erwiderte Gerber und schaute seinem Chef verdutzt hinterher.

«Und jetzt? War's das?», fragte Wyss.

«Ich weiss nicht», sagte Gerber. «Nimm's nicht persönlich, Honegger ist manchmal ein richtiges Arschloch.»

«Und wie soll ich das nicht persönlich nehmen?» Wyss kämpfte vergeblich gegen ein Gefühl von Wut, Ohnmacht und Enttäuschung an. «Verdammte Scheisse!», murmelte er.

«Tut mir leid», sagte Gerber. «Aber vielleicht hat er recht. Ich muss an diesen Münzen dranbleiben und endlich eine Spur finden.» Er öffnete eine Schublade im Regal hinter seinem Schreibtisch und übergab Wyss einen Plastiksack. «Hier, die beiden Spielzeugautos, die wir untersucht haben. Die brauchen wir wohl nicht mehr.»

«Kannst du trotzdem nachfragen, ob Dürrenmatt mit Sollberger telefoniert oder ihm eine Mail geschrieben hat?»

«Tu ich», versprach Gerber und reichte Wyss die Hand.

***

Auf dem Weg zurück an den Bahnhof wollte Wyss eben Felix Küng anrufen, als ihm dieser zuvorkam.

«Ich hab versucht, Honegger klarzumachen, was du gesucht hast», sagte er, «aber er hat mich nur angebellt. Wie geht's dir jetzt?»

«Gerber meinte, ich solle Honeggers Vorwürfe nicht persönlich nehmen, aber das ist kaum möglich, wenn dieser mir persönliche Motive für mein Vorgehen vorwirft.»

«Honegger steht unter Druck», erklärte Küng, «und offensichtlich ist er nicht fähig ihn dosiert an seine Mitarbeiter weiterzugeben. Wann bist du zurück?»

«Ich bin bereits in der Neuengasse», antwortete er. «Ich nehme den nächsten Zug.»

Das war also der Lastwagen aus dem Traum, der mich von hinten rammte, dachte er, als er sich im Interregio in die Ecke eines Abteils schmiss und sich die Ohrhörer in die

Ohren steckte. *«Irgendeinisch fingt ds Glück eim»*, sang Kuno Lauener von Züri West. «Ja, vor allem!», fluchte Wyss innerlich und drückte das Lied weg. Kelly Clarksons *What doesn't kill you makes you stronger* passte besser zur Situation und das von Nietzsche geborgte Zitat bewirkte in ihm so etwas wie eine Trotzstimmung. Honegger hatte ihn persönlich angegriffen und seine Ermittlerqualitäten angezweifelt. Er wollte diesem Idioten beweisen, dass er den richtigen Riecher hatte.

Als er im Polizeigebäude eintraf, fing ihn Küng ab und ging mit ihm in den Pausenraum zur Nespressomaschine. «Was hast du jetzt vor?», fragte ihn Küng gespannt, während er sein Getränk auswählte.

«Nun», Wyss überlegte einen Moment. «Es kommt darauf an, was du erwartest.»

«Was ich erwarte?», lachte Küng.

«Ja», erwiderte Wyss. «Ich meine, was du erwartest, weiss ich schon. Die Frage ist bloss, was geschieht, wenn die in Bern erfahren, dass ich auf eigene Faust weiter ermittle.»

Küng zeigte sich zufrieden. «Das lass nur meine Sorge sein. Ich halte dir den Rücken frei. Das dürfte kein Problem sein, solange du den alten Fall nicht ins Spiel bringst, du weisst schon, die Aussage von Flückigers Vermieterin.»

«Gut! Dann werde ich jetzt versuchen, bei Sollberger noch einmal einen Termin zu kriegen», sagte Wyss. «Ich werde ihm berichten, dass wir das Ferrari-Modell identifizieren konnten. Ob Dürrenmatt ihn kontaktiert hat oder nicht, konnte ich noch nicht in Erfahrung bringen. Ich werde ihn einfach danach fragen. Er darf ruhig merken, dass jemand sich Gedanken macht und Fragen stellt.»

«Sehr schön, mach das! Bloss nicht aufgeben jetzt», sagte Küng und verschwand mit seinem Kaffee in seinem Büro.

Wyss trank seinen Espresso noch beim Automaten und ging dann an seinen Arbeitsplatz. Auf dem Schreibtisch lag eine Notiz in Küngs Handschrift. «Sollberger AG, 11 Uhr 30.» Wyss schüttelte den Kopf und schaute die Post durch.

***

Sollbergers Direktionssekretärin empfing ihn mit einem aufreizenden Lächeln und einem ebensolchen Dekolleté und lud ihn ein, bei einem kleinen Kaffee auf ihren Chef zu warten, der noch in ein Telefongespräch verwickelt war.

«Er wird sicher gleich für Sie da sein», sagte sie entschuldigend, während sie ihm eine Espressotasse servierte und ihn dabei ebenso scheinbar zufällig berührte, wie sie es am Freitag mit ihrem Chef getan hatte.

«Sie werden es nicht glauben», die junge Frau setzte sich zu ihm, «aber er bestellt sich eben einen neuen Ferrari.»

Wyss verschluckte sich und hustete.

«Einen F12 Berlinetta», erklärte sie mit schwärmerischem Blick.

«Einen neuen Ferrari, sagten Sie?», Wyss war beeindruckt. «Hatte er denn vorher schon einen?»

«Aber sicher!» Die Sekretärin geriet ins Plaudern. «Als Letztes fuhr er einen 360er Modena, aber der ist langsam in die Jahre gekommen. Und er wollte endlich etwas Schnelleres, um mit seinen Freunden mithalten zu können, wenn sie auf dem Hockenheimring fahren gehen.»

«Und Sie? Fahren Sie auch?», wollte Wyss wissen.

«Meistens nur als Beifahrerin», sagte sie. «Aber das eine oder andere Mal hat er mich auch schon ans Steuer gelassen. Ja, es gibt Momente, da überlässt er mir gerne die Kontrolle.»

In diesem Moment öffnete sich die Verbindungstüre und Sollberger betrat das Büro.

«Morgen Nachmittag ist Probefahrt, Hasi», sagte er verheissungsvoll, schwieg dann aber etwas verlegen, als er den Polizisten am Tisch sitzen sah. «Oh, Herr Wyss! Bitte entschuldigen Sie, dass ich Sie habe warten lassen», fuhr er nahtlos in seinem geschäftlichen Ton weiter und führte ihn ins Chefbüro. «Womit kann ich Ihnen heute dienen?»

«Ich wollte Ihnen nur bestätigen, dass der Fingerabdruckabgleich positiv ausgefallen ist. Der kleine Ferrari in Dürrenmatts Vitrine ist der, der Ihnen vor sechs Jahren gestohlen worden ist.»

«Ich kann es kaum glauben», sagte Sollberger. «Und was bedeutet das jetzt?»

«Herr Sollberger», führte Wyss aus. «Wir sind im Besitz eines Briefes, in dem ein Sammlerexperte gegenüber Dürrenmatt die Echtheit des seltenen Modellautos bestätigt, ihn aber auch darüber aufklärt, dass es sich mit grösster Wahrscheinlichkeit um Diebesgut handle. Dürrenmatt wird schnell herausgefunden haben, wem das Sammlerstück gestohlen worden war.» Er hielt einen Moment inne, um Sollbergers Reaktion abzuwarten. Der sah ihn allerdings nur ehrlich interessiert an.

«Nun?», fragte er.

«Nun», fuhr Wyss fort, «wir fragen uns, ob er sich allenfalls mit Ihnen in Kontakt gesetzt, Sie angerufen oder Ihnen eine Mail geschickt hat.»

«Glauben Sie, ich hätte Ihnen das bei unserem letzten Gespräch nicht mitgeteilt?», Sollberger klang etwas eingeschnappt.

«Beantworten Sie doch bitte einfach meine Frage», Wyss liess sich nicht aus dem Konzept bringen.

«Nein, hat er nicht», erwiderte Sollberger gereizt. «Ich habe den Mann weder je gesehen noch mit ihm gesprochen oder eine Mail oder einen Brief von ihm erhalten. Sind Sie jetzt zufrieden?»

«Wo waren Sie vorletzten Samstag, also am 3. Oktober, am Abend und in der Nacht danach?», wollte Wyss weiter wissen.

«Hören Sie, Herr Wyss», Sollbergers Stimme kriegte einen bedrohlichen Unterton. «Sie strapazieren meine Geduld gerade ziemlich heftig! Verdächtigen Sie mich allen Ernstes, etwas mit dem Mord an diesem Sammler zu tun zu haben?»

«Wie gesagt, beantworten Sie doch bitte einfach meine Frage», entgegnete Wyss ruhig.

Sollberger wand sich einen Moment. «Meinetwegen», sagte er dann. «Offiziell war ich unterwegs an eine Tagung in der Ostschweiz, die am nächsten Tag stattfand.»

«Und inoffiziell?», fragte Wyss.

«Inoffiziell war ich mit Sonja Kaufmann, meiner Sekretärin, zusammen. Haben Sie ein Problem damit?»

«Bewahre!», sagte Wyss. «Es ist Ihr Leben.»

«Sie kann es Ihnen bestätigen.» Sollberger öffnete die Verbindungstür und rief seine Sekretärin. «Sonja, kannst du Herrn Wyss erzählen, wo wir vorletzten Samstagabend waren?»

Sie errötete leicht und überlegte dann kurz. «Zuerst waren wir am Eishockeymatch SC Bern gegen EHC Kloten, wir haben dort als Sponsoren Zugang zur VIP-Lounge, wir assen etwas und danach... fuhren wir zusammen in meine Wohnung nach Biberist, Sie wissen schon. Er war die ganze Nacht bei mir.»

«Das mit der VIP-Lounge werden wir nachprüfen», erklärte Wyss, «den Besuch bei Ihnen kann ja wohl niemand bezeugen?»

«Nein, diesmal waren wir leider allein», sagte Sonja Kaufmann und ihre Stimme klang etwas enttäuscht.

«War's das jetzt?» Sollberger machte klar, dass er keine weiteren Fragen mehr beantworten wollte.

«Das war's für den Moment», bestätigte Wyss und verabschiedete sich.

Über den Mittag holte er seine Joggingrunde nach, die er am Morgen hatte sausen lassen. Er rannte der Emme entlang aufwärts an Oberburg vorbei bis zur alten Holzbogenbrücke, wo er beim Spielplatz einen Moment anhielt und amüsiert dem Treiben der kleinen Knirpse zuschaute. Ob's den legendären Streit zwischen den «Haslimöffen», also den Bewohnern von Hasle auf der linken Flussseite, und den «Rüegsougigle», denen von drüben aus dem Rüegsauschachen immer noch gab? Hier ging's jedenfalls momentan friedlich zu und her. Er überquerte die Brücke und machte sich am anderen Emmeufer wieder auf den Weg zurück. Er schlug ein hohes Tempo an, als wollte er seiner Frustration über Honeggers Zusammenschiss davonrennen. Gierig atmete er die Herbstluft und kriegte langsam wieder einen klaren Kopf. Sollberger, der Saubermann, dachte er. Während seine Frau zu Hause sitzt und denkt, ihr Mann sei an einer Tagung, vergnügt er sich mit seiner platinblonden Sekretärin. Das war zwar nicht verboten, entsprach aber so gar nicht dem Image, das er sich für die Wahlen zurechtpoliert hatte. Immerhin war er so schlau gewesen, Wyss die «inoffizielle» Version freiwillig zu erzählen, denn das Alibi mit der Tagung wäre schnell geplatzt, und dann wär's peinlich geworden. Trotzdem war klar, dass er auch die inoffizielle Version prüfen musste.

***

Als Wyss am Nachmittag etwas später als gewöhnlich sein Velo beim Polizeigebäude abstellte, stand ein schwarzer Maserati neben Küngs altem Toyota. Nanu, hoher Besuch?, dachte er. Bereits beim Eintreten in die Eingangshalle hörte er eine laute Stimme aus Küngs Büro und bemerkte, dass einige Mitarbeiter und Mitarbeiterinnen ihn merkwürdig scheu und besorgt anschauten. In dem Moment trat Küngs Besucher aus dem Büro. Es war Regierungsrat Rudolf von Greyerz, der Polizeidirektor des Kantons Bern. Bevor Wyss wusste, wie ihm geschah, stand der Politiker vor ihm, nahm seine Zigarre aus dem Mund und schrie ihn an:

«Da sind Sie ja! Verdammt nochmal, was fällt Ihnen eigentlich ein, einen ehrbaren Grossrat wie einen Verbrecher zu behandeln? Sind Sie von allen guten Geistern verlassen? Ich habe Ihrem Chef bereits gesagt, dass ich eine formelle Entschuldigung an Christian Sollberger erwarte.»

«Aber...», versuchte Wyss sich zu rechtfertigen.

«Kein Aber, Sie sind jetzt schön ruhig, Hueretammisiech! Und dann noch Ihre Anspielungen auf diesen alten Fall. Mir ist schon klar, warum sie herumgraben wollen: Ihretwegen sind damals vier Leute gestorben, und jetzt suchen Sie Erklärungen. Glauben Sie, Sie werden etwas finden, was Ihre Schuld schmälert? Vier Tote! Ich an Ihrer Stelle hätte mir die Kugel gegeben. Und Sie? Wyss, Sie sind ein Träumer! Und Träumer haben in Ihrem Beruf nichts verloren. Sie haben damals die Polizei in ein katastrophal schlechtes Licht gerückt, und jetzt fangen Sie schon wieder an, verdammt nochmal. Aber das sage ich Ihnen: Ich werde nicht zulassen, dass Sie mit ihrer Unfähigkeit neben den vier Menschenleben auch noch eine politische Karriere zerstören. Sie sind eine Schande für Ihren Berufsstand.» Nach diesen letzten Worten steckte er sich seine Zigarre in den Mund zurück und rauschte ab.

Wyss fühlte sich, als hätte ihm jemand eine Faust mit voller Wucht in den Magen gerammt und ihm gleichzeitig den Teppich unter den Füssen weggezogen. Er zitterte am ganzen Körper, als er seine Bürotür hinter sich zuzog und sich hinsetzte. Hier waren sie alle wieder, die Schuldgefühle und die Selbstvorwürfe, die ihn während Jahren zerfleischt hatten, und dies in einer Heftigkeit, die ihm den Atem raubte. Eben noch hatte er geglaubt, eine neue Chance für sein Leben erhalten zu haben, und jetzt schien alles wieder so hoffnungslos wie eh und je. Mit aller Kraft versuchte er, wieder einen klaren Kopf zu kriegen und gegen diese Gefühle anzukämpfen, aber es gelang ihm nicht. Er spürte, wie seine Energie ihn verliess, innerhalb von Sekunden war sein Akku erschöpft und er fühlte sich unendlich leer. Und unendlich allein. Er hörte Küngs Klopfen nicht und merkte erst, dass sein Chef den Raum betreten hatte, als er sich ihm gegenübersetzte.

«Es tut mir leid, dass ich dich nicht warnen konnte», sagte er leise. «Du bist im dümmsten Moment angekommen.»

Wyss starrte ins Leere.

«Ich wollte dir den Rücken freihalten und nun hast du trotzdem die ganze Wucht des Aufpralls zu spüren bekommen.»

«Ein Vierzigtonner», murmelte Wyss. «Von hinten. Mit durchgedrücktem Gaspedal.»

«Lass dich nicht irre machen, David, es stimmt nicht, was er gesagt hat.»

«Oh, er war ziemlich deutlich», entgegnete Wyss bitter. «Ich habe mit meiner Unfähigkeit vier Leute getötet. Er an meiner Stelle hätte sich die Kugel gegeben, aber ich, ich hab zusätzlich noch seinen Busenfreund in Bedrängnis gebracht. Nein Chef, da gibt es nichts, was mich irre machen könnte.»

«Du weisst, was ich meine», sagte Küng. «Du hast nur deine Arbeit gemacht. Du bist deinem Bauchgefühl gefolgt und hast dir damit leider den Kopf eingerannt. Das bedeutet aber nicht, dass du falsch gelegen hast.»

«Ich hab mich einer Anordnung widersetzt und mich von meiner persönlichen Betroffenheit steuern lassen. Man nennt das dann eine Schande für den Berufsstand.»

Küng schwieg.

«Und jetzt?», fragte Wyss, «Bin ich gefeuert?»

«Sicher nicht!», beruhigte ihn Küng. «Wenn hier einer jemanden entlassen kann, dann bin ich das, und ich werde es nicht tun. Aber von Greyerz hat sich klar geäussert: Sollberger ist tabu. Wir ermitteln nicht weiter gegen ihn, mindestens nicht, solange wir keine eindeutigeren Indizien haben.»

«Dann geh ich jetzt mal», sagte Wyss müde. «Ich brauche frische Luft.»

«Tu das. Und pass auf dich auf!», sagte Küng.

Wyss fuhr nach Hause und verkroch sich für den Rest des Tages in seiner Wohnung. Er warf sich in seinen Sessel und starrte Löcher in die Wand. Noch vor zwei Tagen hatte er etwas wie aufkeimende Hoffnung gefühlt und etwas wie Geborgenheit erlebt. Davon war nichts mehr übrig. Er hasste diese sich überschlagenden Gedanken von Wut, Ungerechtigkeit, Enttäuschung, Schuld und Selbstmitleid, aber er fand nicht die Kraft, sich dagegen zu stemmen. Und er hasste sich selbst, weil er es nicht schaffte, seinem Leben nachhaltig eine neue Richtung zu geben. Wie er es drehte und wendete, am Schluss stand immer dieses Schwarze Loch seiner nie wieder gutzumachenden Schuld, das ihn zu verschlingen drohte. Kurz nach achtzehn Uhr ging sein Handy. Es war Vanessa. Er drückte sie weg und stellte auf stumm. Er wollte nicht reden. Wie ein verwundetes Tier, das sich versteckt und seine Wunden leckt, dachte er. Als es zwei Stunden später an der Wohnungstür klingelte, lag er bereits im Bett. Er liess es klingeln und drückte sich das Kopfkissen ins Gesicht. Dann fiel er vor Erschöpfung in einen unruhigen Schlaf, aus dem er aber schon bald wieder aufschreckte. Halb elf, immerhin. Er ging in die Küche, warf einen Blick in den Kühlschrank. Greyerzer Käse! Er lachte verzweifelt. Ohne Appetit verschlang er einen Ring Landjäger und trank ein paar Schluck Milch direkt ab dem Beutel. Dann ging er zur Wohnungstür und öffnete sie. Auf der Schwelle lag ein zusammengefaltetes Blatt Papier. «Dave, bitte melde dich! Vanessa», stand darauf. Sie machte sich Sorgen, das wusste er. Bestimmt hatte sie von Küng erfahren, was am Nachmittag geschehen war. Er schämte sich und fluchte innerlich über seine Hilflosigkeit. Was sollte er ihr sagen, was sie nicht eh schon wusste? Und was sollte sie ihm sagen, was sie ihm nicht schon hundert Mal gesagt hatte? Er wusste, dass er in diesem Zustand unausstehlich war, gefangen und verletzt und abweisend. Und das wollte er ihr nicht zumuten. Er wollte sie nicht der Gefahr aussetzen, sich von ihm weggestossen zu fühlen. Er hatte Angst, sie wieder zu verlieren. Der Gedanke daran war ihm unerträglich, denn er liebte sie, das wurde ihm in diesem Moment klarer als je zuvor. Er liebte sie, und er konnte sich keinen anderen Menschen an seiner Seite vorstellen. Aber sie? Sie, deren Mann er auf dem Gewissen hatte? Er war ihr Freund, ja, und dafür war er nach allem, was geschehen war, unglaublich dankbar. Trotzdem träumte er davon, mehr für sie zu sein als ein Freund. Aber empfand sie auch mehr für ihn? Er wusste es nicht. Wie sollte er je den Mut und die Kraft finden, sie zu fragen? Sicher nicht jetzt, denn, falls sie nicht gleich fühlte wie er, wie sollte sie ihm in seiner Verfassung zu verstehen geben, dass sie ihn zwar mochte, dass da aber nicht mehr war? Er wollte ihre Liebe, nicht ihr Mitleid. Umgekehrt wusste er, dass er ihre Nähe eigentlich genau jetzt gebraucht hätte und dass sie sein Sich-Verkriechen auch als Zurückweisung empfinden musste. Scheisse! Warum war das Leben auch nur so verdammt kompliziert! Er griff zum Handy und fand ein halbes Dutzend Whatsapp-Pushnachrichten auf dem Sperrbildschirm. Vanessa und Küng hatten sich gemeldet. Sie klangen beide besorgt. Er drückte auf den grünen Hörer und wählte eine Nummer in seinen Favoriten.

«David?», meldete sich eine verschlafene Stimme. «Mein Junge, weisst du wie spät es ist? Ist etwas passiert?»

«Mama?», sagte er, «Hast du einen Moment Zeit?» Der Kampf gegen die Tränen war sinnlos. «Ich kann nicht mehr», schluchzte er.

Vor der Abdankungshalle, Ende Oktober 2009

«Mein Beileid, Frau Wyss.» Er drückte ihr lange die Hand. «Es muss unglaublich schwer für Sie sein.»

«Danke, Herr Küng», sagte sie und kämpfte tapfer gegen die Tränen. Die meisten der Trauergäste hatten den Friedhof bereits verlassen, nur der Polizist und seine Frau waren noch zurückgeblieben, um ein paar Worte mit der nun verwitweten Mutter seines drei Wochen zuvor verunglückten Untergebenen zu wechseln, die den zweiten Schicksalsschlag in so kurzer Zeit erlitten hatte.

«David ... die Ärzte wissen noch immer nicht genau ...» Sie stockte. «Wissen Sie, bei meinem Mann war Hoffnung nach dem schweren Herzinfarkt von Anfang an illusorisch gewesen. Aber bei David ... Ich wünsche mir nichts mehr, als dass er aufwacht und wieder ganz gesund wird.» Sie zögerte einen Augenblick. «Ist das egoistisch? Gott, er wird leiden. Er wird furchtbar leiden! Wenigstens muss mein Mann das nun nicht noch miterleben.»

Sie sah dem Polizisten in die Augen. «Bitte versprechen Sie mir, dass Sie zu ihm halten werden.»

«Ich verspreche Ihnen, mich um ihn zu kümmern», sagte Küng. «Wir werden ihn nicht fallen lassen», ergänzte seine Frau, «und hoffen ganz fest, dass all das sich irgendwie zum Guten wenden wird.»

13. Oktober 2015

«Du solltest etwas essen.» Hanna Wyss beugte sich über ihren Sohn und fühlte seine Stirn. Er hatte wohl etwas Fieber, aber sicher nicht über 38 Grad, und war noch immer bleich. Sie war nach Davids Hilfeschrei mit dem ersten Zug am Morgen nach Burgdorf gereist und bereits kurz nach halb neun in seiner Wohnung eingetroffen. Er hatte gefühlt, dass sein Anblick sie erschreckte. Sein blasses, verschwitztes Gesicht, die verweinten Augen, der rastlose, zitternde Körper: All das musste sie an die Ohnmacht von damals erinnern, als er, aus dem Koma aufgewacht und dem Schmerz hilflos ausgeliefert, tagelang von tiefster Verzweiflung geschüttelt wurde, die Nahrung verweigerte und niemand an sich heranliess. Nach Ihrer Ankunft hatte sie sofort die Initiative ergriffen, ihn aufs Sofa gebettet, ihm trotz seines Protests einen Tee zubereitet, die Wohnung gelüftet und ihn noch einmal von seinem schlimmen Tag erzählen lassen. Er hatte ihr sein Herz ausgeschüttet und wohl viel mehr berichtet, als er es hätte tun dürfen. Langsam war er ruhiger geworden, ihre Anwesenheit hatte ihm gutgetan und schliesslich war er eingeschlafen, übermannt von der Erschöpfung der letzten vierundzwanzig Stunden.

«Du solltest etwas essen», wiederholte sie.
«Ich mag nicht», brummte er und drehte sich ab.
«Fredi grüsst dich», sagte sie. «Ich habe ihm gesagt, dass ich sicher ein paar Tage bei dir bleiben werde.»
David schwieg.
«Dein Chef macht sich Vorwürfe, weil er dich mit diesem Fall betraut hat, der dich persönlich betrifft», sagte sie. «Er kam am Mittag rasch vorbei.»

Offensichtlich versuchte sie, ihn in ein Gespräch zu verwickeln, aber er schwieg immer noch.

«Du sollst dir ein paar Tage Zeit nehmen, um Distanz zu gewinnen.» Sie wartete vergeblich auf eine Antwort.

«Ich habe ihm gesagt, du werdest bestimmt den Schmerz in dich hineinfressen und sofort wieder arbeiten wollen», fuhr sie fort. «Und so wie's aussieht, werde ich wohl recht behalten.»

«Und sonst?», fragte er schliesslich, ohne sie anzuschauen.

«Sonst?» Seine Mutter lachte verzweifelt. «Da sind nur gefühlte hundert Nachrichten von Vanessa auf dem Display deines Handys. Herr Küng hat mir ihre Nummer gegeben und ich hab sie angerufen, weil du es nicht getan hast. Sie macht sich furchtbare Sorgen.»

David schwieg. Einerseits freute es ihn, dass Vanessa sich um ihn sorgte, andererseits hatte er ein schlechtes Gewissen, weil er sich nicht gemeldet hatte. Wenn er ihr irgendeinmal zu verstehen geben konnte, dass sie ihm wertvoll war, dann doch wohl jetzt. Aber was sollte er ihr sagen? Er fühlte sich komplett überfordert.

«Sie kommt jeden Moment vorbei», sagte die Mutter in beiläufigem Ton. Wenige Augenblicke später läutete es an der Wohnungstür.

«Wie schön dich wiederzusehen!» Davids Mutter umarmte Vanessa. «Gut siehst du aus. Komm rein, er liegt auf dem Sofa, aber er ist wach.» Dann führte sie ihren Gast zur Sitzecke und rückte ihr einen Stuhl zurecht.

«Hey!», sagte Vanessa, setzte sich hin und strich durch Davids Haar.

«Hey!», seufzte er und starrte an die Decke. Sie blickte ihn an und wartete, ob er von sich aus erzählen würde. Aber er schwieg.

«Und jetzt?», fragte sie ihn nach einigen Minuten. «Magst du reden?»

«Es bringt eh alles nichts», brach er endlich sein Schweigen. «Ich hab einfach keine Kraft mehr.»

«Du bist nicht allein», sagte sie.

«Du hast keine Ahnung, wie allein es sich anfühlt», erwiderte er müde.

«Ich weiss sehr wohl, wie Einsamkeit sich anfühlt», sagte sie. «Ich kann verstehen, was du durchmachst.»

«Gar nichts verstehst du!» David setzte sich abrupt auf und schaute sie gereizt an. «Du, du bist ein Opfer! Die Leute fühlen mit dir, sie haben Mitleid, nehmen Rücksicht, tragen dich. Aber ich, ich bin Täter, ich hab Leute umgebracht, ich bin ein verdammter Dreckskerl, dem jeder immer wieder zu spüren geben darf, was für ein Arsch er ist, und dem jeder Salz in die Wunden streuen darf. In all diesen Jahren habe ich diese Schuld allein tragen müssen. Und ich kann nicht mehr.»

«Ach so, Mitleid ist es, was du suchst?» Vanessa war wie vor den Kopf gestossen. «Weisst du was? Meins hast du!» Sie stand auf.

«Ich will dein Mitleid nicht!», schrie er.

«Was willst du dann?», schrie sie zurück. «Seit gestern habe ich versucht, dich zu erreichen, ich wollte für dich da sein, deinen Schmerz mit dir zusammen aushalten. Aber du lässt mich nicht! Du klagst, dass wir dich nicht verstehen, aber du sperrst uns in den entscheidenden Augenblicken aus. Warum? Ich hatte so gehofft …»

«Deine Vorwürfe sind das Letzte, was ich noch gebraucht habe», zischte er wütend.

«Weisst du was?» Sie atmete tief durch. «Eigentlich bin ich gekommen, um einfach noch einen Moment bei dir zu sein, bevor ich Noena abholen gehe. Aber so habe ich mir das nicht vorgestellt. Du fühlst dich einsam, Dave? Vielleicht denkst du mal darüber nach, warum das so ist.»

David sah die Tränen der Enttäuschung in Vanessas Augen, als sie sich umdrehte und zur Tür ging. Er hätte sich ohrfeigen können und wollte sich entschuldigen, aber er bekam kein Wort heraus.

«Und, geht's dir jetzt besser?» Vanessa war gegangen und seine Mutter schaute ihn an und schüttelte vorwurfsvoll den Kopf.

«Ach lasst mich doch alle in Ruhe, verdammte Scheisse nochmal», fluchte er, schlug die Schlafzimmertür hinter sich zu und warf sich auf sein Bett. Wenig später dröhnte das Intro zu Feeders *Feeling a Moment* durch die Wohnung. Vor zehn Jahren hatte die Band im Letzigrundstadion mit diesem Lied ihren Part als Vorgruppe von U2 begonnen. Sie waren da gewesen, alle vier, ganz vorne am Gitter. Maya hatte sich ihm auf die Schultern gesetzt und noch auf der Fahrt nach Hause vom blonden Sänger geschwärmt. Damals war ihre Welt noch in Ordnung gewesen, sie hatten das Leben genossen, trunken vor Lust auf mehr. *«Feeling the moment slip away.»* Der Augenblick war vorbei, die Melancholie des Liedes brach über ihm zusammen. Die Worte, die er damals Maya vorsang, als sie unter der Trennung ihrer Eltern litt, sie trafen ihn jetzt mitten ins Herz. Was war aus ihm geworden? Er war es, von dem das Lied handelte, ein Mensch, zerbrochen unter seiner Last, der verzweifelt versuchte, seinem Leben neue Richtung und neuen Glauben zu geben und die Leere in sich zu füllen, dem aber alles entglitt. *«Am I just like you?»* – bin ich nicht wie du? Vanessa hatte versucht, ihm zu zeigen, dass sie ihn verstand und dass er nicht allein war. Es war, als ob es ihre Worte wären: *«I'll never leave you dry.»* – Ich werde dich nie hängen lassen. Aber er, er hatte sie weggestossen.

«Du kommst mir vor wie ein Teenager!» Seine Mutter stand in der Tür zu seinem Schlafzimmer. «Du flüchtest dich in die Musik und möchtest dir deine eigene Welt bauen.»

«Vielleicht ist mir das Leben einfach zu hart», entgegnete er.

«Du meinst, weil es dir immer auf den Kopf regnet», sagte sie und lachte herausfordernd und begann den Chorus von Travis' *Why does it always rain on me* mitzusummen, der mittlerweile aus Davids Lautsprechern tönte.

«Der Typ versteht mich wenigstens», meinte er bockig. «Hast du gehört, was er singt? Nichts vom Licht am Ende des Tunnels, sondern von einem Tunnel am Ende des Lichts. Genauso fühle ich mich.»

«*Am Ende von all diesen Lichtern*, singt er», korrigierte sie ihn. «Begreifst du es eigentlich nicht? Ja, da liegt ein dunkler Schatten auf dir, und er wird dich wohl Zeit deines Lebens begleiten. Aber es gibt neben dem Dunkeln so viel Helles um dich herum! Deine Freundschaft zu Vanessa, zu Küngs, deine Arbeit, die du eigentlich ganz gut magst, deine Musik, die schmucke Wohnung, in der du wohnst, deine wiedergewonnene Gesundheit, der Kontakt zur Familie Bürki, vielleicht ja auch die Liebe deiner Mutter: All das sind deine Lichter, aber du siehst nur den Tunnel. Wach endlich auf und gib dir einen Ruck!»

Er schwieg, aber es war leicht zu erkennen, dass die Predigt ihre Wirkung nicht verpasste.

«Und jetzt steig aus deiner Mitleidsbadewanne, stell dich unter die Dusche und mach dich frisch! Und dann kommst du in die Küche und isst was, bevor du noch unausstehlicher wirst!»

«Yes, Ma'am», sagte er kleinlaut, aber der Trotz war aus seiner Stimme verschwunden. Er stand auf und ging ins Bad.

Die Dusche tat ihm gut und auch der kleine Imbiss hob seine Laune ein wenig.

«Ich muss etwas erledigen», sagte er zu seiner Mutter und zog sich in sein Schlafzimmer zurück. Er griff zu seinem Smartphone, suchte im Internet nach der Nummer der Freikirche neben der Migros und hatte wenig später Urs Schenk am Telefon.

«Herr Wyss?», der Pastor klang erfreut. «Sicher habe ich Zeit für Sie. Wann möchten Sie vorbei kommen?»

«Ich weiss, das klingt unverschämt, aber hätten Sie heute noch Zeit für mich?», fragte Wyss.

«Ich habe Vanessa versprochen, dass ich Ihnen zuhören werde, sobald sie Sie weichgekocht hat», lachte Schenk. «Ich bin zwar grad am Verfassen eines theologischen Fachartikels, aber das kann auch warten.»

David tippte ein «Sorry, Vanessa!» und ein Herz in sein Smartphone. Und schickte «Bin bei Schenk!» hinterher.

***

So kam es, dass Wyss zehn Minuten später mit dem Fahrrad auf den Parkplatz der Freikirche einbog. Ein Teenager übte Tricks auf seinem Skateboard. Es war Pascal, der Sohn des Pastors. Als er den Polizisten erkannte, erschrak er kurz, lächelte dann aber vorsichtig.

«Grüessech Herr Wyss!», rief er. «War mein Vergehen neulich so schlimm, dass Sie sogar mit meinem Vater sprechen müssen?»

«Genau», sagte Wyss voller Ernst und zwinkerte ihm dann zu. «Dein Kumpel steckt schon in der Zelle!»

Pascal grinste fröhlich, kam näher. «Ich hab's meinem Vater gebeichtet», sagte er.

«Und?», fragte Wyss.

«Er hat mir erzählt, er sei auch mal von einem Polizisten erwischt worden.» Er blickte vorsichtig um sich. «Nämlich als er freihändig mit dem Fahrrad unterwegs war.»

«Dein Vater? Der Pastor?», staunte Wyss.

«Ja! Er hat dann versucht sich rauszureden und dem Polizisten gesagt, bei ihm sitze eben Gott am Lenker.»

«Und dann?», fragte Wyss gespannt.

«Dann sagte der Beamte zu ihm: Zu zweit auf dem Fahrrad kostet extra! Und hat die Busse verdoppelt.»

Die beiden lachten.

«Vater ist in seinem Büro. Hier die Aussentreppe hoch und die Türe rechts.»

Wyss bedankte sich und schaute dem Kleinen hinterher, der mit seinem Skateboard davonfuhr.

«Was führt Sie zu mir?», fragte Urs Schenk, nachdem sie sich gesetzt hatten.

«Sie kennen meine Geschichte?», fragte Wyss.

«Ich kenne Vanessas Geschichte. Und da spielen Sie eine entscheidende Rolle.»

«Ja, das können Sie laut sagen.»

«Sie erzählen und entscheiden selbst, wie tief Sie mir Einblick in Ihr Leben geben wollen. Ich höre einfach zu.»

Je länger David Wyss dem Pastor erzählte, desto klarer

wurde ihm, dass er keine Ahnung hatte, wie dieser ihm helfen sollte. «Wissen Sie», sagte er zum Schluss, «ich habe immer irgendwie eine Art Gottvertrauen gehabt. Irgendeine Macht, die dafür schaut, dass alles im Gleichgewicht bleibt, dass die Guten belohnt und die Bösen bestraft werden. Aber der Unfall hat all das zerbrochen. Als meine Mutter mir später erzählte, sie habe während meinem Koma am Spitalbett lange nicht gewusst, ob sie dafür beten solle, dass ich sterbe, um nicht mit dieser Schuld leben zu müssen, oder ob sie den Himmel um mein Leben anflehen solle, da hab ich aufgehört, an den Lieben Gott zu glauben.»

Urs Schenk schaute ihn lange an. «Und doch sind Sie jetzt hier.»

Wyss lachte verzweifelt. «Ich habe gesehen, wie Vanessa wieder Boden unter die Füsse gekriegt hat. Ich bin unglaublich stolz auf sie. Ich habe gehofft, dass Sie vielleicht auch mir helfen können ... Allerdings ist mir klar, die Vorzeichen sind verschieden: Vanessa war ein Opfer, ich bin ein Täter.»

Schenk schwieg. Wyss fuhr fort: «Und trotzdem bin auch ich ein Opfer dieses Unfalls, ein Opfer meiner Schuld, unter der ich zerbreche, auch nach sechs Jahren noch. Gerade jetzt in diesen Tagen ist wieder alles über mich hereingebrochen, und dies mit einer Heftigkeit, die mich erschüttert hat. Ich schliesse mich dann in mir ein, voller Wut auf mich selbst und auf meine Einsamkeit, und dabei stosse ich die, die mir helfen möchten, von mir. Wie heute Nachmittag. Die Frage, die ich habe, ist, wie ich lernen kann, mit dieser Schuld zu leben.»

«Schuld gehört zur Geschichte von uns Menschen», begann der Pastor nach einem kurzen Moment des Nachdenkens. «Sie ist Teil der Biografie jedes Einzelnen, genauso wie vieles an Unerfreulichem sonst. Ja, ihre Folgen sind für alle Beteiligten tragisch. Aber nicht die Schuld an sich ist die Tragödie, sondern ihre Konsequenzen sind es. Schuld selbst ist als Teil unsrer Geschichte überwindbar. Aber sie ist nicht unser Schicksal.»

Wyss schaute ihn fragend an. Schenk fuhr fort.

«Wäre sie unser Schicksal, sie würde uns ewig umklammern und in ihrem würgenden Griff festhalten. Aber als nicht auslöschbarer Teil unserer Geschichte ist sie dennoch immer auch überwindbar; sie ist und bleibt Teil unserer Vergangenheit, prägt unsere Gegenwart und Zukunft, muss jedoch beides nicht bestimmen. Dieser feine Unterschied macht eben den Unterschied.»

«Aber wie kann ich Schuld überwinden, wenn ich sie nicht ungeschehen machen kann und sie immer Teil meiner Geschichte bleiben wird?»

«Indem Sie nicht zulassen, dass sie die Zukunft bestimmt.»

«Das ist leichter gesagt als getan! Meine ganze damalige Welt ist an ihr zerbrochen: meine Beziehung, meine berufliche Karriere, ganz zu schweigen von all den schönen Momenten, die unwiderruflich verloren sind. Und da wollen Sie mir sagen, sie bestimme meine Zukunft nicht? Sie bestimmt alles in meinem Leben.»

«Sie tut es, weil Sie es zulassen.»

«Wie könnte ich es nicht zulassen! Jeden Tag denke ich an die Leute, denen ich alles weggenommen habe. Die haben die Welt nicht verstanden, als ich ohne Strafe davongekommen bin!»

«Denken Sie, der Verlust dieser Leute sei kleiner, wenn Sie unter der Schuld zusammenbrechen? Und glauben Sie ernsthaft, eine Geld- oder Gefängnisstrafe hätte Ihnen Ihre Schuld weggenommen?»

«Ich...», Wyss stutzte. «Ich weiss es nicht. Hätte sie nicht?»

«Überlegen Sie sich: Vielleicht, ja vielleicht hätten die Eltern und die Tochter der verstorbenen Familie eine gewisse und verständliche Genugtuung verspürt. Und auch die Öffentlichkeit hätte dem Gericht wohl applaudiert. Aber was die Strafe mit Ihnen und Ihrer Schuld gemacht hätte, das ist eine andere Sache. Keine Strafe kann die Konsequenz Ihrer Schuld ungeschehen machen, genau so wenig wie Ihr Zusammenbrechen unter Ihrer Schuld dies kann.»

«Aber was kann ich tun?»

«Vanessa hat mir erzählt, dass Sie sie gebeten haben, mit der Tochter von Morgenthalers in Kontakt zu treten, dass Sie finanzielle Mittel für sie bereitstellen und ihr einen Hund schenken möchten. Das sind gute Ansätze, weil sie zukunftsorientiert sind. Sie haben begonnen, vorwärts zu schauen, Sie wollen Verantwortung übernehmen.»

«Ja, Vanessa hat das fantastisch hingekriegt und ist gerade jetzt unterwegs, Noena zu sich zu holen, weil sie bei ihr in der Kanzlei eine Schnupperlehre absolvieren kann. Aber das sind Peanuts im Vergleich zum Leid, das ich angerichtet habe!»

«Das empfinde ich nicht so», erwiderte Schenk. «Was wollen Sie? Sie werden nie etwas tun oder leisten können, was den Wert eines Lebens aufwiegt. Wenn Sie Ihren Einsatz daran messen wollen, haben Sie von Beginn weg verloren.»

Wyss zögerte. Der Pastor fuhr fort.

«Es gibt eigentlich nur eine Art, Schuld loszuwerden.»

«Ich weiss, worauf Sie anspielen», sagte Wyss. «Sie reden vom Mann am Kreuz. Aber den können Sie gerne aussen vor lassen, wie Sie wissen.»

«Eigentlich wollte ich nicht über ihn sprechen, sondern über Vergebung. Aber wenn Sie schon die Geschichten der Bibel ansprechen: Die Menschen haben seit jeher Mühe gehabt im Umgang mit ihrer Schuld; sie haben alles unternommen, um sie zu überspielen, indem sie versuchten, sich Zukunft und Sicherheit trotz ihrer Schuld zu garantieren. Aber je mehr sie es taten, desto mehr verstrickten sie sich darin. Wenn die Geschichten der Bibel uns eines zeigen, dann, dass wir uns nicht selbst vergeben können; die Vergebung der Schuld wird uns zugesprochen. Mindestens das zeigen sie uns, egal, was wir vom Mann am Kreuz halten. Wir können uns nicht selbst entschuldigen. Wir können uns nicht selbst an den Haaren aus dem Sumpf ziehen.»

«Wie Baron von Münchhausen, meinen Sie?», fragte Wyss.

«Vanessa hat es geschafft, Ihnen zu vergeben. Dies ist der Grund, weshalb Sie beide einander wiedergefunden haben. Sie schaffen es nicht bloss, einander wieder in die Augen zu schauen, sondern sie sind tatsächlich wieder Freunde geworden. Es ist aber nicht nur das: Dass Vanessa Ihnen vergeben konnte, hat auch ihr selbst in gewisser Hinsicht das Leben gerettet. Vergebung ist der Grund für ihre Kraft, wieder auf beiden Füssen durchs Leben zu gehen.»

Wyss dachte an ihren Streit.

«Millionen von Menschen schleppen täglich Schuld mit sich rum. Die einen ersticken an der eigenen Schuld, die anderen an der Schuld derer, die an ihnen schuldig geworden sind. Das Resultat ist dasselbe: Verbitterung. Der Umgang mit Ihrer Schuld liegt in Ihrer Hand. Die Art, wie Morgenthalers mit Ihrer Schuld umgehen, ist nicht Ihre Verantwortung.»

«Was raten Sie mir?»

«Lassen Sie Vanessa Zeit, das Vertrauen der Familie Morgenthaler zu gewinnen. Irgendwann wird für Sie der Zeitpunkt kommen, in dem Sie die Bühne betreten. Ich kann verstehen, dass Sie sich davor fürchten. Aber Sie haben nichts zu verlieren. Sie sind ein ehrlicher Mann, Herr Wyss, Sie haben gelitten, Sie wollen sich Ihrer Schuld stellen und Sie haben Worte gefunden, um über Ihre Geschichte zu sprechen. Das ist mehr, als mancher in Ihrer Situation könnte. Erzählen Sie von sich. Und wenn sich die Möglichkeit gibt, dann bitten Sie die Familie um Vergebung. Ich kenne Morgenthalers nicht, aber ich weiss, dass der Schlüssel für ihre Zukunft derselbe ist wie der, den Vanessa gefunden hat. Vielleicht finden sie ihn auch, wenn man sie drauf stösst.»

«Und wenn sie mich zurückweisen?»

«Dann, Herr Wyss, werden wir vielleicht doch noch auf den Mann am Kreuz zu sprechen kommen. Wissen Sie, niemand kann zum Vergeben gezwungen werden, Herr Wyss. Auch Sie nicht.»

«Wie meinen Sie das?»

«Denken Sie an den Mann, den Sie damals verfolgt haben. Und an den Fahrer des Traktors, der Ihnen den Weg abschnitt.»

«Mit ihm hab ich letztes Jahr gesprochen. Ich hab ihm versichert, dass ihn keine Schuld trifft.»

«Und was hat das in dem Jungen ausgelöst?», fragte Schenk erwartungsvoll.

«Er blühte auf und macht gerade die RS als Lastwagenfahrer, ich war am Samstag an seinem Besuchstag.»

«Und wie haben Sie sich gefühlt? Neidisch, weil der Junge jetzt keine Schuld mehr tragen muss?»

Wyss verstand. «Nein, ich war erleichtert, dass ich ihm wieder Hoffnung geben konnte», sagte er nachdenklich.

«Ich verstehe, weshalb Vanessa so an Ihnen hängt.» Schenk schaute den Polizisten lange an.

«Ich habe letzte Woche herausgefunden, dass Flückiger, der Mann, den wir damals verfolgt haben, wohl doch ein ganz anderer Mensch war, als ich immer geglaubt habe. Sie haben recht: Ich muss die Vergangenheit irgendwie loslassen und in die Zukunft schauen. Aber ob ich das je schaffe?»

«Sie können nicht nur, Sie dürfen auch!»

Die beiden Männer verabschiedeten sich voneinander und einige Augenblicke später stand Wyss wieder unten auf dem Parkplatz.

Er holte sein Smartphone aus der Jackentasche. Vanessa hatte seine Nachrichten zwar gelesen aber nicht geantwortet. Das beunruhigte ihn. Sie hatte allen Grund, auf ihn wütend zu sein, das war ihm klar. «Rufst du mich an? Ich geh auch ran!», tippte er und schickte die Nachricht ab.

***

Er staunte nicht schlecht, als er in seine Wohnung zurückkehrte. Seine Mutter sass mit einer Besucherin angeregt plaudernd in der Sitzecke. Es war Denise alias Roxy, die in seinem Bademantel steckte.

«Deine Mama ist ein Engel, David», begrüsste sie ihn. Und auf seinen fragenden Blick hin klärte sie ihn auf. «Ich ging rasch in die Waschküche, um Froteetücher aus dem Wäschetrockner zu holen. Dabei hab ich mich aus meiner Wohnung ausgesperrt. Da stand ich nun, ohne

Schlüssel und ohne Handy, bloss in sexy Unterwäsche. So habe ich in meiner Not bei meinem Freund und Helfer geklingelt, und deine Mutter war so freundlich, mich hereinzubitten und mir etwas zum Anziehen zu geben, während wir auf den Typen von der Hausverwaltung warten. Der Hauswart hat Ferien.»

«Und deine ... Termine?», fragte er mit vorsichtigem Blick auf seine Mutter.

«Ich bin nicht blind», sagte die. «Es ist nicht die Arbeit, die ich mir ausgesucht hätte, aber Denise lebt ihr Leben!»

«Meine Gäste? Die haben Pech.» Sie klang allerdings nicht wirklich traurig. «Ich kann's eh nicht ändern, und benachrichtigen kann ich sie auch nicht», sagte sie. «Ich kann ja nicht gut so unten vor der Haustür stehen und sie fragen, ob es ihnen etwas ausmacht, später wiederzukommen. Und ich hab mich blendend mit deiner Mutter unterhalten.»

Frau Wyss schmunzelte. «So leicht bekleideten Frauenbesuch hättest du zu Hause jedenfalls nicht empfangen dürfen. Ich hab uns eine Kanne Tee gekocht. Hol dir eine Tasse und setz dich zu uns.»

Denise schaute ihn aufmerksam an, als er es sich auf dem Sofa bequem machte.

«Deine Mutter hat erzählt, weshalb sie da ist. Geht's dir besser?», fragte sie vorsichtig.

«Ich hoff's», meinte er. «Eins habe ich jedenfalls begriffen: Es ist idiotisch, die Menschen vor den Kopf zu stossen, die deine Nähe suchen, um dich aufzufangen, wenn du fällst.»

«Vanessa wird sich melden. Bestimmt.» Seine Mutter interpretierte den sorgenvollen Blick ihres Sohnes aufs Display seines Smartphones richtig.

«Der Fall, an dem du dran warst, worum ging es da?», fragte Denise, die sah, dass David nicht über seine Besorgnis reden wollte.

«Allzu viel darf ich nicht sagen», antwortete David. «Aber ich hab in dem Mordfall in Konolfingen ermittelt und bin dabei einer Spur gefolgt, der ich wohl nicht hätte folgen dürfen.»

«Sie hat ihn zuerst nach Burgdorf und dann zum Unfall geführt!», sagte seine Mutter geheimnisvoll.

«Zu dem Unfall?» Denise war neugierig.

«Es ist nicht sicher, Mama», entgegnete David. «Und überhaupt: Die Spur ist kalt und meine Ermittlungen wurden eingefroren.»

«Interessieren Sie sich für Politik, Denise?» Die Frage von Davids Mutter klang nach einem abrupten Themenwechsel.

«Manchmal schon», antwortete die junge Frau. «Sie meinen, weil Burgdorf möglicherweise einen Ständerat kriegt?»

David verdrehte die Augen. Wollte seine Mutter ihn in Verlegenheit bringen?

«Kennen Sie ihn denn?», wollte sie wissen.

«Den Sollberger? Ja, klar», sagte Denise. «Ihm gehört dieses Haus hier.»

David war überrascht. «Das ist ein Witz, nicht wahr?»

«Nein, es stimmt», antwortete sie und erklärte: «Ich weiss es, weil ich ja eine Bewilligung brauchte für meine Arbeit hier im Haus. Die Verwaltung musste das mit dem Besitzer klären.»

«Werden Sie ihn wählen?», fragte Frau Wyss.

«Nein», sagte Denise schroff. «Meine Begegnungen mit ihm waren alles andere als erfreulich. Er ist ein selbstverliebtes Arschloch. Aber immerhin hat er der Verwaltung grünes Licht für meine Arbeitserlaubnis gegeben.»

Es klingelte an der Haustür, ein Lehrling von der Liegenschaftsverwaltung war mit dem Schlüssel zu Denises Wohnung da. Sie verabschiedete sich, nicht ohne sich noch einmal herzlich zu bedanken.

«Den Bademantel kannst du mir später zurückbringen», sagte David mit einem breiten Grinsen im Gedanken daran, wie wohl der junge Kerl geguckt hätte, wenn ihm Denise in Unterwäsche im Treppenhaus vorangegangen wäre.

«Läuft da was mit ihr?», fragte Davids Mutter, nachdem sie die Tür geschlossen hatte.

«Mama!», stöhnte David.

«Ich will ja nur sicher gehen», sagte sie. «Wehe du tust Vanessa weh!»

«Denise ist eine schöne Frau, aber unsere geschäftliche Beziehung liegt fast fünf Jahre zurück, wenn du verstehst, was ich meine», erklärte er. «Wir sehen uns hie und da im Treppenhaus und wechseln ein paar Worte. Vanessa hat sie auch schon angetroffen.»

Sein Handy klingelte. «A propos Vanessa!» Er atmete tief durch und nahm den Anruf gespannt entgegen.

«Hey», sagte sie.

«Hey», antwortete er. «Es tut mir leid wegen heute Nachmittag», fuhr er fort. «Ich hab mich benommen wie ein Vollidiot.»

«Es hat wehgetan», entgegnete sie. «Aber du hast recht, ich glaube nicht, dass ich wirklich nachvollziehen kann, wie du dich manchmal fühlen musst.»

Er räusperte sich verlegen. «Ich hatte Angst, dass ich dich...»

«Schon gut», beruhigte sie ihn. «Ich hab dich nicht umsonst gewarnt, du würdest noch das eine oder andere Mal auf die Nase fallen. Ich war da, um dir beim Aufstehen zu helfen, aber du warst noch nicht bereit. Jetzt hat dir jemand anderes geholfen. Es ist gut, Dave.»

Wyss war einen Moment sprachlos. «Weisst du eigentlich, wie unglaublich du bist?», stammelte er schliesslich.

«Nein, aber du hast das neulich schon gesagt», schmunzelte sie. «Du musst es mir mal erklären. Und bei dieser Gelegenheit kannst du mir dann auch von deinem Besuch bei Schenk erzählen.»

«Und wie läuft's mit deinem Besuch?», fragte er neugierig.

«Noena ist ganz aufgeregt und schaut sich gerade meine Wohnung an», berichtete Vanessa. «Wir gehen gleich noch etwas essen, ich wollte mich einfach rasch bei dir melden.»

«Danke», sagte er. «Ich hoffe, wir machen keinen Fehler.»

«Wir lassen es auf uns zukommen.» Sie spürte anscheinend seine Angst. «Eines wird zum anderen führen. Ich bin optimistisch, mach dir keine Sorgen. Ich melde mich morgen Mittag, okay?»

«Super. Und nochmal: Danke! Ich hab dich lieb, Vanessa.»

«Ich dich auch!»

Er hängte auf und setzte sich. Seine Mutter schaute ihn erwartungsvoll an.

«Es gibt einen Lieben Gott», seufzte er dann. «Und er heisst Vanessa.»

Die Mutter lachte. «Dann musst du wohl ins Kloster.»

Mittwoch, 14. Oktober 2015

David Wyss stand mit dem zivilen Dienstwagen der Polizei am Strassenrand, als der andere mit dem dunkelblauen Passat an ihm vorbeiraste. Er startete den Motor, aber als er losfahren wollte, holperte und schepperte es bloss: Jemand hatte Parkkrallen als Wegfahrsperren angebracht.

«Verdammte Scheisse!», fluchte er und stieg aus. Ein schwarzer Maserati hielt neben ihm an, die Scheibe der rechten Vordertür öffnete sich und der Fahrer lehnte hinüber. Wyss erkannte von Greyerz, den Polizeidirektor.

«Sie sind eine Schande für Ihren Berufsstand», hörte er ihn sagen, dann fuhr der Wagen mit quietschenden Reifen davon.

***

Wyss erwachte. Blödmann! Aber immerhin hat's diesmal keinen Unfall gegeben, dachte er. Aus dem Wohnzimmer hörte er den lauten, regelmässigen Atem seiner Mutter, die darauf bestanden hatte, auf dem Sofa zu übernachten. Er griff zu seinem Smartphone. Es war halb zwei. Und eine Nachricht von Vanessa leuchtete ihm entgegen.

«Kannst du dich am Morgen rasch melden?»
Er öffnete den Chatverlauf. Vanessa war online.
«Bin auch wach», schrieb er.
«Sie hat dein Bild gesehen.»
«Und?»
«Sie fragte, ob dies mein Freund sei.»
«Und?» David wartete gespannt. «Schreibt...» erschien auf dem Display.
«Sie möchte dich kennenlernen.»

«Was hast du gesagt?»
«Dass ich dich fragen werde.»
«Dass du mich was fragen wirst?»
«Ob du einverstanden bist.»
«Sie zu sehen oder dein Freund zu sein?»
«Schlaf guet, Dave!»
«Ich liebe dich», schrieb er noch, löschte die Worte aber und schickte ihr stattdessen einen Kussmund mit Herzchen. Sie wusste, was er für sie empfand, da war er sich sicher. Dass sie seine Frage nicht beantwortete, war weniger ein Spiel als ihre Unsicherheit über ihre eigenen Gefühle. Sie mochte ihn, das war klar. Aber ob sie ihn auch liebte?

An Schlaf war nicht zu denken. Nicht nur wegen dem mittlerweile lauten Schnarchen aus dem Nebenzimmer, sondern viel mehr wegen den Gedanken, die ihm durch den Kopf gingen: Seine Liebe zu Vanessa und die damit verbundene Unsicherheit; seine Angst davor, Noena das erste Mal gegenüberzutreten, und die Frage, wie sie reagieren würde, wenn sie erst einmal erfuhr, wer er war; und dann der Traum. Von Greyerz hatte ihn aufs Trockene gesetzt. Und jetzt? Dabei hatte ihm wirklich gutgetan, nach so langer Zeit wieder einmal an einem «richtigen» Fall dran zu sein und die Spannung der Ermittlungsarbeit zu fühlen. Der unmissverständliche Befehl von ganz oben war ein herber Rückschlag. Wie sollte seine Zukunft bei der Polizei aussehen? Würde er nach der Schelte des Polizeidirektors je wieder eine Chance als Fahnder erhalten, geschweige denn als Ermittler bei der Kripo in einem Mordfall? Und wenn nicht? Irgendwelcher Schreibkram im inneren Dienst? Er wollte raus an die Front. Aber wie? Die Räder seines Wagens waren mit Parkkrallen blockiert.

Dann nehm ich halt das Velo!, dachte er trotzig und beschloss, gleich morgen mit Küng zu reden.

Und diese Kunstraubgeschichte? Die Nazis waren offensichtlich ganz systematisch vorgegangen, hatten «nichtarische Geschäfte arisiert» und jüdischen Kunstbesitz «im Interesse des Reiches sichergestellt». Bilder jüdischer Maler wurden als «entartete Kunst» absichtlich viel zu tief taxiert, zu Spottpreisen erworben und dann auf dem Markt im Ausland, beispielsweise in der Schweiz, zu einem zigfachen Wert verkauft. Zehntausende Kunstobjekte waren so erpresst und konfisziert worden, viele davon während des Krieges gebunkert, und wohl die wenigsten hatten den Weg nach 1945 wieder zu ihren rechtmässigen Besitzern, oder oftmals vielmehr deren Erben, gefunden. Sollberger hin oder her, er wollte mehr über Dürrenmatts Arbeit erfahren. War er irgendeinem Kunstsammler in die Quere gekommen? Der ihn dann ermordet und gleich noch die Goldmünzen als Beute mitgenommen hatte? Eigentlich schien ihm das wenig wahrscheinlich. Aber bei diesen Nachforschungen würden ihm immerhin weder Honegger noch von Greyerz in die Quere kommen.

***

Um neun sass David mit seiner Mutter beim Frühstück. Er hatte sie in ihr Lieblingscafé eingeladen, wo sie sich früher oft mit Freundinnen getroffen hatte. Und tatsächlich stiessen bald Bekannte zu ihnen.

«Schau an, Hanna und Däveli», rief Walter fröhlich, als er sie bei der Suche nach einem freien Tisch sah, und strahlte über sein breites Gesicht. David war das Erscheinen von Walter und Ruth ganz recht, denn insgeheim hatte er etwas Bedenken, seine Mutter würde ihn mit hundert gutgemeinten Ratschlägen eindecken wollen. So aber waren die beiden Frauen, die sich lange nicht gesehen hatten, schnell in ein angeregtes Gespräch vertieft.

«Wie läuft's mit deinen SMS?», David sah Walter schmunzelnd an.

«Du, das ist so eine Sache», sagte Walter, rutschte auf seinem Stuhl hin und her und kramte verlegen sein Handy hervor. «Kannst du mir das noch einmal zeigen?» Er klang etwas zerknirscht. «Unsere Tochter kriegt immer wieder Nachrichten von mir, obwohl ich ihr gar keine schicken will.»

David nahm sich Zeit und liess nicht locker, bis Walter kontrolliert zwei SMS geschrieben hatte, und zwar eins an seine Tochter und eins an ihn.

«Siehst du, es klappt ja!», sagte er schliesslich. Da ging sein Telefon. Er stutzte. Gerbers Name leuchtete auf dem Display.

«Hey Silas! Wie sieht's aus, kommt ihr vorwärts?», begrüsste er seinen Berner Kollegen.

«Scheisse, nein. Der Staatsanwalt tobt, von Greyerz schäumt, der Kommandant wütet und Honegger flucht», stöhnte Gerber. «Aber heute Morgen hab ich einen Anruf gekriegt. Von der Uni. Hör gut zu, David: Dürrenmatt hatte eine Sekretärin.»

«Eine Sekretärin?», fragte Wyss. «Und?»

«Ja, das Historische Institut hat ein Sekretariat», erklärte Gerber. «Diese Frau Brunner hat zwischendurch für Dürrenmatt gearbeitet. Sie war die letzten Wochen in den Ferien und hat erst gestern vom Tod des Dozenten gehört.»

«Und weshalb hat sie dich angerufen?», wollte Wyss wissen.

«Halt dich fest: Sie hat wenige Tage vor dem Mord für Dürrenmatt einen Termin abgemacht. Mit Christian Sollberger!»

David Wyss sprang auf. «Das ist es! Die Verbindung!»

«Ich will, dass du dich mit ihr triffst», sagte Gerber.

«Ich bin raus aus dem Fall, wie du weisst», entgegnete Wyss.

«Es ist deine Spur!» Gerber insistierte. «Die Staatsanwaltschaft ist informiert, sie will, dass wir Sollberger unter die Lupe nehmen. Ich hab Honegger gesagt, dass ich dich zurückwill. Er konnte nicht anders als einwilligen.»

«Ich... ich glaub's nicht», stammelte Wyss. «Danke, das bedeutet mir viel!»

«Ich weiss, dass ich manchmal ein Arschloch bin, aber wenn ich schon eins bin, dann eins mit Charakter. Ich schicke dir Frau Brunners Nummer», sagte Gerber, «Sie erwartet deinen Anruf. Lass von dir hören, wenn du mehr weisst!» Damit hängte er auf. David starrte ungläubig sein Handy an.

«Du siehst aus, als wäre dir ein Geist begegnet!» Hanna Wyss schaute ihren Sohn verdutzt an. «Ist alles in Ordnung?»

«Keine Sorge, Mama», beruhigte er sie, und begann plötzlich zu strahlen. «Es geht mir gut. Sehr gut sogar. Stell dir vor: Ich bin wieder drin! Ich muss los! Nach Bern. Ich melde mich!»

«Ich hab dir gleich gesagt, dass Gerber ein anständiger Kerl ist.» Wyss sass im Interregio nach Bern und telefonierte mit seinem Chef, den er wenige Stunden zuvor noch hatte fragen wollen, ob er für ihn überhaupt noch eine Zukunft als Polizist sehe. So schnell konnte es gehen. Bergauf und bergab. «Mir war klar, dass es so oder ähnlich kommen würde.»

«Wie meinst du das?», fragte Wyss.

«Nun», erklärte Küng, «wenn es wirklich einen Zusammenhang zwischen den beiden Fällen gibt, und ich habe keinen Moment lang daran gezweifelt, seit ich in den ersten Akten von dem Ferrarimodell am Tatort gelesen habe, dann war es nur eine Frage der Zeit, bis das entscheidende Indiz auftauchen würde. Ich hätte vielleicht nicht geglaubt, dass es so schnell geht, aber ich war überzeugt, dass irgendjemand darauf stossen würde, und damit auch du wieder ins Rennen kämest.»

«Ich bin froh, dass Gerber mich wieder an Bord holt», sagte Wyss.

«Ich hätte Honegger die Hölle heiss gemacht, wenn sie ohne dich an deiner Spur hätten weiter ermitteln wollen», meinte Küng kämpferisch. «Ich hab an dich geglaubt, und du hast mich nicht enttäuscht. Halt mich auf dem Laufenden, mein Junge!»

Küng hängte auf und Wyss stutzte. Hatte sein Chef soeben «mein Junge» zu ihm gesagt? Es klang nicht einmal so verdreht. Küng war längst nicht mehr nur sein Chef, er war ihm ein zuverlässiger Freund geworden. Die Frage nach seiner Zukunft bei der Polizei erübrigte sich wohl. Mit einem Gefühl tiefer Erleichterung lehnte er sich zurück und tippte eine Nachricht in sein Handy: «Hey, du wirst nicht glauben, was geschehen ist: Ich darf weiterermitteln! Bin auf dem Weg nach Bern. Melde mich!»

«Siehst du! Ich freu mich für dich!», schrieb Vanessa zurück. Und schickte einen Daumen nach oben und einen

Smiley mit Kussmund hinterher. Wenige Sekunden später folgte ein SMS: «Viel Glueck, Daeveli!» Walter übte seine neuen Handy-Fertigkeiten. «Das mit den ü und ä muss ich ihm noch beibringen», grinste David.

***

Zwanzig Minuten später stieg er bei der Haltestelle Unitobler in der Berner Länggasse aus dem Bus. Hier, auf dem umgenutzten Areal der ehemaligen Schokoladenfabrik, an der Geburtsstätte der weltberühmten Toblerone, hier erwartete ihn Sibylle Brunner im Sekretariat des Historischen Instituts. Sie war eine attraktive Dame, Wyss schätzte sie auf Mitte 50, kurzes, braun getöntes Haar, feriengebräunter Teint und noch immer sichtlich bewegt vom gewaltsamen Tod des Dozenten. Sie bestätigte, dass Dürrenmatt sie gebeten hatte, mit Herrn Sollberger einen Termin für ein Gespräch zu vereinbaren. Sie sei damals von der Zentrale an die Direktionssekretärin vermittelt und dann mit Herrn Sollberger persönlich verbunden worden.

«Können Sie sich erinnern, aus welchem Grund Herr Dürrenmatt mit Herrn Sollberger reden wollte?», fragte Wyss neugierig.

«Es ging um ein Objekt aus seiner privaten Spielzeugsammlung», berichtete Frau Brunner. «Irgendein äusserst seltenes Auto, ein Ferrari wohl.»

«Und dieses Auto haben Sie im Gespräch mit Herrn Sollberger erwähnt?», wollte er weiter wissen.

«Zuerst nicht», sagte sie. «Ich erwähnte bloss, dass Herr Dürrenmatt als Sammler wünsche, mit ihm in Verbindung zu treten, weil er gehört habe, dass sie beide ähnliche Interessen hätten.»

«Und dann?», fragte Wyss weiter.

«Er meinte, seine Leidenschaft für Automodelle sei in den letzten Jahren stark zurückgegangen. Als ich ihm aber sagte, es gehe um einen äusserst seltenen Ferrari, und dass Herr Dürrenmatt denke, dass ihn das Auto in Erstaunen versetzen würde, da schien er plötzlich ganz aufgeregt zu sein.»

«Haben Sie einen Termin vereinbaren können?»

«Ja, für den Freitagnachmittag, 15 Uhr in Sollbergers Firma. Das war mein erster Ferientag.»

«Sie können aber nicht bestätigen, dass Herr Dürrenmatt hingefahren ist.»

«Nein, aber ich denke schon.» Die Sekretärin dachte nach. «Es schien ihm sehr wichtig zu sein.»

«Ist Ihnen an Herrn Dürrenmatt etwas aufgefallen in diesen Tagen? War er anders als gewöhnlich?» Wyss stellte die obligaten Routinefragen.

«Die letzten Tage war er weniger umgänglich als sonst und schien irgendwie verärgert zu sein», überlegte sie. Und fügte hinzu: «Einmal hörte ich ihn aufgebracht telefonieren. Er werde die Polizei schon informieren, er wolle aber ganz sicher sein, sagte er.»

«Haben Sie ihn darauf angesprochen?»

«Natürlich nicht!», antwortete sie. «Aber als er mich bat, diesen Termin abzumachen, hatte ich den Eindruck, es könnte um diese Sache gehen.»

«Wie meinen Sie das?», fragte Wyss.

«Er klang irgendwie… geheimnisvoll, übervorsichtig», sagte sie. «Ich habe sonst nie Privates für ihn erledigen müssen.»

«Sie meinen, es gibt eigentlich keinen Grund, weshalb nicht er den Termin selber ausgemacht hat?»

«Ja, es schien, als wolle er Herrn Sollberger irgendwie überraschen», meinte sie.

David Wyss hatte genug erfahren. Sein Verdacht schien bestätigt. Er bedankte sich bei Frau Brunner und wollte sich eben verabschieden, als ihm in den Sinn kam, dass er noch Dürrenmatts Assistenten sprechen wollte. Die Sekretärin wählte eine interne Nummer und führte ihn dann in Dürrenmatts Büro, wo ein junger Mann an einem PC sass.

«Nennen Sie mich Mike.» Michael Krauss war ein fröhlicher Blondschopf Mitte zwanzig, mit verkehrt aufgesetzter Mütze der Boston Red Sox. Er streckte Wyss die Hand entgegen. «Mein Urgrossvater Abraham Krauss floh kurz vor Kriegsausbruch in die USA, und wir haben immer noch Verwandte, die heute in München leben», erklärte er sein ausgezeichnetes Deutsch, in dem bloss ein leichter Schlag Englisch mitklang. «Er war Kunstliebhaber und wurde vor seiner Flucht wie alle Juden, die im Besitz von für die Nazis interessanten Objekte waren, zu Notverkäufen gezwungen. Bilder einiger namhafter Künstler hatten in seinem Haus gehangen. Es ist sein Schicksal, das mich dazu gebracht hat, Kunstgeschichte zu studieren.»

Als Wyss ihn bat, ihm von den Forschungsarbeiten Dürrenmatts zu erzählen, wies er auf zahlreiche Ordner in einem Regal. «Dazu kommen hunderte von digitalisierten Dokumenten», sagte er nicht ohne Stolz. Von Wyss auf wichtige Spuren angesprochen meinte er, jede Spur, die einem Erben zum Wiedererlangen eines aus dem Familienbesitz gestohlenen Kunstschatzes verhelfen könne, sei wichtig. «Aber den richtigen Knüller haben wir nicht auf unserer Liste.» Er klang etwas enttäuscht.

«Sie meinen den zweihundert Millionen schweren verschollenen Picasso, der beim Sohn eines ehemaligen Nazioffiziers im Salon hängt?» Wyss blätterte einen Ordner durch.

«Die von Hitler beschlagnahmte Sammlung des Kabarettisten Fritz Grünbaum», erklärte der Assistent. «Sie wurde von den Nazis im sogenannten Zentraldepot in der Wiener Hofburg sichergestellt und hat sich dann auf kaum zu rekonstruierenden Wegen verstreut. Viele der Gemälde wurden nie wiedergefunden. Eine der Arbeiten, an der Samuel Dürrenmatt beteiligt war.»

«Und aktuell?»

«Wir arbeiten ...», der junge Mann schluckte leer. «Ich habe mich immer noch nicht an den Gedanken gewöhnt.» Er blickte den Polizisten verlegen an. «Mein Chef war wissenschaftlicher Mitarbeiter für die Expertenkommission zur Erforschung der Kunstsammlung von Cornelius Gurlitt, für die dieser testamentarisch das Kunstmuseum Bern als Universalerbe eingesetzt hat. Die Arbeit erfolgt zusammen mit einem Team aus Berlin. Und weil ich da an der Freien Universität mein Masterstudium absolviere, wurde ich im Sommer Herrn Dürrenmatt zur Unterstützung geschickt.» Er stellte den Ordner, den Wyss angeschaut hatte, wieder ins Regal zurück.

«Wir arbeiten eng mit einem Berner Kunsthändler zusammen, dessen Vorgänger im Auftrag von Gurlitts Vater Kunstwerke an Liebhaber in aller Welt versteigerte und verkaufte, unter anderem Bilder von Kandinsky an Solomon Guggenheim in New York.»

«Denken Sie, Dürrenmatt hatte Feinde?», fragte Wyss unvermittelt.

«Sie meinen ausser Dr. Bertrand», überlegte Mike. «Er ist auch Historiker hier an der Uni.»

«Ich hab davon gehört.» Wyss nickte.

«Ihm wurden wiederholt Forschungsgelder gestrichen, munkelt man, während Dürrenmatt immer welche kriegte. Aber nein, umgebracht hätte er ihn deswegen bestimmt nicht.»

«Hatten Sie auch privat mit ihrem Chef Kontakt?», wollte Wyss weiter wissen. «Waren Sie einmal bei ihm zu Hause?»

«Nein. Wir haben etwa zwischendurch in der Stadt zusammen einen Kaffee getrunken, aber unsere Beziehung war rein beruflich.»

«Hat er mit Ihnen einmal über seine private Sammlung gesprochen?»

«Nein, nie. Ich habe erst aus der Zeitung erfahren, dass er offensichtlich Goldmünzen gesammelt haben muss.»

«Und Spielzeugmodelle. Autos. Ein kostspieliges Hobby!»

«Echt?» Krauss lachte.

«Ich war auch erstaunt. Aber es gibt nichts, was es nicht gibt.»

Bevor sich Wyss verabschiedete, bat er den Assistenten noch, ihm wenn möglich eine Liste der wichtigsten Spuren zusammenzustellen, die er mit Dürrenmatt verfolgt hatte. «Ich weiss, Sie haben der Polizei schon vieles geliefert, aber ich hätte gerne die Kurzfassung.» Nachdem Mike ihm versprochen hatte, gleich damit zu beginnen, machte Wyss sich mit dem Bus auf den Weg an den Waisenhausplatz.

***

Im Korridor auf dem Weg zu Gerbers Büro kam ihm Honegger entgegen, der, sobald er ihn erblickte, sein Handy aus der Westentasche nahm und auffällig angeregt mit seinem Gegenüber zu sprechen begann.

«Hoi Kurt!», grüsste Wyss bewusst freundlich und grinste insgeheim über die hoffnungslose Überforderung Honeggers, ihm in die Augen zu sehen und sich vielleicht sogar zu entschuldigen. Er nickte bloss und verschwand im nächsten Büro.

«Schiess los!», forderte ihn Gerber auf, nachdem sie sich begrüsst hatten, und öffnete das Fenster, um den Zigarettenqualm rauszulassen.

«Frau Brunner hat noch einmal bestätigt, dass sie Sollberger persönlich am Apparat hatte», begann Wyss und erzählte im Detail, was die Sekretärin ihm berichtet hatte. Als er damit endete, dass sie nicht bezeugen kann, dass die beiden sich wirklich getroffen hatten, fluchte Gerber leise.

«Scheisse, Sollberger wird vermutlich alles abstreiten.»

«Dürrenmatt sei geheimnisvoll gewesen», fuhr Wyss fort. «Als ob er Sollberger überraschen wollte.»

«Denkst du, er wollte ihn erpressen?»

Wyss hob die Schultern. «Ich werde zu Sollberger gehen und ihn fragen», meinte er. «Hast du in der Zwischenzeit mit diesem Experten gesprochen?»

«Marquard? Nein, noch nicht», entschuldigte sich Gerber. «Willst du oder soll ich?»

«Mach du's», sagte Wyss. «Im Brief bezieht er sich ja auf ein Telefonat mit dem Opfer. Die Sekretärin hat es mitgekriegt. Dürrenmatt sei damals sehr aufgebracht gewesen.»

«Gut, so machen wir's!», Gerber stand auf. «Du Sollberger, ich Marquard. Ich gebe Honegger Bescheid. Hast du Zeit für ein Mittagessen in der Stadt?»

«Danke, Silas», Wyss schüttelte den Kopf. «Ich fahr zurück nach Burgdorf. Ein andermal vielleicht.»

Unter der Tür drehte Wyss sich noch einmal um und erzählte ihm vom Gespräch mit Dürrenmatts Assistent und dass dieser ihm eine Liste mit den wichtigsten Forschungsspuren zustellen werde, um sie zu entlasten.

«Es ist gut, dich wieder an Bord zu haben!», sagte Gerber. «Dann kann Honegger seinen Scheissärger wieder an dir abreagieren.» Er grinste. «Im Ernst: Du machst einen guten Job!», fügte er hinzu.

***

Im Interregio nach Burgdorf stöpselte er sich die Hörer in die Ohren. Lifehouse sangen *All in*. Ein Liebeslied eigentlich, aber David war sich bewusst, dass in seinem Leben zurzeit alles so eng verwoben war, dass seine Liebe zu Vanessa und sein Wieder-Mut-Fassen Hand in Hand gingen. Er hatte eine neue Chance erhalten, von wem auch immer. Vom Zufall? Vom Schicksal? Vom Lieben Gott? So oder so: Es galt, diese Gelegenheit nicht verstreichen zu lassen. All in! Den ganzen Einsatz, volles Risiko. Es war Zeit, die Vergangenheit hinter sich zu lassen und seine ganze Kraft in die Zukunft zu stecken. Hinter ihm lag der Tod, die Nacht. *«I spent a week away from you last night.»* In den vergangenen sechs Jahren hatte er sein halbes Leben verloren und in den letzten paar Tagen den ganzen Verlust noch einmal durchlebt. Er kniff die Augen zusammen und knetete sein Kinn.

Was könnte ich denn noch verlieren, was ich nicht ohnehin schon verloren habe!, überlegte er und fasste dann einen Entschluss: Ich gehe All in, ich setze alles auf eine Karte. Und wenn es die falsche Karte sein sollte? Wenn das Spiel verloren ginge? Scheiss drauf, dachte er trotzig und ballte die Faust, Sollberger, zieh dich warm an, ich krieg dich. Er würde ihn in die Enge treiben. Und Vanessa? *«I'm calling out your name»*, ich rufe deinen Namen. Er entspannte sich wieder und atmete tief durch. Er würde ihr seine Liebe gestehen. Er musste nur den richtigen Zeitpunkt finden.

«Wie läuft's mit Noena?», tippte er, und schickte die Nachricht ab.

«Sie macht sich gut!», antwortete Vanessa, und schickte ein «Und bei dir?» nach.

«Ich geh All in, Vanessa. Hast du heute Abend Zeit?»

«Yes! Tu das! Wir telefonieren später, ich fahre noch mit Noena zum Hundezüchter», schrieb sie.

«OK, bis bald», antwortete er.

Um zwei Uhr meldete sich Wyss bei der Empfangsdame der Sollberger AG und verlangte, den Chef zu sprechen.

«Haben Sie einen Termin?», wollte sie wissen.

«Glauben Sie mir, Herr Sollberger wird mich empfangen wollen», erwiderte Wyss.

Sie tippte eine interne Nummer und hatte den Chef kurz darauf am Apparat.

«Tut mir leid, Herr Wyss, aber Herr Sollberger hat keine Zeit», säuselte die Empfangsdame mit einstudiertem Bedauern. «Worum geht es?»

«Ich denke nicht, dass ihr Chef möchte, dass Sie darüber Bescheid wissen», entgegnete Wyss freundlich. «Sagen Sie ihm einfach, wenn er mich nicht empfangen will, werde ich ihn richterlich vorladen.»

Die Frau schluckte leer, und wundersamerweise fand der Chef doch einen Moment Zeit für ein Gespräch.

Wenige Augenblicke später stand Wyss im bereits bekannten Büro.

«Sie haben Nerven, hier einfach so aufzukreuzen!» Sollberger gab sich erst gar nicht die Mühe, seinen Ärger zu verbergen.

«Und Sie haben vielleicht Nerven, mich anzulügen!», hielt auch Wyss sich nicht zurück. I'm all in!, dachte er und machte sich selbst Mut. «Wir wissen, dass Dürrenmatt über seine Sekretärin mit Ihnen Kontakt aufgenommen und sich am Tag vor seinem Tod mit Ihnen getroffen hat», fuhr er fort und bemerkte mit Genugtuung die steigende Unruhe in Sollbergers Gesicht. Mit einem solchen Ton hatte dieser vermutlich nicht gerechnet. Und bevor er reagieren konnte, holte Wyss zu einem weiteren Schlag aus. «Ich gratuliere! Sie sind von einem Zeugen zum Hauptverdächtigen in einem Mordfall aufgestiegen, und kein Regierungsrat wird mich diesmal hindern, meinen Job zu tun.»

«Also gut, Herr Wyss», sagte Sollberger nach kurzem Zögern. «Lassen Sie uns bei einer Tasse Kaffee vernünftig zusammen reden. Setzen Sie sich doch.»

«Ich stehe lieber», erwiderte Wyss, der durchaus gewillt war, seinen angriffigen Auftritt weiterzuziehen. Zudem wollte er nicht zulassen, dass Sollberger mit seiner jovialen Art, die er mit der Einladung zum Sitzen schon wieder zurückgewonnen hatte, die für ihn brenzlige Situation entschärfen konnte.

«Ja, Dürrenmatt war hier», gab Sollberger schliesslich zu.

«Und?», wollte Wyss wissen.

«Er erzählte mir von Vaters Ferrari. Ich bot ihm an, das Modellauto zurückzukaufen.» «Für den Preis, den er in England dafür bezahlt hat.» Es war dies weniger eine Frage als eine Feststellung von Wyss. «Aber er wollte die Polizei und womöglich auch die Presse einschalten, um die Geschichte publik zu machen.» Sollberger schaute aus dem Fenster. «Haben Sie eine Ahnung von Politik?», fragte er, nachdem er kurz überlegt hatte.

Wyss schaute ihn schweigend an.

«Ich befinde mich mitten in einem Wahlkampf», fuhr Sollberger fort, «das Wahlwochenende steht unmittelbar bevor. Ich habe ihm vorgeschlagen, die Sache auf die Zeit nach der Wahl zu schieben, weil die Presse wegen dem Ferrari den Fall Flückiger wieder aufgewärmt hätte, und ich stand damals nicht besonders vorteilhaft da.»

Wyss schwieg weiter.

«Und dann geschah der Mord an Dürrenmatt», seufzte Sollberger und setzte sich. «Jetzt musste ich erst recht aufpassen, denn eine Verbindung zu einem Mordfall hätte das Ende meiner Kampagne bedeutet.»

Wyss kostete den Moment aus, Sollberger in die Enge getrieben zu haben, und entgegnete immer noch nichts.

«Sie glauben nicht im Ernst, ich hätte etwas mit Dürrenmatts Tod zu tun», sagte Sollberger nun.

«Was ich glaube, tut nichts zur Sache», brach Wyss sein Schweigen. «Aber niemand wird mich davon abbringen, weiter zu ermitteln.»

«Was sollte ich denn für ein Motiv gehabt haben, Dürrenmatt umzubringen?», fragte Sollberger, der sich mittlerweile wieder etwas gefasst hatte.

«Wenn Sie eins hatten, werde ich es herausfinden. Auf Wiedersehen, Herr Sollberger», verabschiedete sich Wyss. «Halten Sie sich zur Verfügung!» Und beim Verlassen des Direktionsbüros wandte er sich zur blondierten Sekretärin, die ihn verunsichert anblickte: «Frau Kaufmann, Ihr Chef braucht wohl jetzt einen Kaffee!»

«Schiess los!» Felix Küng freute sich, seinen Mitarbeiter wieder voller Tatendrang zu sehen. Wyss hatte nach seiner Rückkehr direkt bei seinem Chef angeklopft, von seinen seelischen Strapazen der vergangenen Tage war nur noch der Schatten unter den Augen zu sehen. Er berichtete von seinem Besuch bei Sollberger und Küng schaute ihn zufrieden an.

«Glaubst du ihm?», fragte er.

«Ich weiss nicht», entgegnete Wyss und knetete sein Kinn. «Seine Ausrede klang plausibel, allerdings ist es schon ein merkwürdiger Zufall, dass Dürrenmatt am Tag nach dem Gespräch mit Sollberger ermordet worden ist.»

Küng nickte: «Und die Angst vor einem allfälligen aufgewärmten Pressebericht über den Fall Flückiger geht kaum als Mordmotiv durch, finde ich.»

«Ich glaube das auch nicht», meinte Wyss. «So oder so stinkt die Sache zum Himmel. Sollberger gibt sich als Saubermann, betrügt aber seine Frau und lügt einem Polizisten, der in einem Mordfall ermittelt, mitten ins Gesicht, ohne mit der Wimper zu zucken. Ich werde versuchen, mehr über ihn herauszufinden. Mein Bauchgefühl sagt mir, dass da noch einige Überraschungen zum Vorschein kommen könnten, wenn ich mit Graben beginne.»

«Tu das!», ermutigte ihn sein Chef. «Übrigens habe ich mit von Greyerz gesprochen. Die Staatsanwaltschaft hatte ihn bereits informiert und er klang über die neue Entwicklung des Falls ziemlich zerknirscht und beteuerte, von Sollbergers Unschuld überzeugt zu sein, insbesondere auch, weil er am Tag des Mordes den ganzen Nachmittag mit ihm zusammen an einer Parteisitzung war. Natürlich ist er einverstanden, dass wir Sollberger unter die Lupe nehmen, allerdings wünscht er grösstmögliche Diskretion. Er möchte nicht, dass sein Politikerfreund unnötigerweise belästigt wird, und warnt davor, vorschnelle Schlüsse zu ziehen oder diese sogar publik zu machen.»

«Burgdorf ist ein Provinzkaff», grinste Wyss. «Wenn ich mich über Sollberger zu erkundigen beginne, wird sich das relativ schnell herumsprechen. Ich gebe mein Ehrenwort, dass ich nicht unnötig Staub aufwirbeln werde. Rache ist kein guter Antrieb. Aber zu besonderer Rücksicht fühle ich mich weder Sollberger noch von Greyerz gegenüber verpflichtet.»

***

Er holte sich im dritten Stock einen Nespresso und ging in sein Büro und stellte sich vor die Pinnwand. Er nahm sich erneut die Angaben vor, die er zu Sollberger hatte. Da gab es einiges zu ergänzen! Er notierte, heftete an, sortierte um, bis er zufrieden war und setzte sich. Was war der Plan? Wie sollte er vorgehen? Sollberger war im besten Alter, dynamisch und erfolgreich, ein Vorzeige-Burgdorfer mit vielen einflussreichen Freunden. Er musste bei seinen Ermittlungen vorsichtig sein: Während er, Wyss, als gescheiterter Polizist bekannt war, hatte sich Sollberger bisher nichts zu Schulden kommen lassen. Er musste versuchen, ausserhalb dieses Kreises Leute zu finden, die Sollberger kannten. Er blätterte seine Notizen durch. Das Eishockeyspiel! Hier war sicher ein Anhaltspunkt. Ob Sollberger ihn mit seinem Alibi auch angelogen hatte? Er griff zum Telefon und hatte einige Augenblicke später die Direktionssekretärin am Apparat.

«Frau Kaufmann», er erklärte den Grund seines Anrufs: «Es geht um das Eishockeyspiel vom 3. Oktober, von dem Sie und Ihr Chef mir letzte Woche erzählt haben. Können Sie sich an den Abend erinnern?»

«An den Abend schon», antwortete sie seufzend, «und wohl auch an das Spiel vorher. Der SCB gewann 2:1, glaube ich.»

Wyss schüttelte den Kopf. Diese Frau war unglaublich. «Eigentlich interessiert mich vor allem, wann Sie und Herr Sollberger im Stadion angekommen und ob Sie dann die ganze Zeit zusammen gewesen sind.»

«Ach so.» Sie überlegte einen Augenblick. «Er war ja damals offiziell auf den Weg nach St. Gallen. Aber in Wirklichkeit hatte er am Nachmittag eine Besprechung mit dem Parteivorstand in Bern, wie er mir sagte. Wir trafen uns erst im Stadion. Er rief mich an, es werde knapp. Aber es reichte noch für den Beginn des Matchs. Jedenfalls fast. Als das erste Tor fiel, das war ganz früh im Spiel, erreichten wir eben unsere Plätze.»

«Ja, von der Sitzung hat Regierungsrat von Greyerz mit meinem Chef gesprochen. Aber gibt es jemanden, der bestätigen kann, dass Herr Sollberger pünktlich zum Spiel da war? Irgendein anderer Sponsor vielleicht, der Herrn Sollberger kennt?», fragte Wyss.

«Wir haben unsere VIP-Plätze in der gleichen Loge wie die Kantonalbank», sagte sie und gab ihm den Namen eines für grosse Firmenkunden zuständigen Bankers, der an diesem Abend auch mit einem Kunden dort war. Wyss dankte und verabschiedete sich, und eine Viertelstunde später hatte sich Sollbergers Alibi bestätigt. Der Mann erinnerte sich, dass der «Ständerat», wie er ihn bereits nannte, und dessen Begleiterin wenige Minuten nach dem Anpfiff der Partie ihre Plätze neben ihm eingenommen hatten. Gemäss Spielplan war das also kurz nach Viertel vor acht.

«Wäre ja auch zu einfach gewesen», brummte Wyss, massierte sein Kinn und notierte Sollbergers Alibi auf einen weissen Zettel. In diesem Moment ging sein Handy.

«Wie sieht's aus?» Es war Gerber.

Wyss erzählte ihm von seinem Besuch bei Sollberger und auch von dessen Alibi für den ungefähren Zeitpunkt des Mordes.

«Ich habe versucht, Marquard anzurufen», sagte Gerber. «Aber ich kriegte nur seine Sekretärin ans Telefon. Er ist noch bis Ende Woche in den Ferien und kaum erreichbar.»

«Scheissferienzeit», fluchte Wyss. «Hat der Kerl kein Handy dabei?»

«Doch», antwortete Gerber, «aber er macht irgendeine Trekkingtour am Arsch der Welt und hat selten Netz. Sie hat versprochen, ihm eine Nachricht zu hinterlassen, und er wird sich vermutlich in den nächsten Tagen melden.»

«Dann stecken wir wohl bis dahin wieder fest», meinte Wyss. «Irgendetwas muss es doch geben, das uns weiterbringen kann.»

«Konzentrier du dich auf Sollberger», sagte Gerber. «Ich versuch's noch einmal mit Frau Hertig und mit Dürrenmatt Junior.»

Wyss trommelte mit den Fingern auf den Tisch. Scheisse, dachte er. Die Euphorie, die er noch zwei Stunden zuvor verspürt hatte, war bereits wieder gedämpft. Er hatte immer noch nichts als eine Spur. Ja, Sollberger hatte Dürrenmatt getroffen, und er hatte deswegen gelogen. Aber war er deswegen ein Mörder? Es musste einfach einen weiteren Anhaltspunkt geben! Aber wie sollte er Sollberger auf den Zahn fühlen und sich über ihn erkundigen, ohne ihn als Verdächtigen in einem Mordfall darzustellen. Von Greyerz beharrte darauf, und Wyss konnte ihn verstehen: Solange es keine eindeutigeren Indizien gab, durfte er nicht zu aggressiv vorgehen. Und schon gar nicht knapp zehn Tage vor den Ständeratsersatzwahlen. Die Wahlen!, schoss es Wyss durch den Kopf. Die Podiumsdiskussion der beiden Konkurrenten! War die schon vorbei oder würde sie erst stattfinden? Er suchte im Internet. Morgen Abend in der Aula des Oberstufenzentrums hier in Burgdorf, jubelte er innerlich. Da werde ich haufenweise Leute treffen und mich mit ihnen über Sollberger unterhalten können, ohne Aufsehen zu erregen.

Sein Handy klingelte. Es war seine Mutter.

«Und wie geht's meinem Sohn?», fragte sie halb fröhlich, halb besorgt.

Wyss erzählte ihr so viel, wie er für verantwortlich hielt. Sie war beruhigt.

«Wärst du froh, wenn ich noch eine Nacht bleibe?», fragte sie. David überlegte kurz.

«Vanessa fährt heute Abend mit Noena zu einem Hundezüchter nach Ramsei. Ich habe mir überlegt, ob ich mitfahren soll.»

«Meinst du, sie ist schon soweit?», fragte sie.

«Sie weiss nicht, wer ich bin», erwiderte er. «Ich bin Vanessas Kumpel oder Freund.»

«Hast du Angst?»

«Panik!»

«Ich kann dich verstehen», meinte sie. «Aber irgendeinmal muss sie dich kennenlernen. Das ist es doch, was du möchtest.»

«Wenn ich bloss wüsste, wann der richtige Moment gekommen ist», meinte er nachdenklich.

«Das weisst du selten im Voraus», sagte sie. «Du erkennst es erst in der Situation selbst. Wenn überhaupt.» Und nach einem Augenblick der Stille fügte sie hinzu: «Möchtest du, dass ich mitkomme?»

Es gab Momente in der Vergangenheit, da war Wyss die zuweilen überfürsorgliche Art seiner Mutter auf die Nerven gegangen. Klar hatte sie damals furchtbare Angst ausgestanden, ihn auch zu verlieren, aber manchmal schien sie zu vergessen, dass er kein kleines Küken mehr war, über dem sie als Henne wachen musste. Dennoch war er in diesem Augenblick dankbar für ihr Angebot, denn die Begegnung mit Noena lag ihm schwer auf dem Magen.

«Würdest du?», fragte er deshalb.

«Würde ich es dir sonst anbieten?», erwiderte sie.

«Danke, Mama. Ich frage noch Vanessa, was sie darüber denkt. Ich melde mich!»

***

So kam es, dass Vanessa kurz nach Feierabend mit drei Passagieren in ihrem Cinquecento das Emmental hinauffuhr. Noena hatte darauf bestanden, dass Hanna (Davids Mutter hatte sich ihr mit Vornamen vorgestellt und gleich das Du angeboten) auf dem Beifahrersitz Platz nahm. Sie blickte immer wieder verstohlen zu David hinüber.

«Bist du Vanessas Freund?», fragte sie schliesslich.

«Was hat sie dir erzählt?», wollte David wissen.

«Das ist es ja eben», seufzte sie. «Sie wollte nicht damit herausrücken.»

«Und du machst in ihrem Büro eine Schnupperlehre?»

«Du weichst mir auch aus.» Sie klang etwas schnippisch. «Aber ich hab's begriffen: Ihr wollt das noch geheim halten.»

«Gefällt's dir?», fragte er weiter.

«Dass ihr geheimnisvoll tut?», fragte sie.

«Nein», sagte er amüsiert, «die Arbeit in der Kanzlei.»

«Ach so.» Sie überlegte. «Ja, ich find's interessant.» Und einen Moment später: «Jedenfalls ist's besser als in der Schule. Dort ist es zur Zeit Scheisse. Alle hassen mich.»

«Das kann ich mir gar nicht vorstellen», sagte er nach kurzem Zögern. Noena schwieg.

«Was hat dir Vanessa von mir erzählt?», fragte sie dann.

«Dass eine lange, schwere Zeit hinter dir liegt. Und dass du dich wohl sehr zurückgezogen hast», antwortete er vorsichtig.

«Diese Plaudertasche!», knurrte sie und schaute wieder aus dem Fenster. Wyss schwieg und überliess sie ihren Gedanken. Sie schien mit sich zu ringen. Sie hatte in den vergangenen Wochen und Tagen riesige Fortschritte gemacht, das wusste er, und sie hatte sich nach jahrelangem Einigeln zu öffnen begonnen. Dies machte sie aber auch verletzlicher, und das war ihm bewusst. Und insgeheim war er froh, dass sie ihr Verhör unterbrochen hatte.

Vanessa bog in die Einfahrt zu einem Bauernhof ein und wenig später näherte sich Noena in Begleitung der Züchterin sechs putzigen Golden-Retriever-Welpen. Es ging nicht lange, bis sie ihre anfängliche Zurückhaltung ablegte und mit den neugierigen kleinen Fellknäueln zu spielen begann, vorsichtig zuerst, aber das Eis schmolz rasch dahin. Wie lange hatte sie keine Nähe mehr zugelassen, aber von diesen süssen Kerlen ging so sicher keine Gefahr für sie aus, dass sie nicht anders konnte, als ihre Mauer mindestens temporär einen Spalt weit zu öffnen.

Vanessa hakte sich bei David ein. «Schau sie dir an! Noch vor ein paar Wochen beklagte sich ihr Klassenlehrer, sie sei nicht fähig, Gefühle zu zeigen.»

«Mit Tieren ist es einfacher als mit Menschen», erwiderte Wyss und meinte dann nachdenklich: «Meinst du, dass sie es schaffen wird?»

«Ich wünsche es ihr ganz fest», erwiderte sie.

«Und du», Hanna Wyss stellte sich vor ihren Sohn. «Meinst du, dass du es schaffen wirst?»

«Ach, lass mich in Ruhe», brummte er.

«Und», wandte sich Vanessa an Noena, als sie wieder in den Wagen einstiegen. «Was denkst du?»

«Sie sind süss!», erwiderte das Mädchen. «Aber ich weiss nicht, ob ich gut zu einem Hund schauen könnte.»

«Sprich noch einmal mit deinen Grosseltern darüber. Und mit Frau Elsener.»

Sie fuhren los und Noena warf einen letzten Blick auf die Welpen. «Wenn ich einen kriege, dann werde ich ihn Eddy nennen», sagte sie.

«Eddy? Klingt hübsch!», meinte David.

«Rotblondes, strubbeliges Haar und ein Lausbubengesicht: Ich mag Ed Sheeran», erklärte sie. «Aber *Ed* für einen Hund wäre seltsam. Darum *Eddy*.»

«Er schreibt wunderschöne Songs!», sagte David, und ein Lächeln huschte über sein Gesicht.

«*Even my Dad does sometimes* ist mein Lieblingslied.» Sie zögerte einen Augenblick. «Der Text ist wunderbar traurig. Und auch hoffnungsvoll... Ich weiss nicht, ob du das verstehst.»

«Dave und die Musik!», Vanessa suchte Noenas Blick im Rückspiegel. «Wenn einer hier dich versteht, dann er!»

Noena schaute ihn interessiert an. «Spielst du auch Gitarre?», wollte sie wissen.

«Hab ich mal», sagte er. «Ist aber lange her.»

«Schade. Du solltest wieder beginnen», meinte sie.

«Recht hat sie!», nickte Davids Mutter energisch, und eine Weile schwiegen sie alle.

«Was ich bis jetzt nicht wirklich begriffen habe», Noena sprach wie zu sich selbst, «ist, weshalb Vanessa mir helfen will.»

«Brauchst du denn Hilfe?», fragte David.

«Du klingst wie meine Psychotante», murrte sie und dachte nach. Wyss wartete.

«Ich lasse niemand an mich ran, sagt die Elsener. Meine Grosseltern wollen sicher nur das Beste, aber die haben ja selber einen Knacks. Für meine Klasse bin ich ein Freak. Und auch für die Lehrer.»

Sie blickte gedankenversunken aus dem Fenster.

«Dann hat sie mir Vanessa vorgestellt», fuhr sie fort. «Weil sie im gleichen Verkehrsunfall wie ich auch jemand verloren hat.»

«Ja», David wurde etwas unwohl, «Tom, ihren Mann. Er war mein bester Freund.»

«Echt?» Sie musterte ihn wieder. «Dann hasst du ihn sicher auch, diesen Scheisskerl, der schuld ist am Unfall.»

Wyss zitterte. Er wandte sich ab, schaute aus dem Fenster und schwieg.

«Vanessa...», begann Noena wieder und überlegte kurz. «Sie hat's geschafft. Sie hat keinen Knacks mehr.»

«Sie hat Jahre gebraucht», meinte er leise.

«Ich», fuhr sie fort, «ich bin noch nicht soweit.»

«Aber?», fragte er.

«Aber sie zu sehen, macht mir irgendwie Mut. Ach, ich weiss auch nicht.»

«Ich kann dich verstehen», sagte er.

«Das kann ich mir nicht vorstellen.» Sie blickte ihn ernsthaft an. «Aber ich weiss, was du meinst.»

***

«Ob sie was ahnt?» David lag im Bett und tippte eine Nachricht in sein Smartphone.

«Ich weiss nicht», erwiderte Vanessa. «Wir haben noch nach Tipps für Hundehalter gegoogelt. Sie war sehr nachdenklich.»

«Sie braucht Zeit», schrieb er zurück. Und «Gute Nacht! Ich liebe dich». Dann änderte er den letzten Satz aber vor dem Verschicken in «Danke».

Vanessa antwortete mit einem Herzchen und den Worten «Pfuus guet».

Nebenan atmete Davids Mutter regelmässig. Sie hatte ihm vor dem Schlafengehen erzählt, sie sei für den nächsten Tag von Ruth und Walter eingeladen worden. Und vielleicht habe sie ja dann am Abend Lust auf ein politisches Podiumsgespräch.

Donnerstag, 15. Oktober 2015

«Gib einen Funkruf an die Zentrale, wir brauchen Verstärkung», sagte Wyss nervös. Der Beifahrer beugte sich vor und nahm das Funkgerät in die Hand. Es war Ed Sheeran. Und er begann zu singen: *«It's alright to cry. Even my Dad does sometimes.»* Es ist okay zu weinen. Sogar mein Vater tut es manchmal. Am Strassenrand sah er ein Mädchen mit einem kleinen Welpen. Sie winkte wie wild und schrie «Pass auf! Meine Eltern kommen gleich!» Aber es war zu spät. Von rechts rasten Manuel und Pascal mit einem Fahrrad auf die Strasse. Er riss das Steuer herum und schreckte hoch.

***

Beim Verlassen des Hauses kaufte er auf dem Märit ein Speckbrötchen, das er gleich ass, während er sein Fahrrad den Oberstadtweg herunter am Museum Franz Gertsch und am gegenüberliegenden kleinen Park vorbeischob. Als er um acht Uhr sein Büro in der Wache betrat, klingelte bereits das Telefon. Es war Gerber.

«Marquard hat sich gemeldet», sagte er. «Der Typ war tatsächlich in Nepal auf Trekking-Tour und ist soeben nach Katmandu zurückgekehrt. Er war schockiert über den Tod von Dürrenmatt. Er habe ihn gewarnt, auf eigene Faust nach der Spur des Autos zu suchen. Aber er hätte doch niemals erwartet, dass es gleich um Leben und Tod gehen könnte.»

«Wusste er etwas von Dürrenmatts Besuch bei Sollberger?», stellte Wyss die allesentscheidende Frage.

«Nein, leider nicht», antwortete Gerber. «Er wird sich noch einmal melden, wenn er zurück in der Schweiz ist. Vielleicht bereits am Wochenende.»

«Verdammte Scheisse», murmelte Wyss. «Wieder nichts! Mein Bauchgefühl sagt mir, dass Sollberger da drinhängt. Aber solange wir nicht mehr gegen ihn haben, ist er mit seiner Version der Geschichte fein raus.»

«Ich sehe auch immer noch kein Motiv, das er gehabt haben könnte», gab Gerber zu bedenken.

«Ich ja auch nicht!», schimpfte Wyss. «Vielleicht bin ich einfach zu blöd.»

«Vielleicht suchst du auch tatsächlich am falschen Ort», meinte Gerber. «Wir dürfen uns jetzt nicht auf ihn allein konzentrieren.»

«Natürlich, du hast recht», lenkte Wyss ein. «Und sonst?»

«Nichts. Wir haben weiterhin auch keine Spur von den Münzen.» Gerber konnte seine Enttäuschung nicht verbergen. «Honegger flucht wie ein Rohrspatz.»

«Der Mörder, wer auch immer er ist, hat entweder die richtigen Kontakte, über die solche Raritäten verkauft werden, ohne dass die grosse Sammlergemeinde davon Wind kriegt», überlegte Wyss, «oder er hat Geduld und braucht das Geld nicht dringend.»

«Oder er ist selber Sammler», ergänzte Gerber. «Vielleicht ist ja an der Kunstraubgeschichte doch etwas dran.»

«Halt die Ohren steif, Silas», sagte Wyss. «Ich werde mir heute Abend das Podiumsgespräch mit Sollberger und seinem Konkurrenten antun.»

«Ich wusste gar nicht, dass du dich so für Politik interessierst», staunte Gerber.

«Tu ich auch nicht», erklärte Wyss. «Ich interessiere mich für die, die Sollberger nicht mögen.»

«Ich seh, du hast dich bestens erholt», lachte Gerber. «Viel Glück!»

Mittlerweile war sein PC hochgefahren und Wyss stöberte die Mails durch. Er fand die versprochene Liste mit Dürrenmatts wichtigsten Spuren. Krauss hatte sein Versprechen gehalten. «Immerhin etwas», murmelte Wyss vor sich hin und überflog die Liste. Dabei wurde ihm immer klarer, dass er einen Spezialisten brauchte, um ihm im Wirrwarr der Personennamen und Gemäldetitel zurechtzuhelfen. Klippstein, Nebel, Gurlitt senior – sie agierten damals wohl als Achse der Berner Drehscheibe für den Verkauf von Naziraubkunst. Aber wie sollte er als in Belangen Kunst völlig ahnungsloser Provinzler nachvollziehen können, wo Dürrenmatt mit seinen akribischen Forschungen allenfalls wirklich etwas gefunden hatte. Wie kam man überhaupt auf die Spur eines verschollenen Gemäldes? Ja, es gab diese Lost-Art-Datenbank, auf die er neulich beim Googeln gestossen war. Und in Dürrenmatts Fall gab es Klippsteins Archiv. Aber dann? Wie suchte man danach? Die sprichwörtliche Suche nach der Nadel im Heuhaufen schien ihm ein Kinderspiel dagegen. Und wenn er etwas gefunden hätte, ein Bild, bei dem sich der Verdacht zu bestätigen schien, dass es sich um Raubkunst handelte: was dann? Wyss stöhnte und griff zum Telefon.

«Das ist tatsächlich schwierig», erklärte Mike Krauss dem Polizisten. «Oft sind gar keine Angehörigen der früheren Besitzer mehr am Leben. Und wenn es noch welche gibt, stellt sich immer die Frage, wie die neuen Besitzer, das kann auch ein Museum sein, zu dem Kunstwerk gelangt sind. Sogar wenn die Händler um die ungewisse Herkunft eines Bildes wussten, heisst das noch nicht, dass die Käufer ein Unrecht begingen, wenn sie das Bild kauften. Sie können ja nicht einfach die heutigen Besitzer enteignen.»

«Was geschieht in solchen Fällen?»

«Das ist sehr unterschiedlich. Wie genau wollen Sie's?»

«Die Kurzfassung, wie immer», bat Wyss.

«Es gibt international anerkannte Regeln für ‹faire und gerechte Lösungen›, wie wir das im Jargon nennen», führte Krauss aus. «Konkret kann eine solche Lösung darin bestehen, dass den Erben eine Entschädigung bezahlt wird und das Objekt behalten werden darf; hin und wieder kommt es auch zu Rückgaben, oder, wenn die Erben das Kunstwerk der Öffentlichkeit zugänglich lassen wollen, kann es auch zu einer Überschreibung gekoppelt mit einer Dauerleihgabe an das entsprechende Museum kommen.»

«Haben Sie in solchem Zusammenhang schon von Drohungen gehört?» Wyss hoffte auf Anhaltspunkte.

«Natürlich gehen da die Emotionen hoch», erklärte der Assistent. «Viele fühlen sich angegriffen und wehren sich gegen den Vorwurf, Raubkunst zu besitzen, und reagieren entsprechend. Es gibt aber auch gegenteilige Berichte von Kunstsammlern, die ihre Werke anstandslos zurückgeben, wenn lückenlos nachgewiesen werden kann, dass sie ihren früheren Besitzern unrechtmässig weggenommen worden sind.»

«Und auf ihrer Liste?», bohrte Wyss weiter.

«Da ist mir nichts von Drohungen zu Ohren gekommen. Und wenn, dann würden eher die Kläger bedroht als die Kunsthistoriker.»

«Stimmt», brummte Wyss. Und änderte das Thema: «Wie war Dürrenmatt als Chef? Haben Sie sich gut mit ihm verstanden?»

Der Assistent zögerte einen Augenblick. «Ich mochte ihn sehr. Er war eine Koryphäe in seinem Bereich. Und sein Sinn für Gerechtigkeit hat mich beeindruckt. Seine

Exaktheit war erstaunlich, vor allem wenn man bedenkt, wie chaotisch er dann manchmal daneben war.»

«Wo waren Sie eigentlich zum Zeitpunkt des Mordes?»

«Zuhause in meiner Wohnung. Es war Schabbat. Ich habe den ganzen Abend gelesen. Allerdings weiss ich nicht, ob das jemand bezeugen kann.»

Wyss bedankte sich für das Gespräch und beendete den Anruf. Er grübelte noch eine ganze Weile weiter. Offensichtlich war Dürrenmatt genauso ein Fahnder gewesen wie er, hatte jeden Stein umgedreht und unbestechlich nach Hinweisen und Spuren gesucht. Logisch hatte er auch im Fall um den kleinen Ferrari Nachforschungen angestellt und war als minutiös arbeitender Wissenschaftler auf Sollberger gestossen.

***

Wenig später sass Wyss im Zug nach Konolfingen. Die Chance, dort noch etwas Neues herauszufinden, war zwar gering. Immerhin konnte es sich aber lohnen, noch einmal unter den Nachbarn herumzufragen, jetzt, wo die Schulferien vorbei und die meisten Leute wieder zu Hause waren. Vor allem aber hatte er es nicht ausgehalten, tatenlos im Büro herumzusitzen. Wie immer im Zug hörte er Musik. Kodaline, *High hopes*. Was, wenn er seine Hoffnung zu hoch gesteckt hatte? Nein, daran wollte er nicht denken. Er hatte das Recht zu hoffen, das Recht auf eine Veränderung. Dann dachte er an Noena. Auch sie war an der Schwelle zu einem Neubeginn. Er öffnete eine Nachricht für Vanessa, tippte den Liedtitel und «für Noena». Er wusste, sie würde es verstehen.

Frau Hertig hatte es sich bereits mit einer Tasse Milchkaffee an einem Tisch bequem gemacht, als er das Café betrat, das sie als Treffpunkt bestimmt hatten. Er bestellte sich auch eine «Schale» und setzte sich zu ihr hin. Ihre hohen Hoffungen, nämlich dass er den Täter hatte dingfest machen können, musste er zu ihrem Leidwesen enttäuschen. Umgekehrt konnte auch sie ihm nicht weiterhelfen, sie hatte weder die Namen Sollberger oder Marquard je aus Dürrenmatts Mund gehört, noch war ihr etwas eingefallen, was sie ihm noch nicht berichtet hatte.

So zog er nicht wirklich zuversichtlich weiter ins Quartier, in dem Dürrenmatt gewohnt hatte, und ging wie schon seine Kollegen vor ihm von Haustür zu Haustür, um die Anwohner zu fragen, ob sie am Abend der Tat etwas Aussergewöhnliches festgestellt hatten. Einige reagierten unwirsch und monierten, die Polizei solle besser ihren Job machen, statt ihnen schon wieder dieselben Fragen zu stellen; andere zeigten sich immer noch tief betroffen und auch etwas in Angst, weil der Täter noch frei herumlief. Immerhin wusste der Bewohner des Eckhauses, wo ein parallel verlaufendes Quartiersträsschen weiter unten in die Hauptstrasse einbog, zu berichten, dass am Tatabend ein silberner BMW Roadster so unmöglich auf dem Trottoir parkiert hatte, dass er sein Wohnmobil kaum hatte um die Kurve manövrieren können. Er war damit zu seinem Haus gefahren, weil er es für die Fahrt in die Ferien am folgenden Tag bepacken wollte.

«Eine St. Galler Nummer, glaube ich», erklärte der Mann. «Jedenfalls kein Berner. Später am Abend war der Wagen dann wieder weg. Ich erinnere mich daran, weil ich erleichtert war, denn sonst hätte ich am Morgen um vier Uhr, als wir aufbrachen, bei Dunkelheit an dem Auto vorbeizirkeln müssen.»

Okay, dachte Wyss, immerhin eine neue Information. Er hatte sich bisher immer vorgestellt, der Täter sei wohl auf dem Strässchen zu Dürrenmatt gekommen. Er hätte aber genauso gut dem Parallelsträsschen von der anderen Seite her folgen können, um dann in der Dämmerung oder im Dunkeln durch die Gärten der Nachbarn zum Haus des Opfers zu gelangen. Ob es sich beim beschriebenen Auto allerdings auch tatsächlich um einen neuen Anhaltspunkt handelte, war mindestens zweifelhaft. Die Hauptstrasse von Thun nach Burgdorf war nicht eben selten befahren.

Im Zug nach Bern zückte er sein Handy und sah eine Nachricht auf dem Sperrbildschirm, *High hopes* und ein Herz. Noena hatte sich bei ihm bedankt. Er rief Vanessa an.

«Hey», sagte er, «wie läuft's?»

«Bestens», erwiderte sie. «Noena sortiert alte Akten und scheint dabei Spass zu haben. Sie summt die Melodie dieses Liedes. Und überlegt sich, was sie alles tun müsste, um Eddy ein gutes Frauchen zu werden.»

«Sie hat sich entschieden?», fragte er.

«Nein, nicht wirklich», erwiderte sie. «Aber sie macht sich eben Gedanken.»

«Wir werden ihr sagen müssen, wer ich bin», seufzte er.

«Ja», entgegnete sie, «das müssen wir. Und wir müssen ihre Grosseltern über deine Rolle ins Bild setzen.» Sie überlegte einen Augenblick. «Morgen, wenn ich sie nach der Arbeit nach Hause bringe. Vielleicht wäre das ein guter Zeitpunkt.»

«Du denkst, es ist besser, wenn ich nicht dabei bin», sagte er.

«Ich weiss es nicht. Vielleicht.»

«Sehen wir uns heute noch?», fragte er.

«Ich werde nach dem Feierabend noch mit Noena in die Einkaufsmeile fahren», antwortete sie, «in die Tierbedarfshandlung. Sie möchte sich umsehen, was es alles für kleine Hunde zu kaufen gibt. Sie braucht das wohl für ihre Entscheidungsfindung.»

«Gute Idee», sagte er. «Ich geh um halb acht ans Podiumsgespräch der Ständeratskandidaten. Vielleicht erfahre ich etwas über Sollberger, was mir weiterhilft.» Er stöhnte: «Meine Mutter hat sich in den Kopf gesetzt, ebenfalls zu kommen.»

«Wozu das denn?» Vanessa war erstaunt. «Mit Wohnsitz im Thurgau ist sie ja gar nicht wahlberechtigt.»

«Das hab ich ihr auch gesagt. Aber sie findet, vier Ohren hören mehr als zwei.»

«Du meinst, sie will in ihren alten Tagen noch Detektivin werden?», lachte Vanessa.

«Lach nicht», knurrte er. «Manchmal habe ich das Gefühl, sie nimmt mich nicht für voll.»

«Dann sag ihr das!», meinte sie. «Abgesehen davon liegt sie mit den vier Ohren vermutlich richtig. Sie kann sich ja unter den älteren Besuchern umhören.»

«Vielleicht hast du recht», sagte er. «Jedenfalls wird's dann leider sicher zu spät heute Abend.»

Er stöpselte sich die Ohrhörer ein und drückte auf zufällige Wiedergabe. *Hold my hand* von The Fray erklang. Wie so oft erkannte er sich wieder in den melancholisch-schönen und doch hoffnungsvollen Songs, die er in seiner Playlist hatte. Er konnte dem Typen nachfühlen, der an der Bürde seiner eigenen Vergangenheit zu schleppen hatte und feststellte, dass er jemanden brauchte, der ihn aufrichtete und ihm half, eine neue Geschichte in seinem Leben zu schreiben. *«I can't do it alone, hold my hand.»* Vanessa. Er brauchte sie. Aber wie dachte wohl sie? Hatte er in der Geschichte, die sie schrieb, einen Platz?

***

Für einmal war Kurt Honegger zufrieden. Als Wyss vom fremden Wagen berichtete, der zur Tatzeit in der Nähe des Tatorts gesehen worden war, machte er sogar eine anerkennende Bemerkung. Gerber gab gleich in Auftrag, mithilfe der Kollegen von der Kantonspolizei St. Gallen alle in deren Kanton registrierten BMW Roadster ausfindig zu machen, und dann in Kleinarbeit zu ermitteln, wo sich die Besitzer zur Tatzeit befunden hatten. Da lag ein ziemliches Stück Arbeit vor ihnen.

Wyss erwähnte auch kurz die Ausführungen zu Dürrenmatts Forschungsarbeiten. Allerdings machten sich die drei keine Illusionen. Wenn der Historiker bei seinen vielen Nachforschungen tatsächlich auf etwas gestossen wäre, dann würden sie für die Suche nach dem oder den Tätern beim Staatsanwalt ein Heer an Spezialisten für den Bereich Kunstraub anfordern müssen. Oder gleich das Team der Freien Uni Berlin, dem Dürrenmatt sein Wissen zur Verfügung gestellt hatte.

Was die Spur der Münzen betraf, war Gerber auch nicht untätig geblieben. Er hatte alle kleineren und grösseren Münzenfachgeschäfte in der Schweiz und halb Europa kontaktiert und um Rat gebeten, wie sie an Sammler solcher kostbaren Münzen herankommen könnten, man hatte ihm aber wenig Mut gemacht, weil die meisten unter ihnen sehr grossen Wert auf Diskretion legten. Auch bei den Auktionatoren hatte er noch einmal nachgebohrt, aber nach wie vor fehlte jede Spur.

«Der Kerl ist ausgesprochen vorsichtig», meinte Wyss. «Wenn er nicht noch einen dummen Fehler begeht, dann wird es fast unmöglich, ihn zu fassen.»

«Warten wir ab», schloss Honegger. «Das ist zwar genau das, was den Staatsanwalt und von Greyerz in Rage bringt, aber vielleicht müssen wir wirklich einfach Geduld haben.»

Wyss fuhr zurück nach Burgdorf und hatte zum ersten Mal das Gefühl, von Honegger als vollwertiges Teammitglied akzeptiert zu sein.

Den ersten Teil des Nachmittags verbrachte Wyss zusammen mit Küng und einigen anderen Polizeibeamten in der Schiessanlage. Er war ein durchschnittlicher Schütze, aber die Konzentration, die bei den Übungen gefordert war, tat ihm gut und brachte ihn auf andere Gedanken. Die Trupp-Übungen absolvierte er wie immer seit Toms Tod an der Seite von Küng.

«Gut gemacht», strahlte dieser am Ende und wischte sich den Schweiss von der Stirn. «Und, wen hast du dir diesmal auf der Scheibe vorgestellt, wenn du abgedrückt hast?»

Wyss grinste. «Du meinst Sollberger oder von Greyerz?»

«Oder Flückiger?», ergänzte Küng.

«Nein, den nicht», sagte er. «Nicht mehr. Ich hab mir gar niemand vorgestellt.» Er atmete tief durch. «Ich hab bereits vier Leute umgebracht. Das reicht mir. Verstehst du das?»

«Klar verstehe ich das», nickte Küng.

«Meine vier Opfer», fuhr Wyss fort. «Es hätte nicht geschehen dürfen.» Er überlegte einen Moment und fügte dann hinzu: «Und ich hoffe jeden Tag, dass ich nie in die Situation kommen werde, wo es geschehen muss.»

***

«Ich wusste gar nicht, dass du so an mir hängst», knurrte Wyss, als Gerber ihn auf dem Rückweg in die Wache schon wieder anrief.

«Hör zu, vielleicht hab ich was», platzte dieser heraus. «Soeben haben mich die Spezialisten angerufen, die Dürrenmatts Unterlagen durchsehen. Sie hatten Kontakt mit der Leiterin der Taskforce, und die erzählte, Dürrenmatt und sein Assistent hätten offensichtlich Streit gehabt.»

Wyss pfiff durch die Zähne. «Als ich heute Morgen mit ihm gesprochen habe, klang das aber ganz anders», sagte er.

«Dürrenmatt habe ihm gedroht, ihn zurückzuschicken und auszuwechseln», ergänzte Gerber.

«Weisst du warum?», wollte Wyss wissen.

«Offensichtlich hat der junge Ami ohne Dürrenmatts Wissen Informationen an Dritte weitergegeben.»

«Ich ruf ihn an und zitiere ihn zu dir an den Waisenhausplatz. Und nehme den nächsten Zug nach Bern!»

«Sie haben recht», gab Mike Krauss eine dreiviertel Stunde später zerknirscht zu. «Wir sind aneinandergeraten, Dürrenmatt und ich.»

Zu dritt sassen sie im Vernehmungsraum, Gerber nahm den Mann ins Visier. «Schiessen Sie los.»

«Es ging um meine persönlichen Interessen im Gurlitt-Fall. Ich hätte ihm von Anfang an davon erzählen sollen.»

«Wie meinen Sie das?», wollte Gerber wissen.

«Sie wissen um die Geschichte meiner Vorfahren? Wir waren eine sehr wohlhabende Familie, hatten ein gut laufendes Unternehmen. Bis zur Reichskristallnacht im November 1938. Urgrossvater hatte Glück, aber drei seiner Geschwister wurden von den Nazis geholt und abtransportiert. Da erkannte er, dass er seines Lebens nicht mehr sicher war, und beschloss, in die USA zu fliehen. Unsere Familie geht davon aus, dass mehrere der kostbaren Gemälde aus dem Besitz meines Urgrossvaters von Gurlitt senior den Nazis zu einem Spottpreis abgekauft und dann mit hohem Gewinn via Bern weiterverkauft wurden.»

«Und nach Spuren zu diesen Gemälden suchten Sie?»

«Dürrenmatt warf mir vor, wissenschaftliche Arbeit und Persönliches zu vermischen, und wollte mich deswegen nach Berlin zurückschicken.»

«Wie haben Sie reagiert?»

«Ich war stinksauer! Aber ich packte ihn bei seiner Liebe zur Forschung, zur Suche nach Gerechtigkeit. Ich machte ja nichts anderes, als was ich sonst tat. Und ich habe ihm versprochen, meine eigenen Nachforschungen hintenanzustellen und auf die Freizeit zu begrenzen. Darauf ist er zum Glück eingegangen.»

«Und haben Sie etwas gefunden?»

«Nichts Sicheres. Einige Informationen habe ich an meinen Vater weitergeleitet, in der Hoffnung, er könne drüben etwas damit anfangen. Dies war es, was Dürrenmatt mir zu Recht vorwarf. Ich hätte es nicht tun dürfen.»

«Wann fand denn diese Auseinandersetzung statt?»

«Das muss in der ersten Septemberwoche gewesen sein. Dürrenmatt hat mir klipp und klar zu verstehen gegeben, dass ich Ende Monat gehen könne, wenn ich mich nicht ab sofort genau an die Regeln halten würde.»

«Aber wieso haben Sie mich heute Morgen angelogen?», meldete sich nun Wyss zu Wort. «Ihnen ist schon klar, dass Sie sich mit dem Verschweigen dieses Streits verdächtig gemacht haben?»

«Das war dumm von mir, ich weiss», seufzte Krauss. «Aber ich hänge an diesen Ermittlungen und habe mir so erhofft, etwas über unseren verschollenen Familienbesitz herauszufinden. Und als Verdächtiger hätte ich wohl keinen weiteren Zugang zu den Archiven mehr gehabt.»

«Von was für Gemälden sprechen wir da?», nahm Gerber den Faden wieder auf.

«Kandinsky, zum Beispiel», sagte der junge Mann und kam ins Schwärmen. «Es ist erwiesen, dass Klippstein mehrere davon an Solomon Guggenheim nach New York verkauft hat. Ob sich auch der aus Urgrossvaters Besitz darunter befand, hab ich nach wie vor nicht herausfinden können. Einen Franz Marc hatte er auch, und Werke von Kirchner und Beckmann. Ein paar davon hängen in Museen, aber wir können unsere Besitzansprüche nicht nachweisen. Andere befinden sich irgendwo in Privatbesitz. Insgesamt wären diese Bilder wohl viele Millionen Wert.»

Einen Moment schwiegen alle. «Danke. Halten Sie sich zur Verfügung», sagte Gerber schliesslich. Dann holte eine Beamtin Krauss ab, um noch seine Fingerabdrücke zu nehmen, bevor er die Polizeiwache verlassen durfte.

«Glaubst du ihm?» Gerber öffnete das Fenster und steckte sich eine Zigarette an.

«Was er sagt, klingt plausibel», überlegte Wyss. «Trotzdem: Wir müssen ein Auge auf ihn haben, und die Spezialisten sollen die Akten genau unter die Lupe nehmen.

Denn wenn er tatsächlich Hinweise gefunden haben sollte, dann könnte es ja sein, dass er diese für sich behalten hat und nicht an die Taskforce weitergeben wollte.»

«Denkst du tatsächlich, dass er als Mörder in Frage kommt?»

«Es geht um Millionen. Aber es war ja nicht Dürrenmatt, der die Bilder seiner Familie gestohlen hat. Und er hat schliesslich seine privaten Nachforschungen nicht einmal unterbunden. Nein, ich kann mir den Jungen nicht als Mörder vorstellen.»

«Wie dem auch sei, ich werde einen meiner Leute beauftragen, Infos zu Krauss und seiner Familie zusammenzutragen. Er hat uns einmal angelogen, das genügt.»

***

Nach dem Feierabend holte Wyss sich auf dem Weg nach Hause noch rasch einen Döner beim legendären Wohnwagen neben dem Bahnhof. Gesunde Nahrung sieht anders aus, dachte er, aber ich kippe sonst aus den Schuhen. Später fuhr er dann mit dem Velo zum Oberstufenzentrum, wo das Podiumsgespräch zwischen den beiden Ständeratskandidaten stattfinden sollte. Er war ziemlich beeindruckt von der Anzahl Leute, die bereits warteten, und setzte sich in die hintere Hälfte des Saals. Kurz vor Beginn traf seine Mutter ein und nahm neben ihm Platz.

«So, lass uns dem Sollberger auf den Zahn fühlen», flüsterte sie.

«Aber mach keinen Unsinn!», brummte er.

«Keine Bange, David. Vergiss nicht, ich war Coiffeuse und somit Spezialistin für Klatsch und Tratsch.»

Dann betrat Frau Hefti, die Stadtpräsidentin, die Bühne. Sie begrüsste alle Anwesenden und gratulierte ihnen zum durch den Besuch der Veranstaltung offenbarten Willen, am Wohlergehen ihres Heimatkantons mitzuwirken.

«Heimatkanton!», raunte Hanna Wyss ihrem Sohn zu. «Die mit ihrem Ostschweizer Dialekt!»

«Das bemängelst gerade du», erwiderte er, «du mit Wohnsitz im Thurgau!»

Frau Hefti sprach von ihrem Dilemma, zwischen einem so geschätzten Burgdorfer Urgestein einerseits und einem ebenso verehrten Parteikollegen andererseits wählen zu müssen, und betonte, dass sie selbstverständlich keine Zweifel hege, dass beide für das Amt hochqualifiziert seien. Als Stadtpräsidentin fühle sie sich aber verpflichtet, gerade bei diesen Ständeratswahlen über den parteipolitischen Gartenzaun hinwegzuschauen. Dann übergab sie dem Gesprächsleiter.

Der Abend war, wie erwartet, ein Hin und Her von einstudierten Vorwürfen und ebensolchen Gegenvorwürfen, von Fragen, auf die ohnehin niemand eine Antwort geben konnte, und von Antworten, von denen jedem halbwegs vernünftigen Menschen sofort klar war, dass sie keine waren; von Problemen, deren Ursache man sich gegenseitig zuschob, und von Lösungen, deren Wirksamkeit abzuschätzen schlicht unmöglich war. Politik eben. Plattitüden verpackt in lange Sätze, deren Ziel es war, so geschliffen zu klingen, dass der dumpfe Unsinn der Argumentation dem normalen Bürger verborgen bleiben würde. Immerhin schienen am Schluss, wie auch erwartet, beide Kandidaten das Gefühl zu haben, als Sieger aus dem Gespräch hervorgegangen zu sein, und die Ortssektionen der beiden Parteien luden die Gäste zu einem Apéro ein, bei dem man sicher noch angeregt ins Gespräch kommen werde, wie der Gesprächsleiter versprach.

«Wir sehen uns später», murmelte Hanna Wyss ihrem Sohn zu und hängte sich an ein paar ältere Semester, die zielstrebig zur Theke gingen, wo Weisswein ausgeschenkt wurde. Wyss mischte sich unter die Gäste im Alterssegment von Sollberger und versuchte, mit ihnen ins Gespräch zu kommen.

«Endlich einer, der verstanden hat, was in unserem Kanton schief läuft», meinte einer.

«Ach hör doch auf», entgegnete ein anderer, «Leute wie er haben uns erst in die Situation gebracht, in der wir jetzt stecken.»

«Immerhin ist er ein erfolgreicher Geschäftsmann», steuerte ein Dritter zur Diskussion bei.

«Erfolgreich?», meinte der Zweite. «Sein Vater war erfolgreich. Ohne seinen Papa wäre er ein Nichts.»

«Höre ich da Neid?», neckte der Erste.

«Neid?», erwiderte der andere. «Sicher nicht. Eine nette Fassade macht noch keinen guten Menschen.»

«Was hast du bloss? Nur weil er einen Ferrari fährt, muss er doch kein Arschloch sein.»

«Einen Ferrari? Nicht schlecht», mischte sich jetzt auch Wyss ins Gespräch ein.

«Er mag schnelle Autos», erklärte einer. «Eine Weile lang machte er sich sogar dafür stark, dass in der Schweiz endlich wieder eine Rennstrecke gebaut werden sollte.»

«Fährt er Rennen?», wollte Wyss wissen.

«Das wohl nicht», antwortete der andere. «Aber ich weiss, dass mein Chef ab und zu mit ihm auf den Hockenheimring geht, um ein paar schnelle Runden zu drehen.»

Der Mann, der sich negativ zu Sollberger geäussert hatte, verliess die Gruppe, um sich Wein nachgiessen zu lassen. Wyss folgte ihm.

«Sie scheinen unseren Ständeratskandidaten nicht eben zu mögen», sagte er.

«Wissen Sie», erwiderte der andere, «ich war im selben Maturjahrgang wie Sollberger. Er hatte immer eine Menge Geld und darum auch eine Menge Freunde.»

«Sie meinen, er war ein Angeber?», grinste Wyss.

«Er war ein selbstverliebtes Arschloch», sagte der andere, und Wyss erinnerte sich, dass Denise ihn mit genau denselben Worten beschrieben hatte. «Er konnte sich alles erlauben. Man munkelt, dass sein Vater ihm ein paarmal aus der Patsche helfen musste. Zum Beispiel, weil er immer wieder zu schnell fuhr. Und natürlich vor allem damals nach der Maturreise.»

Wyss wurde hellhörig und gab sich Mühe, möglichst belanglos zu klingen. «Nach der Maturreise? Ist damals etwas geschehen?»

«Nein, offiziell nicht», der Mann zögerte. «Aber eine Weile lang erzählte man sich, es sei zu einer Vergewaltigung gekommen.»

«Sollberger?», fragte Wyss.

«Ich will ihm nichts anhängen», sagte der andere. «Offiziell hiess es ja dann, an den Gerüchten sei nichts dran. Vermutlich haben einfach wie immer alle vor dem Alten und seinem Anwalt den Schwanz eingezogen und das Mädchen im Regen stehen lassen.»

«Sie meinen ...» Wyss hätte gerne noch mehr erfahren, aber der andere hatte sich bereits abgedreht und damit klar gemacht, dass er nicht länger über das Thema sprechen wollte.

Später auf dem Heimweg erzählte Frau Wyss ihrem Sohn ganz aufgeregt, was sie bei ihren detektivischen Ermittlungen rausgefunden hatte: Sollbergers Vater war ein richtiger Patron vom alten Schlag gewesen. Bewundert und gefürchtet. Seine Frau, eine warmherzige Person, habe es bestimmt nicht einfach gehabt. Nach dem Tod ihres Mannes habe sie sich mehr und mehr zurückgezogen, sei an Alzheimer erkrankt und lebe gegenwärtig im Altersheim.

«Sie mögen den jungen Sollberger nicht», berichtete sie weiter. «Er sei ein Egoist, schaue nur für sich und vernachlässige seine Mutter und seine Familie.»

«Das wundert mich gar nicht», meinte Wyss. «Und es passt in das Bild, das ich nach unseren Begegnungen von ihm habe.»

«Was hältst du davon, wenn mich Fredi morgen nach der Arbeit abholen kommt?», fragte Hanna Wyss, als sie in Davids Wohnung eintrafen. «Er würde dich gern wieder einmal sehen.»

David schien der Gedanke nicht wirklich verlockend, seine Mutter noch einen weiteren Tag bei sich zu haben. Ja, er mochte sie, aber irgendwie fühlte er sich von ihr manchmal zu sehr bemuttert und eingeengt. Zudem schien sie ihm neugieriger geworden zu sein, seit sie weggezogen war, und das mochte er gar nicht. Allerdings fand er es auch schön, dass ihr Partner ihn besser kennenlernen wollte und ein Abend mit den beiden würde ihm sicher Spass machen.

«Aber nur, wenn ihr über Nacht bleibt und erst am Samstag zurückreist», entgegnete David schliesslich, und ergänzte nachdenklich: «Vanessa wird Noena morgen erzählen, dass ich sie gebeten habe, mit ihr Kontakt aufzunehmen, und ihr dabei auch sagen, wer ich wirklich bin. Ich hoffe, Morgenthalers und Noena werden das verdauen.»

«Es wird schwer sein für sie», sagte die Mutter. «Aber solange sie nicht die ganze Wahrheit wissen, bringen eure ganzen Bemühungen nicht das, was ihr euch erhofft.» Und beruhigend fügte sie hinzu: «Du wirst sehen, David, es kommt alles gut.»

Freitag, 16. Oktober 2015

Um vier Uhr morgens schreckte Wyss schweissgebadet aus seinem Albtraum auf. Diesmal hatte sich der Passat, den sie verfolgten, auf einmal in einen Ferrari verwandelt, und sie fuhren Runden auf der Hockenheim-Rennstrecke. Auf der Zielgeraden erkannte er die Grosseltern Morgenthaler, die mit steinerner Miene die Flagge mit diagonal getrennter schwarzer und weisser Farbe schwenkten, kurz bevor Noena auf einem Golden Retriever reitend vor seinen Wagen geriet.

***

Er war hellwach und wusste, dass er unter diesen Umständen nicht noch einmal würde einschlafen können. Er stand auf, zog sich an, gab seiner Mutter einen Kuss und fuhr auf die Wache. Er war nervös, denn er wusste, dass sich heute einiges entscheiden würde: nicht nur in Bezug auf Morgenthalers, sondern auch im Fall Sollberger, wie er ihn mittlerweile für sich nannte. Es ging darum, den gestern gefundenen Anhaltspunkten nachzugehen, ohne zu viel Staub aufzuwirbeln. Vor allem dem Vorwurf der Vergewaltigung. Sollberger hatte Jahrgang 69, er musste also 1988 oder 89 die Matura gemacht haben. Der Vorfall war längstens verjährt, aber nichtsdestotrotz sehr brisant für jemand, der für ein hohes politisches Amt kandidierte.

«Von Greyerz wird gar keine Freude an mir haben», brummte Wyss, währendem er zum wiederholten Mal versuchte, seine Kenntnisse über Sollberger miteinander in Zusammenhang zu bringen. Es sind nicht eben nette Dinge, die einige Burgdorfer hinter vorgehaltener Hand über «ihren Ständerat» sagen, dachte Wyss und knetete sein Kinn. Egoist ist wohl noch die harmloseste Bezeichnung. Arroganter Sack, Narzisst, selbstverliebtes Arschloch, dazu als Jugendlicher ein Papasöhnchen, dem vom Patron aus der Patsche geholfen werden musste. Nach zu schnellem Fahren wohl. Und, sollte das wirklich stimmen, nach einer Vergewaltigung. Kein Wunder, hatte ihn sein Vater nach dem Studium nach England geschickt.

Er nahm einen roten Zettel zur Hand, schrieb «Vergewaltigung?» drauf, ging zur Pinnwand und zögerte. Wohin gehörte das jetzt? Fall Flückiger? Fall Dürrenmatt? «Fall Sollberger», murmelte er. «Scheisse, ich müsste das alles mal aktualisieren.»

Kurz vor halb sieben guckte Küng ins Büro.

«Du bist früh, David», sagte er. «Kaffee?»

Wyss blickte auf. «Gern. Wir müssen reden, Felix.»

Er erzählte ihm vom Podiumsgespräch und den anschliessenden Gesprächen und den detektivischen Anwandlungen seiner Mutter. Küng nickte anerkennend. Dann kam Wyss auf die Geschichte mit der Vergewaltigung zu sprechen. Küng pfiff durch die Zähne.

«Was willst du unternehmen?», fragte er.

«Ich muss dem auf den Grund gehen», antwortete Wyss. «Aber die Sache ist verdammt heikel. Von Greyerz wird in die Luft gehen, wenn er erfährt, dass ich weiterhin in Sollbergers Vergangenheit rumgrabe.»

«Wichtig ist, dass du die richtigen Leute findest, die du befragen kannst», gab Küng zu bedenken. «Wir haben versprochen, nicht unnötig Staub aufzuwirbeln.»

«Ich möchte mit dem damaligen Rektor des Gymnasiums sprechen», erklärte Wyss, «und mit dem Klassenlehrer.»

«Der Rektor dürfte Heinz Wagner gewesen sein», sagte Küng. «Wir zogen 95 nach Burgdorf und unsere Älteste ging ab 97 ans Gymnasium. Da hiess es, er sei schon seit über zehn Jahren im Amt.»

«Und?», fragte Wyss.

«Ich habe ihn als sehr korrekten, eher distanzierten Menschen kennengelernt. Soviel ich weiss, lebt er noch in Burgdorf. Ich bin sicher, du findest seine Nummer. Und sonst kann dir bestimmt das Sekretariat des Gymnasiums weiterhelfen.»

«Was wird von Greyerz sagen?» Wyss war immer noch etwas unwohl beim Gedanken an den Zusammenschiss seines höchsten Vorgesetzten vom Beginn der Woche.

«Er hat gar nichts zu sagen», erklärte Küng energisch. «Wir haben einen Fall zu lösen, und du ermittelst nach bestem Wissen und Gewissen. Darüber werde ich ihn informieren und damit hat sich's. Und du setzt Honegger ins Bild.»

***

«Treten Sie ein, Herr Wyss.» Ein älterer Herr mit schulterlangem, weissem Haar und runder Brille bat den Polizisten mit einer förmlichen Handbewegung in seine Wohnung. Man sah Heinz Wagner den Intellektuellen von weitem an. Und als Wyss seinen Blick über die vollen Bücherwände gleiten liess, kam er sich als einfacher Polizist, der keine Matura abgelegt und kein Hochschulstudium absolviert hatte, etwas dumm vor. Aber er schüttelte den Gedanken von sich.

«Sie klangen am Telefon sehr geheimnisvoll, Herr Wyss», sagte Wagner, nachdem er beiden eine Tasse Tee eingegossen hatte. «Wie kann ich Ihnen helfen?»

«Die Sache ist tatsächlich delikat», begann Wyss. «Und ich muss Sie von Beginn weg bitten, dieses Gespräch unter dem Siegel absoluter Verschwiegenheit zu behandeln.»

«Nun», antwortete Wagner, «abgesehen davon, dass es so etwas wie Absolutheit gar nicht gibt, bin ich einverstanden und ganz Ohr.»

«Es betrifft einen ehemaligen Schüler des Gymnasiums», fuhr Wyss fort, «einen Burgdorfer, der gegenwärtig mit hohen politischen Zielen von sich reden macht.»

Wagner erbleichte, als ihm klar wurde, von wem der Polizist sprach.

«Dieser ehemalige Schüler», erklärte Wyss mit vorsichtig gewählten Worten weiter, «hat sich in einem Fall, in dem die Polizei momentan mit aller Kraft ermittelt, zu einer Falschaussage hinreissen lassen und sich damit verdächtig gemacht. Meine Aufgabe ist es, die Vergangenheit dieses Mannes zu durchleuchten, damit wir uns ein klareres Bild von ihm machen können.»

Der ehemalige Rektor zitterte leicht, als er die Teetasse, aus der er eben einen Schluck genommen hatte, wieder auf den Tisch stellte.

«Ich ahne, worauf sie anspielen, Herr Wyss», sagte er zögernd. «Ich habe diesen Augenblick seit über fünfundzwanzig Jahren erwartet.»

«Bitte erzählen Sie mir, was damals auf der Maturreise geschehen ist», bat Wyss. Er sah, wie Wagner mit sich rang. Küng hatte den Rektor einen korrekten Menschen genannt. Als solcher hatte er die damaligen Ereignisse und, wie Wyss vermutete, auch sein eigenes Verhalten unmöglich gutheissen können. Umgekehrt machte es die Sache sicher auch nicht einfacher, einen mittlerweile angesehenen Bürger anzuschwärzen. Schliesslich aber schien er sich entschieden zu haben, nickte kaum merklich und begann zu erzählen, was er wusste.

«Lassen Sie uns Christian Sollberger beim Namen nennen», begann er. «Er war, gelinde gesagt, kein angenehmer Schüler. Um ehrlich zu sein: Weder für uns Lehrpersonen noch für seine Klasse. Er war das, was man wohl einen verwöhnten Bengel nennen kann, ein arbeitsscheuer Junge, der unter dem Patronat seines cholerischen Vaters litt, verhätschelt von seiner Mutter, die die strenge Hand des Vaters auszugleichen versuchte. Einer, der sich alles nahm, weil er nie gelernt hatte, dass er nicht alles kriegen kann, und beide Elternteile waren zu feige, ihn die Konsequenzen seines Handelns spüren zu lassen. Die Mutter, weil sie ihn in ihrer Schwäche abgöttisch liebte, der Vater, weil er um den Ruf seiner Familie fürchtete. Er drohte mehr als einmal mit dem Rechtsanwalt, wenn sein Sohn in Mathematik oder Betriebswirtschaft ungenügende Noten schrieb. Sein politischer Einfluss war gross. Es ging so weit, dass Lehrpersonen Angst um ihre Anstellung hatten, weil Sollberger senior in aller Öffentlichkeit ihre Kompetenz anzweifelte. Und so kam es, dass auch die Kolleginnen und Kollegen dem Jungen immer mehr durchgehen liessen.»

«Das klingt ziemlich resigniert», sagte Wyss.

«Und dann kam die Maturreise», fuhr Wagner fort. «Ich werde Ihnen noch Herrn Kohlers Kontaktdaten geben, bevor Sie gehen, er war der Klassenlehrer.» Er trank einen Schluck. «Am frühen Morgen des letzten Tages ihrer Reise nach Wien rief mich Herr Kohler an, eines der Mädchen habe sich ihm anvertraut, sie sei spätabends von zwei Jungs der Klasse vergewaltigt worden. Er habe die Gendarmerie verständigt und die beteiligten Personen würden soeben befragt. Es war furchtbar.»

Der alte Mann putzte seine Brillengläser und atmete tief durch.

«Was geschah dann?», wollte Wyss wissen.

«Die Klasse reiste mit dem Nachtzug nach Hause, und als ich am nächsten Morgen auf dem Bahnsteig stand, um die betroffene Schülerin und die zwei Täter in Empfang zu nehmen, stand Sollberger senior bereits da, zusammen mit einem Anwalt, der mir Himmel und Hölle heiss machen wollte, wenn ich mich ohne seine Anwesenheit mit den drei Jugendlichen unterhalten würde, die ganze Geschichte sei ein Missverständnis oder vielmehr eine Intrige gegen seinen Mandanten Christian Sollberger.»

«Und dann?», fragte Wyss weiter.

«Ich schäme mich heute noch für das, was ich dann getan habe: Ich ging nach Hause, bevor der Zug einfuhr.»

Es blieb eine Weile lang still. Dann fuhr er fort.

«Die Tage danach liess sich das Mädchen krankschreiben. Erst danach fand ich den Mut, sie auf die Ereignisse anzusprechen. Sie zischte mich an, es sei alles geklärt und ich solle mich nicht einmischen. Ich bereue zutiefst, dass ich es nicht getan habe.»

«Wir alle haben in unserer Biografie Dinge, die wir bereuen», sagte Wyss. «Wir können sie nur ablegen, wenn wir beginnen, Verantwortung zu übernehmen.» Er war selber erstaunt über seine Worte.

Der Rektor schaute ihn überrascht an. «Es ist unerwartet, dies gerade aus Ihrem Mund zu hören», sagte er, «nach allem, was Sie durchgemacht haben müssen.»

Er suchte in seiner Agenda nach Telefonnummer und Adresse des ehemaligen Klassenlehrers und brachte David Wyss zur Türe.

«Vielen Dank für Ihre Offenheit, Herr Wagner», verabschiedete sich der Polizist.

«Ich habe zu danken», sagte der Alte und schloss die Wohnungstür.

Unten auf der Strasse musste Wyss erst einmal seine Gedanken sammeln: Das war der Knüller! Dieser Schweinehund von Sollberger. Offensichtlich war schon sein Herr Papa aalglatt gewesen und hatte seinen Sohn immer wieder aus der Schusslinie genommen. Der verdammte Kerl ist einfach damit durchgekommen, fluchte Wyss für sich. Aber ich krieg dich dran, nahm er sich vor. Die Geschichte ist zwar längstens verjährt, aber eins hast du nicht erreicht: Sie ist nicht vergessen gegangen! Scheisse, aber ich hab vergessen, nach den anderen Namen zu fragen, regte er sich auf und klingelte noch einmal, doch Wagner öffnete ihm nicht mehr und die Gegensprechanlage blieb stumm.

Wyss wählte die Nummer des Klassenlehrers, die ihm der Rektor gegeben hatte. Frau Kohler nahm den Anruf entgegen. Sie war auf dem Sprung ins Spital, wo ihr Mann auf der Palliativabteilung lag.

«Das tut mir sehr leid», sagte Wyss mitfühlend. «Ich hätte sehr gerne mit ihm über einen Vorfall gesprochen, der in einer seiner Klassen auf einer Maturareise geschah.»

«Hat das Mädchen doch endlich noch geredet?», fragte Frau Kohler zu seinem Erstaunen wie aus der Pistole geschossen.

«Sie wissen davon?»

«Aber natürlich», sagte sie lebhaft, schwieg einen Augenblick, wie um sich zu sammeln und erzählte dann: «Es war schlimm für meinen Mann, damals. Sollberger und sein Anwalt drohten, bis alle einknickten. Auch Johann. Er hat danach nie mehr Klassenlehrer sein wollen. Aber wie kommt es, dass die Geschichte wieder aufgerollt wird?»

«Das darf ich aus ermittlungstechnischen Gründen nicht verraten», erklärte er. «Und ich muss Sie auch bitten, über dieses Gespräch mit niemandem zu reden.»

«Auch nicht mit meinem Mann?», fragte sie.

«Das lasse ich Sie entscheiden», antwortete er.

«Es wird ihn aufregen und gleichzeitig beruhigen», erwiderte sie nachdenklich. «Wissen Sie, ich habe damals versucht, mit dem Mädchen zu reden, von Frau zu Frau, Sie verstehen. Aber sie machte zu. Sie stand so sehr unter Druck. Sie hat mir unglaublich leidgetan.»

«Wissen Sie vielleicht noch ihren Namen und wo sie heute wohnt?», fragte Wyss hoffnungsvoll.

«Jessica. Oder Jennifer? Sie nannte sich Jessy oder Jenny, ich bin nicht mehr sicher. Hofer, glaube ich. Sie hat später Kunstgeschichte studiert, und Johann erwähnte einmal, sie wohne in Berlin und sei ziemlich erfolgreich.»

«Und der andere Junge?»

«An ihn kann ich mich leider nicht erinnern», bedauerte sie. «Aber ich könnte Johann fragen.»

«Lassen Sie nur», erwiderte Wyss und bedankte sich. «Sie sind auch so eine wahre Fundgrube an Informationen, Frau Kohler. Ich wünsche Ihnen Mut und Zuversicht für die Zeit, die auf Sie zukommt.»

«Danke, und gern geschehen», erwiderte sie. «Ich hoffe, Sie kommen mit Ihren Ermittlungen gut voran.»

***

Später sass Wyss an seinem Schreibtisch und googelte nach einer Jessica oder Jennifer Hofer oder ehemals Hofer in Berlin. Und wurde relativ rasch fündig.
«Jessica von Hof, Kunstgalerie, Nähe Potsdamer Platz», murmelte er, «das könnte sie sein.»
Das Bild zeigte eine hübsche Frau Mitte vierzig, in ihrer Biografie fand er Einträge wie «geboren im Kanton Bern in der schönen Schweiz» und «Studium der Kunstgeschichte in Freiburg (CH) und Berlin». Er klickte den Link auf ihre Facebook-Seite an. «Hat hier studiert: Gymnasium Burgdorf. Bingo!»

«E Polizischt us Burdlef!» Jessica von Hof, wie sie sich als Künstlerin und Galeristin nannte, klang verblüfft.
«Entschuldigen Sie, wenn ich Sie so überrumple», sagte Wyss. «Haben Sie einen Moment Zeit für mich?»
«Wenn es das betrifft, was ich mir denke, dann jederzeit», antwortete sie. «Ich stelle den Anruf nur rasch durch auf den Apparat in meinem Büro.»
Einen Augenblick später meldete sie sich zurück.
«Geht's um damals, in Wien?»
Wyss erklärte ihr in groben Zügen, wie er auf die alte Geschichte gestossen war.
«Ständerat Christian Sollberger», sagte sie verächtlich, «ich hab darüber gelesen.»
«Noch ist er es nicht», erwiderte Wyss. «Und ich werde meinen Teil dazu beitragen, dass er es auch nicht wird.»
«Wollen Sie eine Schlammschlacht gegen ihn beginnen», fragte sie skeptisch.
«Nein», antwortete Wyss, «aber ich möchte verstehen, was damals passiert ist.»

Jessica von Hofs Erzählung stimmte mit den Angaben von Herrn Wagner und Frau Kohler überein. Sollberger senior hatte sie mit 200 000 Franken und der Androhung eines Gemetzels vor Gericht zum Schweigen gebracht. Der andere hatte etwa halb so viel für sein Dichthalten gekriegt.

«Chris war ein selbstverliebtes Arschloch», zischte sie, und Wyss registrierte, dass bereits die dritte Person ihn so nannte. «Pat dagegen war ein Mitläufer und Feigling.»

«Ja, über den zweiten Täter würde ich später auch gerne mehr erfahren», sagte Wyss. «Aber bleiben wir erst einmal bei Ihnen. Wie war das für Ihre Familie?», wollte er wissen.

«Sollberger hat auch sie unter Druck gesetzt», meinte sie und lachte bitter: «Er kannte einen, der den Chef meines Vaters kannte, verstehen Sie? Er hatte eine Menge Einfluss. Mein Vater schien erleichtert, als ich mich bereit erklärte, das Geld zu nehmen.» Sie machte eine kurze Pause. «Immerhin hat das Geld mir später als Startkapital für meine Galerie gedient.»

«Hatten Sie je noch einmal Kontakt mit einem der Beteiligten?»

«In Burgdorf war ich seit meiner Studienzeit nie mehr, wenn Sie das meinen. Ich wollte dort niemandem über den Weg laufen. Und meine Eltern wohnen mittlerweile am Genfersee. Ich hab mir während meiner Studienzeit ein paarmal überlegt, ob ich den Rektor oder den Klassenlehrer anrufen soll, um sie zu fragen, wie sie nachts schlafen», Jessicas Stimme klang zynisch. «Aber es wäre nicht fair gewesen, denn schliesslich war ich es, die eingeknickt ist. Und ich kann mir vorstellen, dass Sollbergers Anwalt nicht nur meinen Vater mit Anrufen bombardierte.»

«Ich habe heute Morgen mit Herrn Wagner gesprochen», sagte Wyss, «und mit Frau Kohler. Ihr Mann liegt mit Krebs im Spital. Ich kann Ihnen versichern, dass sich beide sehr über einen Anruf von Ihnen freuen würden, und das meine ich in vollem Ernst.»

«Vielleicht tu ich das», erwiderte sie nachdenklich.

«Sie haben vorhin den anderen Täter erwähnt, einen gewissen Pat», nahm Wyss den Faden wieder auf.

«Ja, Patrick», sagte sie. «Er hat mich nach vielen Jahren einmal angeschrieben.»

«Das ist ja interessant», Wyss war ganz Ohr.

«Per Mail, das war ja klar. Für ein Gespräch fehlte ihm der Mut», sagte sie spöttisch und erzählte dann weiter: «Er hat sich tatsächlich bei mir entschuldigt und mir erklärt, er sei durch ein Ereignis in seinem Umfeld schmerzhaft an diese Geschichte erinnert worden. Ich würde von ihm hören.»

«Und?»

«Nichts und!», sagte sie. «Er hat sich nicht wieder gemeldet. Und ich mich auch nicht. Wie gesagt, er war ein Feigling.»

«Können Sie sich noch erinnern, wann das war?»

«Keine Ahnung, vor sechs oder sieben Jahren wohl.»

«Vielleicht krieg ich etwas aus ihm raus», sagte er. «Wie heisst er?»

«Patrick Röthlisberger.»

Wyss sprang vom Stuhl auf, wie von einer Tarantel gestochen.

«Röthlisberger?» Wyss versuchte, seine Erregung zu verbergen. «Wissen Sie, was aus ihm beruflich geworden ist?»

«Keine Ahnung. Er hat in Bern Wirtschaft studiert, glaube ich. Wieso fragen Sie?»

«Ich habe einen Verdacht, Frau Hofer, und sollte er sich bestätigen, dann weiss ich, weshalb sich Patrick Röthlisberger nicht mehr bei Ihnen gemeldet hat.»

«Sie klingen geheimnisvoll», sagte sie und fügte hinzu: «Aber es war schön, wieder einmal Berndeutsch zu schwatzen und beim bürgerlichen Namen genannt zu werden, auch wenn der Inhalt des Gesprächs Erinnerungen an eine sehr dunkle Zeit wieder aufgeweckt hat.»

Sie verabschiedeten sich und David Wyss griff nach der alten Akte Flückiger. Er blätterte aufgeregt mit zittrigen Fingern darin. Tatsächlich: Patrick Röthlisberger. Es war der Name des Betreibungsbeamten, den Flückiger vor sechs Jahren erschossen hatte!

***

«Hoppla!», lachte Küng, als Wyss Augenblicke später wie die Feuerwehr in sein Büro platzte. Allerdings wich sein Lachen während der Erzählung seines Untergebenen ziemlich schnell deutlichem Erstaunen und offener Anerkennung.

«Siehst du? Deswegen habe ich dich in diesem Fall haben wollen», sagte er schliesslich zufrieden, lehnte sich in seinem Stuhl zurück, strich sich über seinen wohlgenährten Bauch, zeichnete mit dem Finger den Umriss eines der «Renault-Logos» nach und beobachtete Wyss, der offensichtlich in Gedanken versunken sein Kinn rieb.

«Was denkst du?»

«Hmm?» Wyss schreckte aus seinem Brüten hoch.

«Ich kenne dich gut genug, um zu wissen, dass du nicht an Zufälle glaubst.»

«Das ist verrückt, Felix», sagte Wyss leise. «Nein, das ist zu weit hergeholt!»

«Ist es das?», fragte Küng. Und als Wyss schwieg, fuhr er fort: «Nehmen wir an, Röthlisberger wollte tatsächlich reinen Tisch machen und konfrontierte Sollberger mit seiner Absicht...»

«... Verjährung hin oder her, der Schaden wäre für Sollberger immens gewesen», nahm Wyss den Faden auf.

«Der glänzende Lack des Saubermanns wäre augenblicklich aufgeplatzt. Die politischen Ambitionen wären den Bach runter und möglicherweise auch seine Ehe.»

«Und damit je nach Ehevertrag auch bis zur Hälfte seines Vermögens.»

«Das wäre ein Motiv», schloss Küng den Gedankengang ab.

«Ich ruf Honegger an», sagte Wyss entschlossen. «Er soll den Staatsanwalt informieren, dass gegen Sollberger auch im Fall Flückiger ein berechtigter Verdacht aufgetaucht ist.» Wyss stand auf. «Ich muss mit Röthlisbergers Witwe sprechen!»

«Ja, das musst du», nickte Küng. «Gute Arbeit, David!»

***

Frau Haller, wie sie mittlerweile hiess, denn sie war seit Kurzem wieder verheiratet, wohnte in Hindelbank. Sie staunte nicht schlecht, als Wyss ihr am Telefon erklärte, er möchte über den Tod ihres ersten Mannes sprechen. Auf ihre überraschte Frage hin, was er denn wissen wolle, antwortete er ausweichend, trotzdem sagte sie, sie sei bereit, ihn nach dem Mittagessen zu empfangen. Allerdings müsse sie am Nachmittag wieder zur Arbeit. Er schaute auf die Uhr, es war Viertel nach zwölf. Er war zu ungeduldig, um auf den nächsten Zug zu warten, schwang sich aufs Fahrrad und fuhr die knapp sieben Kilometer ins Nachbardorf. Er war gespannt, was er herausfinden würde. Der Fall brannte ihm unter den Fingernägeln, dabei hatte er erst vor ein paar Tagen geklagt, seine Ermittlungen seien eingefroren.

«Frau Haller, ich bin wegen einer äusserst delikaten Angelegenheit zu Ihnen gekommen», sagte er behutsam. «Wann haben Sie und Patrick Röthlisberger sich kennengelernt?»

«Im August 1995, an der Kornhausmesse. Es war, was man Liebe auf den ersten Blick nennt.» Ihr Gesicht nahm melancholische Züge an.

«Hat er je mit ihnen über seine Zeit am Gymnasium gesprochen, über seine Maturreise vielleicht?»

«Nein kaum, er sagte immer, seine Gymi-Klasse hätte keinen Zusammenhalt gehabt, und er ist auch nie an eine Klassenzusammenkunft gegangen, soweit ich mich erinnern kann. Wieso wollen Sie das wissen?»

«Nun, Frau Haller, es tut mir furchtbar leid, Ihnen sagen zu müssen, dass es eine dunkle Seite im Leben ihres verstorbenen Mannes gab, die er wohl vor ihnen verheimlichte.»

Frau Haller wurde bleich und schaute den Polizisten fragend an.

«Auf seiner Maturreise kam es zu einem sexuellen Übergriff auf ein Mädchen der Klasse. Patrick Röthlisberger war einer der beiden Täter.»

Die Frau begann zu zittern. «Das glaube ich nicht», sagte sie vehement. «Das hätte er nie getan.» Sie schaute den Polizisten zornig an, aber sein Schweigen und sein ernster

Blick machten sie unsicher. Ihre Stimme brach und sie begann zu schluchzen. In diesem Moment kam eine Jugendliche aus ihrem Zimmer. «Mama, ich gehe jetzt», rief sie und schaute ins Wohnzimmer. Als sie sah, wie ihre Mutter weinte, erschrak sie.

«Können Sie ihr ein Glas Wasser bringen», bat Wyss die junge Frau. Die Mutter trank einen Schluck und fasste sich langsam wieder.

«Nina, Herr Wyss hat mir eben etwas über Papa erzählt, aus der Zeit bevor wir uns kennengelernt haben.»

Die Tochter setzte sich. «Etwas Schlimmes?», fragte sie.

«Die Polizei sagt, er war als Jugendlicher in ein Verbrechen verwickelt», sagte ihre Mutter, nachdem sie sich wieder etwas beruhigt hatte.

«Ist das wahr?», fragte Nina gequält.

Wyss nickte. «Eine Vergewaltigung. Zusammen mit einem Kollegen.»

«Nein!» Ihre Augen füllten sich mit Tränen und sie hielt die Hand ihrer Mutter. «Mama», sagte sie nach einem Moment der Stille und schnäuzte sich die Nase. «Weisst du noch damals, einige Monate vor Papas Tod?» Sie wandte sich an Wyss. «Die ältere Schwester meiner besten Schulfreundin wurde im Turnunterricht während einem Orientierungslauf von einem Mann vergewaltigt. Ich wusste grad knapp, was das bedeutete. In der Schule sagten wir, man müsste solche Typen kastrieren. Wir haben bei einem Nachtessen darüber gesprochen, und ich hab genau diese Worte aus der Schule wiederholt. Und dass ich hoffe, dass dieser Kerl büssen müsse. Erinnerst du dich, Mama?»

«Ja, das war damals auch eine schlimme Sache und für Wochen das Gesprächsthema Nummer eins unter den Müttern.»

«An diesem Abend brachte mich Papa zu Bett. Ich weiss noch, dass er sehr müde aussah. Er gab mir einen Gutenachtkuss und sagte etwas wie, ich hätte recht, wer Mädchen weh tue, solle hart bestraft werden.» Nina zögerte einen Moment, als schämte sie sich für ihre Gedanken. «Ich hatte damals beinahe Angst, dass er es gewesen sein könnte. Aber der Typ wurde ja dann gefasst und war geständig.»

«Können Sie mir das erklären?», fragte Wyss.

«Nicht wirklich», sagte sie. «Aber er schien so ... müde, und niedergeschlagen. Ich hatte das Gefühl, er bereue etwas zutiefst.»

«Du hast recht», nickte die Mutter. «In den nachfolgenden Wochen und Monaten wirkte er doch oft recht bedrückt. Ich dachte, er mache sich Sorgen um deine Sicherheit.»

«Das passt», sagte Wyss, «Ihr verstorbener Mann, Ihr Papa, hat in dieser Zeit der Frau geschrieben, die damals das Opfer gewesen war, und hat sie um Verzeihung gebeten.»

Die Tochter schaute auf die Uhr. «Mama, ich muss gehen, sonst erreiche ich den Zug nicht mehr.»

«Geh nur, Nina, ich hoffe, dass das Schlimmste nun vorbei ist.»

«Ihre Mutter wird Ihnen alles berichten», nickte Wyss.

Einen Moment war Frau Haller ganz in sich gekehrt. «Ich verstehe nicht, wie er mir das verschweigen konnte.»

«Die ganze Sache wurde damals offensichtlich vertuscht», erklärte er. «Der Vater des anderen Jungen war sehr einflussreich und vermögend. Er hat sich das Stillschweigen aller Beteiligten mit Drohungen und Geld erkauft.»

«Patrick hat sich bestechen lassen?», fragte die Frau entsetzt.

«Er hat Schweigegeld angenommen», nickte Wyss. «Wir gehen von 100 000 Franken aus.»

«Mir wird schlecht», stöhnte sie. «Aber es erklärt, woher er schon in jungen Jahren so viel Geld hatte, als wir unser Haus bauten. Seine Eltern waren nämlich alles andere als wohlhabend.»

«Wenn Sie an die Zeit kurz vor dem Tod Ihres Mannes zurückdenken, fällt Ihnen irgendetwas ein, was sich verändert hatte?»

«Nein, nicht dass ich wüsste. Ausser die Unruhe nach dem Vergewaltigungsfall, den meine Tochter vorhin erwähnt hat.»

«Es gibt rein gar kein Indiz für diese Frage, aber ich muss Sie Ihnen trotzdem stellen: Können Sie sich vorstellen, dass Ihr Mann den anderen Täter erpresst hat?»

«Auch das noch», schluchzte sie auf und überlegte einen Moment. «Wissen Sie, in der letzten halben Stunde ist eine ganze Welt in mir zusammengebrochen. Aber nein, ich kann mir nicht vorstellen, dass er das getan hat.»

«Nach allem, was Sie mir von Ihrem Mann erzählt haben, glaube ich das auch nicht. Ich verstehe Ihren Schmerz sehr gut, Frau Haller. Ihr Mann verbarg ein schreckliches Geheimnis vor Ihnen. Aber er scheint kein schlechter Mensch gewesen zu sein. So wie Sie von ihm sprechen, haben Sie ihn geliebt, und Ihre Tochter Nina tat das auch. Lassen Sie sich das nicht nehmen. Und vor allem: Er scheint vor seinem Tod den Entschluss gefasst zu haben, für seine Schuld Verantwortung zu übernehmen. Vergessen Sie das nicht.»

«Aber er hat's dann ja wohl doch nicht getan», seufzte sie.

«Vielleicht hatte er einfach Angst», sagte Wyss. Und dachte: wie ich auch.

***

Bevor er sich auf sein Fahrrad schwang und sich auf den Weg zurück nach Burgdorf machte, blickte Wyss auf sein Handy. Gerber hatte angerufen und eine Nachricht auf der Combox hinterlassen:

«Krauss' Fingerabdrücke sind in Dürrenmatts Wohnung aufgetaucht», informierte er. «Ich ruf ihn an und geb dir dann Bescheid.»

«Scheisse, dann hat er noch einmal gelogen», fluchte Wyss und rief Gerber zurück. Der Anschluss war besetzt.

Während der Rückfahrt geriet Wyss ins Grübeln. Suchte er Dürrenmatts Mörder doch am falschen Ort? Hatten die beiden Fälle doch nichts miteinander zu tun? Nein. Dürrenmatt wusste von Sollberger und der hatte sich in die Enge gedrängt gefühlt. Dürrenmatt musste etwas gewusst haben, von dem Gefahr für Sollberger ausgegangen war. Krauss passte in diese Geschichte nicht hinein. Oder doch?

Das Handy klingelte, Wyss hielt auf der Höhe der alten Käserei Kreuzweg an.

«Fehlalarm», berichtete Gerber. «Die Fingerabdrücke befanden sich auf einer Weinflasche, die in Dürrenmatts Küche nach der Ermordung sichergestellt wurde.»

«Und?»

«Die Flasche war ein Geschenk von Krauss an Dürrenmatt, weil dieser ihm noch eine Chance gegeben hatte.»

«Also hat er uns nicht belogen?»

«Ich glaube ihm die Geschichte. Was nicht bedeutet, dass er endgültig aus dem Schneider ist.»

«Ja, du hast recht. Wir müssen ihn im Auge behalten, aber ich glaube nicht, dass er unser Täter ist.»

Um Viertel vor drei sass Wyss wieder in seinem Büro und drückte sich ein Schinkensandwich aus dem Tankstellenshop am Tiergartenkreisel zwischen die Zähne. Die entscheidenden Fragen hatte er Röthlisbergers Witwe nicht gestellt: Einerseits um Sollbergers Namen wie versprochen rauszuhalten; andererseits, um die Frau nicht mit dem Gedanken zu belasten, den er selber auch hatte, nämlich, dass Röthlisbergers Tod möglicherweise mit seinem Entschluss zu reden zusammenhing.

Er musste überlegen, er brauchte Musik. U2 spielten *Gone. «You're taking steps that make you feel dizzy, then you learn to like the way it feels.»* Bono brachte es wieder einmal auf den Punkt. Es war, als singe er über Sollberger. Dieser hatte bereits in jungen Jahren Spass daran gefunden, gewagte Schritte zu tun, war nahe am schwindelerregenden Abgrund gelaufen, mit Papa als Sicherungsnetz. Er hatte klein angefangen, Schule geschwänzt, Lehrer und Mitschüler angeschwärzt, und er war damit durchgekommen; er hatte genügende Noten ermogelt, war zu schnell gefahren und hatte schliesslich sogar eine junge Frau vergewaltigt. Und war immer noch damit durchgekommen. Er hatte gelernt, seine Unverletzbarkeit auszuspielen, hatte daran Gefallen gefunden, rücksichtslos zu manipulieren, er hatte Freiheit mit Habgier gleichgesetzt, wie Bono dies in einer Liedzeile sang. Er war, wie man das in einer Redewendung ausdrückt, über Leichen gegangen. David Wyss schauderte. Je länger er nachdachte, desto weniger mochte er in Bezug auf den Tod des Betreibungsbeamten Röthlisberger an einen «Glücksfall» für Sollberger glauben. Was, wenn dieser ihn wirklich kontaktiert hatte, um ihm zu sagen, er werde reden. Scheisse, in was für Abgründe bin ich da reingeraten?, dachte er.

Sein Handy gab ein «Bing» von sich, Vanessa hatte ihm eine Nachricht geschickt. «Hast du Zeit?» Er rief sie an.

«Hey, ich kann nur ganz kurz», sagte er.

«Kein Problem», entgegnete sie. «Ich wollte dich nur noch rasch hören, bevor ich nach der Arbeit Noena nach Hause fahre.»

«Hast du Angst?», fragte er.

«Ja, ich glaub schon. Was, wenn sie durchdreht?» Sie klang unsicher.

«Es gibt kein Zurück mehr», sagte er. «Ich weiss, dass du das schaffst. Du bist stark.»

«Das denkt ihr alle. Aber ich bin es nicht.»

«Aber im Gegensatz zu mir hast du Boden unter den Füssen», versuchte er sie aufzumuntern.

«Ich hoffe es.» Sie versuchte, zuversichtlich zu klingen. «Und ich schicke Stossgebete in den Himmel.»

«Ich denke an dich! Grüss Noena von mir!»

Sie verabschiedeten sich und er knetete sein Kinn. Dann tippte er eine Nachricht: «*Stark,* Ich+Ich. Lies den Chorus. Bei dir ist nicht alles Fassade! Du darfst Angst haben. Ich hab sie auch. Bloss hilft sie nicht. Häb sorg!» Er atmete tief durch und drückte auf senden.

Wenig später sass Wyss in Küngs Büro und sie besprachen telefonisch mit Gerber und Honegger das weitere Vorgehen, nachdem sie diese auf den neusten Stand der Dinge gebracht hatten. Honegger versicherte, der Staatsanwalt habe ihnen grünes Licht gegeben und lasse ihnen freie Hand in ihren Ermittlungen, umgekehrt hatte Gerbers Suche nach dem St. Galler BMW keine greifbaren Resultate gebracht.

«Ich möchte mir Sollberger vor dem Wochenende noch einmal vorknöpfen», sagte Wyss. «Eigentlich wollte ich damit warten, bis wir doch noch neue Indizien im Fall Dürrenmatt gegen ihn finden. Ich weiss, vielleicht verrenne ich mich da in etwas. Aber mittlerweile gibt es auch abgesehen von unserem Mordfall genügend, was er uns erklären muss. Ich will wissen, wie er reagiert, wenn ich ihm diese alte Geschichte um die Ohren haue. Röthlisbergers Tod war von Sollberger geplant, da bin ich mir sicher. Er hat Flückiger so lange immer mehr in die Enge getrieben, dass dessen Tat schliesslich wie die Verzweiflungstat eines von den Behörden Gedemütigten aussah. Und am Vorabend des Blutbads hat er ihn noch einmal richtig auflaufen lassen, indem er ihm Hoffnungen machte und ihn wieder fallen liess...»

«...oder», führte Gerber den Gedankengang fort, «er versprach ihm eine Stange Geld, damit er den lästigen Zeugen von einst abknallt.»

«Vielleicht. Obwohl ich mir das weniger gut vorstellen kann», wandte Wyss ein. «Ausser er hätte ihm auch noch gleich gefälschte Papiere und einen Flug nach «Weitweg» organisiert. Flückiger war verzweifelt, aber wohl nicht dumm genug zu denken, eine Mordanklage würde seine Situation verbessern, selbst wenn er seinen finanziellen Ruin damit hätte abwenden können.»

«Einverstanden!» Honegger gab seinen Segen. «Von Greyerz will endlich greifbare Resultate, und solltest du wieder in eine Sackgasse geraten, dann kann er uns wenigstens nicht vorwerfen, wir hätten die Hände in den Schoss gelegt.»

«Sollberger scheint ein Kontrollfreak zu sein», erklärte Küng das Vorgehen zusätzlich. «Wir hoffen, dass ihn diese Aufdeckung etwas aus der Fassung bringt.»

***

Als Wyss um Viertel vor vier in die Sollberger AG anrief, wurde er ohne Umschweife ins Direktionssekretariat durchgestellt. Frau Kaufmann versicherte ihm, er sei jederzeit willkommen, der Chef sei noch nicht im Wochenende. Zehn Minuten später stand er in dessen Büro. Das Willkommen war wie erwartet nicht ganz so herzlich, wie die Sekretärin versprochen hatte.

«Herr Wyss, was wollen Sie denn nun schon wieder?», fragte Sollberger vielleicht etwas unwirscher, dafür aber wohl auch etwas ehrlicher als gewollt.

«Die Angelegenheit, zu der ich Sie befragen möchte, ist ziemlich... brisant, und ich danke Ihnen, dass Sie sich Zeit für mich nehmen», begann Wyss diesmal eher vorsichtig. Sollberger schaute ihn gespannt an und bat ihn, Platz zu nehmen, blieb aber hinter seinem Schreibtisch sitzen, um Distanz zu markieren.

«Es geht um eine alte Geschichte, auf die ich bei meinen Nachforschungen gestossen bin.» Er machte eine Pause. «Sagt Ihnen der Name Jessica Hofer etwas?» Sollberger zuckte unmerklich zusammen und wandte sich zum Fenster und sein Blick verlor sich in der Ferne. Er schien einen Moment abzuwägen, griff dann zum Hörer und wies die Sekretärin an, keine Anrufe durchzustellen, sie brauche nicht auf ihn zu warten, er sehe sie ja später noch. Dann steckte er sich eine Zigarette an, nahm einen gierigen Zug und sah Wyss an.

«Möchten Sie auch eine?»

«Nein danke, ich bin Nichtraucher.»

«Sie wissen, dass Jessica damals ihre Aussage zurückgezogen hat? Sie wollte sich doch bloss wichtig machen.»

«Sie und ich wissen, weshalb sie widerrufen hat, Herr Sollberger.»

«Weiss ich das?» Der Mann setzte sein Pokerface auf.

«Es gab zweihunderttausend Gründe dafür.» Wyss behielt seinen Gesprächspartner genau im Auge. «Und eine Menge Drohungen. Und zusätzliches Schweigegeld für die Mitwissenden.»

«Sie wissen mehr als ich.»

«100 000 für Ihren Kumpel. Und ein neues Teleskop für die Sternwarte auf dem Gymnasium. Gestiftet von der Sollberger AG, 1989, wie ich heute Morgen auf deren Homepage gelesen habe.»

«Und wenn schon», sagte Sollberger trotzig. «Auch wenn an dieser Sache etwas dran wäre, sie wäre längstens verjährt.»

«Ja, das ist sie. Aber die Schatten werden lang, wenn die Sonne untergeht», erwiderte Wyss. «Und Ihr Vater wird Ihnen nicht mehr helfen können.»

«Lassen Sie meinen Vater aus dem Spiel», zischte Sollberger wütend. «War's das?»

«Das war's», bestätigte Wyss, stand auf und wandte sich zum Gehen.

«Sie enttäuschen mich, Herr Wyss», sagte Sollberger spöttisch, aber doch auch merklich erleichtert. «Ich hätte mehr erwartet als alte dreckige Wäsche. Ich dachte, Sie ermitteln im Mordfall Dürrenmatt.»

«Ich werde gerne zu gegebener Zeit darauf zurückkommen. Mir fehlt bloss immer noch Ihr Motiv.»

«Ich kann's kaum erwarten.»

Wyss öffnete den Plastiksack, den er bei sich hatte, ging zur Vitrine und setzte die kleine Ambulanz wieder an ihren Platz. «Ach ja, und bevor Sie jetzt ihr ehemaliges Opfer ausfindig machen und sie mit Vorwürfen überschütten: Ich habe Jessica Hofer kontaktiert, nicht sie mich.»

Sollbergers Blick wurde nun richtiggehend feindselig. Wyss setzte sich ungebeten wieder hin.

«Hat Ihnen Patrick Röthlisberger auch erzählt, dass er zur Polizei gehen wollte, um reinen Tisch zu machen?»

Das sass! Sollbergers Gesicht wurde grau, die eben noch so spöttischen Gesichtszüge konnten den Moment aufkeimender Angst nicht verbergen. Und während er noch nach Worten suchte, fuhr Wyss fort. «Wissen Sie, einen Moment lang hatte ich den Verdacht, er habe Sie vielleicht erpressen wollen. Aber seine Witwe und ihre Tochter haben mich überzeugt, dass er kein grundsätzlich schlechter Mensch gewesen sein kann. Und Jessica Hofer nannte ihn einen Feigling und Mitläufer und sie lachte, weil er sich nur per Mail bei ihr entschuldigte und nicht den Mut hatte, sie anzurufen.»

Sollberger hatte sich wieder etwas gefasst und versuchte, sich belustigt zu zeigen. «Eine nette Geschichte, die Sie mir hier erzählen.»

«Ja, nicht wahr», bestätigte Wyss, dachte scheinbar einen Moment nach und strahlte dann, als habe er eben einen Einfall gehabt. «Nun, wenn er Sie nicht erpresst hat, haben vielleicht Sie ihm erneut Schweigegeld angeboten, um ihn hinzuhalten. Vielleicht war aber das schlechte Gewissen doch zu mächtig. Und das führt mich zu einer gewagten These: Was, wenn er sich tatsächlich bei Ihnen meldete und Sie ihn nicht umstimmen konnten? Die Geschichte war zwar schon damals verjährt, aber Schmutzwäsche wäre Ihnen auch zu jener Zeit sehr ungelegen gekommen.» Wyss genoss es, Sollberger in beinahe verschwörerischem Ton an seinen vermeintlich spontanen Überlegungen teilhaben zu lassen, mehr zu sich selbst sprechend als zu seinem Gegenüber, was diesen von Sekunde zu Sekunde nervöser machte. «Was, wenn Sie ein Mittel suchten, um ihn zum Schweigen zu bringen, ohne selber unter Verdacht zu geraten? Ich meine, er war Betreibungsbeamter, und manche Leute begehen Kurzschlusshandlungen, wenn sie sich in ihrer Existenz bedroht fühlen. Möglicherweise kann man dabei auch nachhelfen. Mit einem Hauswart beispielsweise, dem man einen Diebstahl in die Schuhe schiebt, ihn entlässt und so lange in die Enge treibt, bis er zu allem fähig wird.»

Wyss hatte sich in Fahrt geredet. Die zwei letzten Sätze, kalt wie der Stahl aus der bekannten Messerschmiede in der Oberstadt, und der wissende Blick, mit dem er seinen Gegenspieler am Ende seiner Ausführungen fixierte, verfehlten ihre Wirkung nicht. Sollberger verlor die Beherrschung.

«Raus!», schrie er wütend. «Verlassen Sie augenblicklich mein Büro!» Er stand auf und kam drohend hinter seinem Schreibtisch hervor.

«Gleich», sagte Wyss und blieb betont gleichgültig sitzen. «Übrigens: Haben Sie Flückiger tatsächlich am Abend vor dem Betreibungstermin noch einen Vorschlag zu einer gütlichen Einigung gemacht, wie seine Nachbarin zu berichten wusste? Sie haben ihn dazu gebracht, für Sie die Drecksarbeit zu erledigen. Ich weiss noch nicht wie, aber ich werde es Ihnen beweisen.»

«Sie hören von meinem Anwalt!», schnaubte Sollberger.

«Ich kann's kaum erwarten», sagte Wyss nun auch, stand auf, ging zur zweiten Vitrine und setzte den blauen Lago-Talbot an seinen Platz zurück.

«Es ist interessant, dass Sie vor sechs Jahren das Verschwinden des Ferraris innerhalb von Stunden bemerkt haben wollen, jetzt aber das eines anderen, ähnlich wertvollen Modells eine Woche lang nicht. Auf Wiedersehen, Herr Sollberger, geniessen Sie das Wochenende!» Er verliess das Büro, durchquerte das verwaiste Sekretariat und stand eine Minute später draussen vor dem Haupteingang.

Hier traf er auf Sollbergers Sekretärin, die sich eben von einer Kollegin verabschiedete.

«Herr Wyss», sagte sie fröhlich. «Warum müssen Sie bloss meinem Chef das Leben so schwer machen?»

«Frau Kaufmann.» Wyss lächelte höflich und blieb dann stehen. «Eine Frage wollte ich Ihnen noch stellen.»

«Ich stehe Ihnen voll und ganz zur Verfügung», sagte sie, und er fragte sich einmal mehr, ob diese Frau berechnend oder einfach naiv war; aber irgendwie mochte er sie.

«Sie haben mir neulich erzählt, Sie seien am besagten Tag nach dem Eishockeymatch zusammen mit Herrn Sollberger in Ihre Wohnung nach Biberist gefahren», begann er.

Sie nickte eifrig.

«Wissen Sie noch, wann Herr Sollberger Ihre Wohnung verlassen hat, er musste ja wohl recht früh weg, wenn er für diese Tagung nach St. Gallen fahren musste.»

«Ja, er verliess mich wohl kurz nach fünf Uhr in der Früh», antwortete sie. «Es war so: Nach dem Match brachte ich Christian mit meinem Wagen zurück nach Burgdorf, wo wir seinen Audi A8 in der Werkstatt abholten, denn an diesem Tag war der Wartungsservice durchgeführt worden. Dann fuhren wir mit beiden Autos nach Biberist.»

Wyss zog die Augenbrauen hoch: «Ein Ferrari und ein A8. Nette Spielzeuge!»

«Autos sind seine grosse Leidenschaft», erklärte sie. «Mir hat er seinen alten Sportwagen vermacht.»

«Mein Chef könnte mir höchstens einen alten Toyota überlassen», grinste er. «Aber ich fahre nicht mehr.»

«Nicht mehr?», fragte sie.

«Eine lange Geschichte», wich Wyss aus.

In diesem Moment kam auch Sollberger durch die Türe.

«Komm, wir fahren», sagte er zu ihr, ohne Wyss eines Blickes zu würdigen.

«Ich hole den Wagen», rief sie, verabschiedete sich von Wyss, nahm den Autoschlüssel aus ihrer Handtasche und begab sich auf den Parkplatz um die Ecke. Eine Minute später fuhr sie mit ihrem silbernen BWM Roadster an ihm vorbei und zwinkerte ihm zu.

***

«Und?», fragte Küng, als Wyss den Kopf ins Büro streckte.

«Sollberger schäumt», sagte Wyss und berichtete kurz.

«Wunderbar», strahlte Küng anerkennend. «Ich werde noch rasch von Greyerz anrufen, weil ich ihm versprechen musste, ihn auf dem Laufenden zu halten. Du weisst, ich bin sonst auch nicht so auf Korrektheit bedacht, aber die Sache betrifft ihn als politischen Förderer Sollbergers quasi persönlich.»

«Okay, und ich schliess mich noch rasch mit Gerber kurz und fahre dann mal nach Hause.»

Er verabschiedete sich von seinem Chef und rief beim Hinausgehen seinen Berner Kollegen an, um ihn über die Resultate seines Gesprächs zu informieren. Insbesondere aber auch über den Wagen der Sekretärin.

«Ich dachte, der Wagen, den Dürrenmatts Nachbar gesehen hat, war aus St. Gallen», wandte Gerber ein.

«Und ihrer aus Solothurn. SO statt SG. Das wäre immerhin möglich», gab Wyss zu bedenken.

«Aber was hätte sie für ein Motiv?»

«Die Frage ist immer noch, was er für eins haben könnte.

Sie steht ihrem Chef zur Verfügung. Und das in mehrerlei Hinsicht, woraus sie auch keinen Hehl macht. Vielleicht ist das etwas weit hergeholt, aber wenn es Sollberger vor sechs Jahren gelungen ist, Flückiger für seine Zwecke zu instrumentalisieren, dann könnte ihm das bei Sonja Kaufmann auch gelungen sein.» Wyss klang selbst nicht wirklich überzeugt, doch die Sache liess ihm keine Ruhe. «Eigentlich fällt es mir schwer, sie mir als Mörderin vorzustellen, aber ich muss sie fragen, wo sie vor dem Match am Abend der Ermordung Dürrenmatts war.»

Es war unmittelbar vor fünf Uhr. Er hatte Glück, sein Anruf wurde entgegengenommen. Die Empfangsdame war so nett, ihm Sonja Kaufmanns Handynummer zu geben, offensichtlich hatte ihn sein forsches Auftreten neulich als wichtiges Tier erscheinen lassen. Er steckte den Zettel mit der Nummer in sein Portemonnaie und machte sich auf den Weg nach Hause. Seine Mama empfing ihn fröhlich, sie freute sich auf ihren Fredi.

«Wow, du hast meine Wohnung geputzt!», stellte Wyss fest und gab ihr einen Kuss.

«Vanessa wollte dich noch erreichen, aber du warst wohl besetzt», sagte sie.

«Ja, ich seh grad ihre Nachricht», erwiderte er, das Handy in der Hand. «‹Drück mir die Daumen›, schreibt sie.» Er antwortete ihr mit einem Daumen nach oben und einem Kussmund mit Herz.

Dann wählte er die Nummer von Sollbergers Sekretärin.

«Herr Wyss?» Die junge Frau klang überrascht. «Ich nehme nicht an, dass Sie mich wegen einem Date anrufen?» Ein bisschen Hoffnung schwang doch in ihrer Stimme mit, dachte Wyss amüsiert.

«Nein, tut mir leid», sagte er. «Aber ich muss Ihnen noch eine Frage stellen, rein routinemässig.»

«Das kenne ich aus den Filmen.» Sie klang aufgeregt. «Die Polizei sagt einem das immer dann, wenn man hoch verdächtig ist. Bin ich das?»

«Am Abend vor dem Match, was haben eigentlich Sie da gemacht?», wollte er wissen, ohne auf ihre Frage einzugehen.

«Ich fuhr nach dem Feierabend mit einer Kollegin nach Bern. Lara Weber, Sie haben sie heute gesehen, als sie sich von mir verabschiedete.» Er erinnerte sich und sie fuhr fort. «Sie hatte mich gebeten, sie beim Kauf eines Kleides zu beraten, das sie morgen zur Hochzeit ihres Bruders tragen will. Danach tranken wir noch einen Latte bei Starbucks. Dann nahm ich das Tram an den Guisanplatz.»

«Verstehe ich Sie richtig, dass nicht Sie Frau Weber nach Bern mitgenommen haben, sondern umgekehrt.» Wyss hatte plötzlich eine Ahnung und wollte ganz sicher gehen.

«Ja. Wissen Sie, Christians Audi war doch in der Werkstatt, und er hatte mich gefragt, ob er meinen Roadster nehmen dürfe, weil's eben nach der Sitzung knapp werden könne. Lara wohnt in Bern, so liess sich die Fahrt nach Bern für mich problemlos organisieren. Sie wird Ihnen meine Angaben bestätigen, ich schicke Ihnen gleich ihre Kontaktdaten zu.»

Wyss hatte genug gehört. «Gerne. Und danke für Ihre Ausführungen, Frau Kaufmann, Sie haben mir sehr geholfen», sagte er und fügte hinzu: «Ich kann Ihnen versichern, dass Sie nicht auf der Liste meiner Verdächtigen stehen.»

«Dann dürften Sie mit mir ausgehen», sagte sie fröhlich.

«Nehmen Sie es mir nicht übel, aber ich denke nicht, dass ein Polizist auf dem Velo Ihrem Tempo folgen könnte», antwortete er eine Spur förmlicher als gewollt und verabschiedete sich.

Was für eine Draufgängerin! Irgendwie tat sie ihm leid. Sie schien sich über ihre Reize zu definieren, ihre Wirkung, die sie auf Männer hatte. Dass sie sich dabei eine deutliche Spur zu billig präsentierte, war ihr entweder nicht bewusst oder eben genau Teil des Spiels. Sollberger hatte sie sich als Spielzeug auserkoren, das war ihm klar. Er benutzte sie, indem er ihr die Illusion gab, er sei ihren Reizen erlegen. Wer weiss, was er ihr schon alles versprochen hatte. Vielleicht hätte jemand ihr empfehlen müssen, in den Filmen nicht so sehr auf die jungen Polizistenkerle zu achten, die mit den hübschen Zeuginnen ins Bett stiegen, sobald klar war, dass sie nicht zu den Verdächtigen zählten. Die naiven Geliebten, die von den betrügenden Ehemännern betrogen und schliesslich fallen gelassen wurden, waren genauso ein wiederkehrendes Thema in Hollywood.

Sollberger war also an diesem Tag mit dem BMW unterwegs gewesen. Von Bern nach Konolfingen brauchte man vielleicht zwanzig Minuten, je nach Verkehr. War es möglich, dass Sollberger zwischen der Vorstandssitzung und dem Match mit Sonja Kaufmanns BMW zu Dürrenmatt gefahren war? Wieder ein Stein im Mosaik der Indizien, aber wieder kein Beweis. Und auch das Motiv fehlte immer noch. Es musste irgendetwas geben, was er noch nicht gefunden hatte. Etwas, das genug wichtig war, dass Sollberger dafür zum Mörder wurde. Dürrenmatts Wunsch, das Wiederauftauchen des Autos öffentlich zu feiern, konnte es nicht sein. Dürrenmatt hätte Sollbergers Bitte, damit bis nach den Wahlen zu warten, sicher verstanden. Hatte

Dürrenmatt mehr gewusst? Er war Wissenschaftler gewesen, und in seinen Nachforschungen gewohnt, gewissenhaft und pedantisch dranzubleiben. Er musste etwas gefunden haben, das die Leute nicht bloss an Sollbergers eher in ungünstigem Licht stehende Rolle vor sechs Jahren erinnert hätte, sondern etwas mit Beweiskraft.

***

Das Klingeln des Handys riss ihn aus seinen Gedanken. Es war Vanessa. Sein Herz klopfte ihm bis zum Hals, als er den Anruf entgegennahm.

«Hey», sagte er und hörte sofort, dass sie weinte. Etwas musste ganz schief gelaufen sein.

«Es ist alles kaputt!» Vanessas herzzerreissendes Schluchzen drückte ihm das Herz ab.

«Wo bist du?»

«Im Auto, vor ihrem Haus. Noena hat komplett durchgedreht, als ich ihr erklärte, wie wir darauf gekommen sind, ihr zu helfen, und wer du bist», berichtete sie stockend und immer wieder von Weinkrämpfen unterbrochen. «Sie hat mich angeschrien und getobt, ich sei eine Verräterin und den Hund könne ich mir sonst wohin stecken. Dann hat sie mir die neuen Kleider und Schuhe vor die Füsse geschmissen und sich in ihrem Zimmer verbarrikadiert und tausendmal geschrien, sie hasse mich, sie hasse alle.»

«Scheisse», stöhnte er. «Es tut mir so leid, dass ich dich da reingezogen habe. Kannst du in deinem Zustand fahren. Möchtest du, dass ich dich abhole?»

«Mit dem Velo?» Er hörte, dass sie trotz der Tränen amüsiert war über diese Vorstellung. «Nein, fahren kann ich noch nicht. Aber es geht dann schon. Sprich einfach mit mir.»

«Es tut mir so leid», wiederholte er.

«Darum geht's doch nicht, Dave. Es war richtig, was wir versucht haben. Auch die Grosseltern waren ja einverstanden gewesen. Nun ja, das wären sie wohl nicht gewesen, wenn Sie von dir gewusst hätten.» Sie machte eine Pause und überlegte. «In mir jemanden zu sehen, der sie versteht, weil sie Ähnliches erlebt hat, war für Noena ein Türöffner. Sie sah mich als Teampartnerin. Das änderte sich schlagartig, als sie verstand, wer du bist. Sie fühlt sich verraten und sie hinterfragt meine Freundschaft und Gefühle ihr gegenüber, weil sie meine Freundschaft zu dir und meine Gefühle dir gegenüber nicht verstehen kann. Sie wollte mit mir durch diese Türe gehen, die das Schicksal für uns aufgestossen hat. Aber dann begriff sie, dass ich eigentlich bereits auf der anderen Seite warte, und dies erst noch zusammen mit dir, den sie eigentlich mag, der ihr aber verschwiegen hat, dass er der Zerstörer ihrer Familie ist.»

«Denkst du, sie wird sich wieder beruhigen?»

«Ich weiss es nicht… Ich weiss es wirklich nicht.»

Einen Moment lang schwiegen beide.

«Bist du noch da?», fragte er.

«Ja», seufzte sie. «Darf ich zu dir kommen? Ich möchte nicht allein sein.»

«Aber sicher doch», erwiderte er. «Wir sind da.»

«Danke. Ich fahr dann jetzt.»

Frau Wyss setzte sich zu ihrem Sohn. «Das ist nicht gut gelaufen», schüttelte sie den Kopf. «Ich hoffe, das arme Kind macht keinen Unsinn.»

«Sie ist noch nicht so weit, und ich kann's ihr nicht mal verübeln.» Er stand auf und starrte aus dem Fenster. Wovor er sich immer gefürchtet hatte, war eingetroffen. Warum wunderte ihn das nicht? Scheisse! Da waren sie wieder, die Gefühle der Schuld und der Ohnmacht, die sich wie kalte Finger um seinen Hals legten und ihm den Atem rauben wollten. Da war sie wieder, die Angst, den Boden unter den Füssen zu verlieren und in den Abgrund zu stürzen. Nur dass er diesmal auch Vanessa mit in den Strudel hineingezogen hatte. Und dennoch: Die Gewissheit, in diesem Schmerz nicht alleine zu sein, sondern ihn gemeinsam mit Vanessa zu teilen, hatte etwas Linderndes an sich. Er atmete tief durch.

«Oh Gott, ich wollte euch ins Restaurant einladen!», sagte er unvermittelt.

«Das ist lieb, aber ich denke, wir bleiben lieber hier, wenn Vanessa kommt», beruhigte sie ihn. «Wir könnten uns ja Pizza bestellen, dann kommt das Restaurant zu uns.»

***

Vanessa traf fast zur gleichen Zeit wie Fredi ein, der sofort in die Geschehnisse eingeweiht wurde. Und so sprachen sie noch eine Weile bei Pizza und einem Glas Rotwein über Noena und ihre Grosseltern. Langsam verflog die gedrückte Stimmung und es wurde trotz allem ein gemütlicher Abend. Beim Kaffee zeigte sich, dass Vanessas Kräfte doch über die Massen strapaziert worden waren. Ihre Beiträge zum Gespräch wurden immer seltener, die Momente, in denen ihr die Augen zuklappten, immer häufiger und schliesslich schlief sie ein, ihren Kopf an Davids Schulter gelegt. Er bettete sie aufs Sofa und beharrte drauf, dass seine Mutter und Fredi in seinem Bett übernachten sollten. Er holte eine dünne Decke für Vanessa und für sich selber seine Outdoor-Matte und den Schlafsack aus einem Schrank.

«Danke, dass du bei mir bist», flüsterte sie, als er sie zudeckte.

«Das bin ich doch gerne», sagte er leise und streichelte ihr durchs Haar. Und dann fügte er ganz selbstverständlich den Satz hinzu, den er noch nie auszusprechen gewagt hatte. «Ich liebe dich, Vanessa.»

«Ich weiss, Dave», murmelte sie im Halbschlaf.

Vanessas träumte unruhig, und David, der sich neben das Sofa gelegt hatte, setzte sich immer wieder auf und schaute seine Freundin besorgt an. Er fühlte sich hilflos und gleichzeitig verantwortlich für ihren Schmerz und versuchte, sich Vorwürfe zu machen, weil er sie eingespannt hatte, um Noena zu helfen. Aber irgendwie schaffte er es nicht. Sie hatte sich mit so viel Eigeninitiative reingehängt und so viel Freude gehabt, wie das Mädchen sich zu öffnen begann. Sie hatte es gerne gemacht. Nur war sie gescheitert. Sie beide waren gescheitert. Wegen ihm. Es war wegen ihm, dass Noena wieder dichtmachte und Vanessas aufkeimendes Leben zertrampelt wurde. Schon wieder fühlte er, wie die Schuld seinen Akku leersaugen wollte, und schüttelte sie ab. Er betrachtete die junge Frau, die neben ihm schlief. Die letzten Monate hatte sie ihn mit ihrem Mut und ihrer Stärke beeindruckt, aber dass sie ihn an ihrer Zerbrechlichkeit hatte teilnehmen lassen, das bedeutete ihm fast noch mehr. Ich hab dich auffangen dürfen, dachte er, und es hat sowohl deinen als auch meinen Schmerz gelindert. Gleichzeitig wurde ihm aber auch bewusst, wie schwierig es war, jemandem zu helfen, und wie fragil Neuanfänge sind. Viele enden, bevor sie je richtig begonnen haben.

Er nahm sein Handy zur Hand und suchte Noenas Nachricht. Das Profilbild zeigte noch den Kopf eines Golden-Retriever-Welpen. Er begann zu schreiben.
«Ich habe meine Hoffnung zu hochgesteckt, Noena, und das tut mir leid. Ich verstehe deine Wut, glaub mir. Es ist dieselbe, die ich all die Jahre auf mich hatte. Bitte gib nicht Vanessa die Schuld, sie hat deinen Hass nicht verdient. Und wenn es irgendeinen Weg gäbe, um wiedergutzumachen, was ich dir und deiner Familie angetan habe, ich versichere dir, ich würde alles auf mich nehmen. Ich kann nicht erwarten, dass du mir je verzeihen kannst, obwohl genau das meine grösste Sehnsucht ist.
Searching for a message in the fear and pain, broken down and waiting for the chance to feel alive. Linkin Park. Such nicht länger in den Trümmern. Ich hab die Hoffnung gesehen, als du dich lebendig gefühlt hast. Ich hab sie gesehen, in dir, diese Woche. David.»
Er schickte den Text ab. Wenige Augenblicke später färbten sich die beiden Häkchen blau. Noena konnte offensichtlich auch nicht schlafen und hatte die Nachricht bereits gesehen. Er wartete mit klopfendem Herzen, ob sie ihm antworten würde. Aber auf einmal verschwanden sowohl Profilbild als auch Statuszeile. Sie hatte seinen Kontakt gesperrt.

Donnerstag, 8. Oktober 2009

Der Streifenwagen bog kurz vor halb elf in die Einfahrt zum kleinen Bauernhaus ein.

«Ich bin froh, dass Sie mich begleiten, Herr Leibundgut», begrüsste der Betreibungsbeamte den Polizisten. Er selber war wenige Minuten zuvor eingetroffen und war leicht nervös. «Nicht dass ich Angst vor Flückiger hätte, aber er hat nach der Pfändungsankündigung am Telefon gedroht, diese Ungerechtigkeit, wie er es nannte, nicht hinzunehmen.»

«Hunde, die bellen, beissen nicht, Herr Röthlisberger», lachte der Polizist gutmütig.

«Ja, sie könnten recht haben. Er hat sich offensichtlich beruhigt. Als ich ihn heute Morgen noch einmal anrief, klang er zum ersten Mal kooperativ und meinte, das Einzige, was wir zu fürchten hätten, sei uns anzustecken, er sei erkältet. Er klang tatsächlich heiser.»

«Sehen Sie, die meisten Menschen sind vernünftig.»

Um halb elf klingelten sie an Flückigers Türe und starrten wenige Sekunden später in die Mündung einer Pistole. Zwei Schüsse danach waren beide tot.

Samstag, 17. Oktober 2015

Noch nie war er dem Scheisskerl so dicht auf den Fersen gewesen. Beinahe Stossstange an Stossstange rasten Sie aus Wynigen hinaus. Er sah deutlich Flückigers unverkennbare rote Baseballmütze. Und im Innenrückspiegel des Vorderwagens erkannte er sogar das Gesicht des Fahrers. Wyss zuckte zusammen, als dieser einen Blick in den Spiegel warf: Er schaute in Sollbergers Augen und schreckte auf.

Es war kurz nach fünf. Er hatte noch lange über Noenas Reaktion gegrübelt und wohl mit Unterbrüchen nur knapp zwei Stunden geschlafen. Neben ihm auf dem Sofa schlief Vanessa jetzt tief und fest, und auch aus seinem Schlafzimmer hörte er regelmässige Atemzüge.

***

Zehn Minuten später lief er seine vertraute Joggingrunde. Er wollte nachdenken und brauchte die frische Luft, um wach zu werden. Sollbergers Augen aus dem Traum verfolgten ihn. Es waren die eiskalten Augen eines Pokerspielers, deren Blick keine Gefühlsregung verriet, gleichzeitig aber die absolute Gewissheit ausstrahlte, alles im Griff zu haben. Nichts ist absolut, kamen ihm Wagners Worte in den Sinn, und tatsächlich hatte er gestern bei seinem Auftritt gesehen, dass Sollbergers Gewissheit, alles im Griff zu haben, bröckelte. Der Kontrollfreak verlor die Kontrolle. Es wurde auch Zeit, aber es machte ihn gefährlich. Ein verzweifelter Mensch ist zu allem fähig, hatte Sollberger zu ihm gesagt, als er ihn fragte, ob er sich Flückiger als Mörder vorstellen könne. Die Baseballmütze!, fuhr es ihm durch den Kopf. Sie war Flückigers Markenzeichen gewesen, sein Erkennungsmerkmal. Himmel! Warum war ihm das nicht früher eingefallen! Was, wenn gar nicht Flückiger, sondern Sollberger... Aber klar doch, verdammte Scheisse! Die Verfolgungsjagd bei diesem Höllentempo. Flückiger hätte das doch nie hingekriegt, schon gar nicht mit seinem Alkoholspiegel. Sollberger war ein Spieler, aber er durfte sich keinen Fehler erlauben. Flückiger war verzweifelt, aber in seinem labilen Zustand unzuverlässig. Er war bestens qualifiziert dafür, als Schuldiger für eine Verzweiflungstat hinzuhalten, nicht aber dafür, den Mord auch selber zu begehen. Dazu brauchte es jemand mit mehr Kaltblütigkeit und weniger Skrupeln.

«Du bist erledigt, Arschloch», keuchte Wyss zufrieden und hängte eine zweite Runde an.

Als er mit umgewickeltem Frotteetuch aus dem Bad kam, reichte Vanessa ihm sein Handy.

«Jemand hat angerufen und dir wohl auf die Combox gesprochen», sagte sie verschlafen.

«Hey», sagte er und nahm sie vorsichtig in den Arm, was sie geschehen liess. «Wie geht's dir?»

«Ich fühl mich leer», murmelte sie. «Ich hatte gehofft, Noena zu helfen würde auch mir helfen. Und jetzt...» Sie zögerte einen Moment. «Vielleicht war unser Verhalten auch egoistisch.»

«Ich mach dir einen Kaffee», sagte er und fuhr ihr mit der Hand durch das verwuschelte Haar.

«Später», sagte sie. «Hör erst die Nachricht ab.»

Er ging in die Küche. Der verpasste Anruf kam von Sonja Kaufmann, Sollbergers Sekretärin.

«Merkwürdig», stutzte er. «Was will die denn so früh am Morgen?»

«Herr Wyss?» Die Stimme auf dem Telefonbeantworter war so leise, dass man sie kaum verstehen konnte. «Ich habe gestern in meiner Post etwas merkwürdiges gef...» in diesem Moment hörte man eine laute Männerstimme und die Aufzeichnung wurde abgebrochen.

«Scheisse, was tu ich?» Wyss starrte auf sein Handy. Vanessa war ihm in die Küche gefolgt und sah ihn fragend an. «Sie hat irgendwas gefunden und mich informieren wollen, ohne dass Sollberger es mitkriegt. Ich bin ziemlich sicher, dass dies seine Stimme war, die ich im Hintergrund gehört habe.»

«Und wenn du sie zurückrufst?», meinte Vanessa.

«Dann fliegt sie auf», murmelte er nervös.

«Von meinem Handy?», schlug sie vor.

«Okay, das riskier ich.» Sie holte ihr Smartphone und er wählte die Nummer, allerdings wurde er nach mehreren Summtönen plötzlich weggeklickt.

«Verdammt!», fluchte er nervös. «Es müsste jemand sein, den sie kennt und in ihrem Speicher hat. Jemand, dessen Anruf sie in Sollbergers Anwesenheit entgegennehmen kann. Ich hab's! Sie hat mir die Nummer ihrer Freundin geschickt, wegen einem Alibi.»

Lara Weber staunte nicht schlecht, als ausgerechnet die Polizei sie aus dem Schlaf riss.

«Frau Weber», begann er und überlegte fieberhaft, wie er ihr sein Anliegen erklären sollte. «Bitte fragen Sie mich nicht nach dem Grund, ich werde Sie zu gegebener Zeit gerne ausführlich informieren. Rufen Sie dringend gleich jetzt Ihre Freundin Sonja Kaufmann an. Wenn sie abnimmt, fragen Sie, ob sie Ihren Brief gekriegt hat. Sie wird verstehen, was Sie meinen. Erwähnen Sie auf keinen Fall meinen Namen. Falls Herr Sollberger rangeht, fragen Sie, ob Sie mit Sonja sprechen könnten. Ich nehme an, Sie wissen über die beiden Bescheid.»

«Viele vermuten es, aber ich bin eingeweiht», sagte Frau Weber verwirrt. «Ist Sonja in Gefahr?»

«Genau das herauszufinden ist das Ziel», erklärte er. «Rufen Sie mich danach gleich zurück. Und wie gesagt: Kein Wort von mir oder überhaupt der Polizei.»

«Und wenn Sollberger fragt, weshalb ich Sonja um diese Uhrzeit sprechen will?»

«Sagen Sie, sie hätten ein Problem mit dem Kleid für die Hochzeit ihres Bruders oder so. Ihnen fällt schon was ein. Okay, ich erwarte Ihren Rückruf.»

Wyss wartete mit von Sekunde zu Sekunde steigender Spannung und knetete sein Kinn, während Vanessa einen Espresso für ihn zubereitete.

Zwei endlos scheinende Minuten später klingelte endlich das Telefon. Niemand hatte abgenommen.

«Ich hab ihr die Frage nach meinem Brief als Nachricht hinterlassen», sagte sie.

«Gut», lobte er sie. «Danke für Ihre Hilfe.»

«Muss ich Angst um Sonja haben?»

«Ich weiss es nicht.» Seine Stimme wurde ernst. «Bitte unternehmen Sie nichts weiter. Sollte sich Frau Kaufmann bei Ihnen melden, gehen Sie nicht ran und melden Sie sich unverzüglich bei mir. Ich verspreche Ihnen, dass ich Sie auf dem Laufenden halte.»

«Eine Frage habe ich noch», sagte sie. «Woher wussten Sie das mit dem Kleid und der Hochzeit meines Bruders?»

«Wie gesagt, Sie haben das Anrecht auf meine ausführlichen Informationen. Dies aber später. Versuchen Sie den Tag trotz der Aufregung zu geniessen.» Damit hängte er auf.

«Man muss den Leuten immer wieder zeigen, dass man mehr über sie weiss, als sie ahnen.» Er zwinkerte Vanessa zu. «Das habe ich von Küng gelernt.»

«Und was tust du jetzt?»

«Ich ruf meine Kollegen in Solothurn an.»

Diese waren zwar nicht sonderlich erpicht darauf, auf seinen Verdacht hin einen Einsatz zu fahren. Aber schliesslich waren Sie bereit und versprachen, ihn zu informieren, sobald sie mehr wüssten.

«Es tut mir leid, aber ich muss ins Büro», sagte er. «Ich habe das Gefühl, dass dieser Anruf vorhin den Anfang vom Ende unseres Falles bedeutet hat. Kommst du zurecht? Ich meine vor allem auch wegen gestern.»

«Es geht schon», erwiderte sie. «Ich denke, ich bleibe noch hier und werde mit Hanna und Fredi frühstücken. Und dann sehe ich weiter.» Sie schaute ihn von oben nach unten an und lachte. «An deiner Stelle würde ich aber noch etwas anziehen.»

***

Wyss war eben auf der Wache eingetroffen und hatte sich eine Tasse Nespresso geholt, als die Kollegen aus Solothurn zurückriefen. Seine Befürchtungen hatten sich bewahrheitet: Sie hatten die junge Frau schwer verletzt in ihrer Wohnung gefunden. «Jemand hat sie mit unglaublicher Brutalität ins Gesicht geschlagen und ihr mit einem stumpfen Gegenstand eine klaffende Platzwunde am Hinterkopf zugefügt», berichtete der Beamte. «Offensichtlich hat er sie auch noch getreten, als sie bereits am Boden lag. Die Sanitäter sprechen von Verdacht auf gebrochene Wirbel. Wir gehen definitiv von einer Tötungsabsicht aus.»

Wyss war erschüttert. «Wird sie durchkommen?»

«Sie ist nach wie vor bewusstlos. Der Notarzt wagt logischerweise keine Prognose. Sie wird jeden Moment mit dem Heli abgeholt und ins Bürgerspital nach Solothurn geflogen.»

«Verflucht!»

«Wenn sie durchkommt, dann nur, weil du uns losgeschickt hast», sagte der Kollege.

«Der oder die Täter?», fragte Wyss.

«War weg. Die Tür war nicht abgeschlossen, wir gingen rein, als niemand auf unser Klingeln hin öffnete und wir einen Bluttropfen neben der Fussmatte fanden. Einbruchspuren gab's keine.»

«Bist du noch vor Ort?», fragte er weiter.

«Ja, die Spurensicherung ist soeben eingetroffen.»

«Sie erwähnte ihre Post. Findest du einen Brief oder so etwas?»

«Auf die Schnelle nicht. Aber eine mögliche Tatwaffe ist bereits aufgetaucht.»

«Echt? Erzähl!»

«Auf ihrer Wohnwand stehen zahlreiche Pokale. Sie war in ihrer Jugend wohl eine erfolgreiche Kart-Fahrerin. Da zum Beispiel: Juniorenwettkampf Swiss Karting League, 2003, 1. Rang. Ein anderer lag am Boden. Vermutlich hat der Täter ihr mit so einem Pokal eins übergezogen und ihn dann mitgenommen. Mindestens finden wir an den verbliebenen keine Spuren.»

«Und ihr Smartphone?»

«Haben wir bisher nicht gefunden.»

«Die Spurensicherung wird in der Wohnung haufenweise Fingerabdrücke ihres Geliebten finden», klärte Wyss seinen Kollegen auf. «Wir sind an ihm wegen eines Gewaltverbrechens dran. Aber das Ganze ist ziemlich delikat. Ich geh davon aus, dass er sie so zugerichtet hat. Ich schick dir noch gleich die Kontaktdaten von Silas Gerber, dem verantwortlichen Beamten in Bern. Du weisst schon, das Kompetenzengerangel, wenn's über den Kanton hinausgeht.»

«Ich werde ihn gleich anrufen.»

«Tu das. Und danke, dass du mich so schnell informiert hast.»

Er setzte rasch eine Nachricht für Vanessa ab, dann telefonierte er mit Küng. Dieser versprach, gleich ins Büro zu kommen, nachdem Wyss ihn mit den nötigsten Informationen ins Bild gesetzt hatte.

Wenige Augenblicke später rief Gerber an.

«Ich hab grad das von Sonja Kaufmann erfahren», sagte er. «Du verdächtigst Sollberger?»

«Ich wüsste nicht, wer sonst ihr das angetan haben könnte.»

Er berichtete ihm ausführlich von den Ereignissen des Morgens. Gerber zeigte sich beeindruckt.

«Gute Arbeit, David», sagte er.

In dem Moment kam Küng schwer atmend durch die Tür.

«Felix ist eingetroffen», sagte Wyss und stellte auf Lautsprecher. «Wie packen wir's an?»

«Ich schlage vor, ihr schaut bei ihm zu Hause oder in der Firma vorbei», meinte Gerber. «Knöpft ihn euch vor und stellt ihn zur Rede. Oder was denkst du, Felix? Müssen wir nach wie vor mit Samthandschuhen gegen ihn ermitteln.»

«Ich habe soeben mit von Greyerz gesprochen», antwortete Küng. «Er ist bestürzt über die Entwicklung in diesem Fall. Allerdings betont er, für Sollberger gelte wie für alle anderen auch die Unschuldsvermutung, bis wir eindeutige Beweise hätten.»

«Das heisst im Klartext?», fragte Wyss.

«Das heisst, dass wir ihn wie jeden anderen behandeln, den wir für einen verdächtigen Gewalttäter halten», sagte Küng. «Ich begleite David auf der Suche nach Sollberger und du informierst Honegger: Die Staatsanwaltschaft soll ihn auf die Fahndungsliste setzen.»

***

Das riesige Anwesen, das sich seit Generationen im Besitz der Familie Sollberger befand, lag gut versteckt, von dicken Hecken abgeschirmt an der westlichen Flanke des «Millionen-Hogers», wie die Burgdorfer das erhöht liegende Gsteigquartier mit seinen zahlreichen Einfamilienhäusern an bester und deshalb auch teuerster Lage nennen. Frau Sollberger öffnete die Tür. Sie war Mitte vierzig, trug dezent-elegante Kleidung und schaute die beiden Polizeibeamten erstaunt und etwas misstrauisch an.

«Guten Morgen Frau Sollberger», sagte Küng und stellte sich und seinen Partner vor. «Wir möchten gerne Ihren Mann sprechen.»

«In welcher Angelegenheit, wenn ich fragen darf?», wollte sie wissen.

«Das würden wir gerne mit Herrn Sollberger selbst besprechen», erwiderte Küng.

«Es tut mir leid, aber mein Mann ist nicht hier. Er ist frühmorgens an den Sempachersee gefahren, um sich mit Freunden und Geschäftspartnern zum Golfen zu treffen.»

«Dürfen wir vielleicht Ihnen ein paar Fragen stellen?», fragte Küng.

«Bitte, kommen Sie doch herein.» Frau Sollberger führte die beiden in den Salon, bat sie mit einer Handbewegung, Platz zu nehmen, und setzte sich in einen Sessel, neben dem auf einem kleinen Salontischchen ein Whiskyglas stand. Wyss liess seinen Blick über die Bilder an den hohen Wänden schweifen und über die teuren Möbel. Er wähnte sich in einem Rosamunde-Pilcher-Film, wo neben der Romantik jeweils Adel und Intrigen einen festen Platz innehatten. Nur dass die Romantik hier fehlte.

«Wissen Sie, wann genau Ihr Mann gefahren ist?», wollte Küng wissen.

«Nein, als ich erwacht bin, war er schon weg.»

«Wissen Sie, wo ihr Mann gestern Abend war?»

«Er war wohl mit einem Geschäftsfreund an einem Eishockeyspiel und kam etwa um elf Uhr nach Hause.»

«Und Sie können bezeugen, dass er die ganze Nacht hier war?»

«Hören Sie, ich bin seine Frau!», lachte Sie. Aber was wohl überzeugend klingen sollte, klang eher gekünstelt.

«Sie haben meine Frage nicht beantwortet», hakte Küng nach.

«Und Sie wollen mir partout nicht sagen, worum es eigentlich geht?», fragte nun Frau Sollberger.

«Kennen Sie Frau Sonja Kaufmann?», übernahm nun Wyss die Rolle des Fragenden.

«Die Sekretärin meines Mannes?» Ihre Stimme klang misstrauisch.

«Sie wissen schon, dass sie nicht bloss seine Sekretärin ist?» Wyss beobachtete, wie seine unangekündigt undiplomatische Art die Frau ins Wanken brachte. Ihre Gesichtszüge wurden hart. Sie griff zu ihrem Glas und trank es in einem Zug leer. Dann stand sie auf, ging zum Fenster und blickte eine Weile in den parkähnlichen Garten. Als sie sich umdrehte, sah sie unendlich müde aus.

«Wissen Sie, es gibt Dinge, die lernt man einfach zu akzeptieren», sagte sie dann mit fester Stimme. «Ich lebe in einem wunderschönen Haus, muss nicht arbeiten, habe keine finanziellen Sorgen, besitze einen eigenen Wagen, habe die Möglichkeit, mit Leuten aus den höheren Kreisen in Kontakt zu kommen ... Dazu auch noch eine glückliche Ehe haben zu wollen, wäre wohl zu vermessen.»

«Frau Kaufmann ist heute früh in ihrer Wohnung auf brutalste Weise zusammengeschlagen worden», erklärte Wyss. «Wir wissen, dass Ihr Mann am Abend bei ihr war. Die Tat geschah allerdings wohl kurz vor sechs heute Morgen. Darum noch einmal die Frage: Können Sie bezeugen, dass er die Nacht hier verbracht hat?»

Frau Sollberger öffnete die Vitrinentür des Buffets und kehrte mit einer Flasche zu ihrem Sessel zurück. Sie war bleich und ihre Hand zitterte, als sie sich Whisky in ihr Glas nachgoss.

«Wie geht es der Frau?», fragte sie, und Wyss war nicht sicher, ob ihre Anteilnahme echt war.

«Die Ärzte wagen keine Prognose, ob sie überleben wird», antwortete er. «Und wenn ja, dann könnten sowohl von den Kopf- als auch den Rückenverletzungen her schwere Schäden zurückbleiben.»

«Wir haben seit Jahren getrennte Schlafzimmer», sagte sie leise. «Christian kann jederzeit das Haus verlassen, ohne dass ich es bemerke.» Sie schaute die Polizisten mit gequältem Blick an. «Und Sie sind sicher, dass mein Mann sie so ...»

«Trauen Sie es ihm zu?»

«Christian kann sehr ... impulsiv sein.» Wyss ahnte, was sie damit sagen wollte, ohne es auszusprechen.

«Er hat Sie auch schon geschlagen?»

«Wie gesagt, es gibt Dinge, die lernt man zu akzeptieren», sagte sie traurig. «Ich gebe Ihnen seine Handynummer, Sie werden ihn bestimmt erreichen.»

Auf der Rückfahrt in die Wache rief Wyss Sollberger an. Dieser nahm den Anruf tatsächlich entgegen und zeigte sich erschüttert über das Schicksal seiner Sekretärin. Er versprach, seine Golfrunde abzubrechen und sofort nach Burgdorf zurückzukehren und um elf Uhr im Verwaltungsgebäude vorzusprechen.

«Du mich auch», murmelte Wyss, nachdem er aufgelegt hatte, und informierte Gerber. Dieser versprach, bei der Vernehmung Sollbergers dabei zu sein.

Später setzten sie sich mit einer Tasse Nespresso in Küngs Büro an den Besprechungstisch und berieten das weitere Vorgehen.

«Ich will, dass du die Befragung führst, David», sagte Küng entschlossen. «Du hast dich unglaublich in diesen Fall reingekniet und Sollberger bereits erlebt.»

«Er wird uns versprechen, uns jede Unterstützung bei der Aufklärung des Verbrechens zu bieten», vermutete Wyss. «Mein Ziel ist es, ihm ein für alle Male zu spüren zu geben, dass ich ihm sein Saubermanngehabe schon lange nicht mehr abnehme. Ich werde ihn in die Enge treiben.»

«Denk an von Greyerz' Forderung.»

«Keine Angst, Felix», beruhigte Wyss seinen Chef. «Eigentlich möchte ich sogar, dass er dabei ist. Ruf ihn an! Ich werde mit offenen Karten spielen.»

«Wie du willst», sagte Küng verblüfft. «Du wirst deine Gründe haben.»

«Ich will, dass er den demaskierten Sollberger auch einmal erlebt», erklärte Wyss. «Aber zuerst muss ich noch rasch einen Anruf tätigen.»

Wyss ging in sein Büro und suchte die Telefonnummer von Frau Schertenleib, Flückigers ehemaliger Nachbarin.

***

Um elf Uhr war der Befragungsraum im ersten Stock gerammelt voll. Sollberger hatte seinen Anwalt Ulrich Schwander, der bei der Golfrunde mit von der Partie gewesen war, gleich mitgebracht.

Sollberger riss das Ruder wie vermutet an sich: «Die Polizei hat in den letzten Tagen mir gegenüber wiederholt unhaltbare Vorwürfe geäussert.» Er blickte dabei in Wyss' Richtung. «Aber diese Ressentiments wollen wir heute ausser Acht lassen. Es geht um meine geschätzte Mitarbeiterin, und selbstverständlich versichere ich Ihnen allen, dass Sie mit meiner vollsten Unterstützung rechnen können.»

Von Greyerz nickte wohlwollend und zeigte sich über Sollbergers Nachsichtigkeit und kooperative Haltung überaus erfreut.

«Schön», brummte Wyss und führte die Fingerspitzen beider Hände zusammen. «Die Politiker haben gesprochen. Ich hab noch nie viel von Diplomatie gehalten, ausser sie bringt uns ans Ziel. Wenn Sie einverstanden sind, rede ich darum jetzt als ermittelnder Polizeibeamter mit Ihnen.» Er machte eine kurze Pause, verschränkte die Hände ineinander und liess die Finger knacken. «Herr Sollberger, wir haben Sie nicht als Zeugen vorgeladen, sondern als Hauptverdächtigen. Ich hoffe, dass Ihre Kooperationsbereitschaft nach dieser Klarstellung nicht bereits einen ersten Dämpfer gekriegt hat.»

Herr Schwander richtete sich auf und wollte eben eine unwirsche Bemerkung machen, aber Wyss kam ihm zuvor. «Herr Sollberger, wo haben Sie den gestrigen Abend verbracht?»

«Ich war mit einem Geschäftspartner am Eishockeyderby Langnau gegen Bern und bin gegen elf Uhr nach Hause gekommen», lautete die erwartete Antwort. «Meine Frau wird Ihnen das gerne bestätigen.»

«Sehen Sie, Herr Sollberger, das ist es, was ich mit meiner Anspielung auf Ihre Kooperationsbereitschaft meinte», seufzte Wyss. Dann änderte er seinen Ton. «Wir wissen von Ihrer Affäre mit Sonja Kaufmann und wir wissen, dass Sie den gestrigen Abend in ihrem Bett in Biberist verbracht haben. DNA-Analysen werden dies bestätigen. Also hören Sie bitte auf, uns hier Märchen aufzutischen.»

«Erlauben Sie mal, wie sprechen Sie mit meinem Mandanten», zeigte sich Schwander empört. Wyss beachtete ihn nicht und blickte Sollberger mit offener Verachtung in die Augen.

«Lass gut sein, Ueli», wandte sich Sollberger nach einem Augenblick des Zögerns an seinen Anwalt und gab dann zu: «Meinetwegen. Ja, ich war gestern Abend bei Sonja Kaufmann. Aber als ich ihre Wohnung verliess, war sie gesund und munter. Und die Nacht habe ich zu Hause verbracht.»

Wyss fuhr ungerührt fort: «Ausserdem zeigte sich Ihre Frau ausserstande, Ihr Alibi für die Nacht zu bestätigen, da Sie ja getrennte Schlafzimmer hätten und Sie das Haus jederzeit ohne ihr Wissen verlassen könnten.»

Der Anwalt klopfte nervös mit den Fingern auf den Tisch, von Greyerz guckte ungläubig seinen Freund an und senkte schliesslich den Blick.

Sollberger lief rot an und schnappte nach Luft. Dann erhellte sich sein Blick, ein rettender Gedanke schien ihm gekommen zu sein: «Ich gebe zu, dass ich ab und zu mit Sonja Kaufmann geschlafen habe. Aber denken Sie bloss nicht, ich sei ihr einziger Sexpartner gewesen. Sie war geradezu unersättlich.»

«Mein Mandant will damit sagen, dass Frau Kaufmann möglicherweise später in der Nacht noch einen anderen Besucher hatte», erklärte Schwander wichtig und von Greyerz atmete hörbar auf.

«Was sollte ich denn für ein Motiv haben, Sonja umzubringen?», gab Sollberger zu bedenken. Er schien wieder Oberwasser zu kriegen.

«Ich weiss es noch nicht», erklärte Wyss. «Aber ich weiss, dass Sie es wissen. Ich habe Frau Kaufmanns Nachricht auf meiner Combox, und ich bin zuversichtlich, dass unsere Techniker die Männerstimme, die im Hintergrund zu hören ist, Ihnen zuweisen werden.»

«Das würde Ihnen immer noch kein Motiv liefern», wandte Sollberger ein.

«Aber den Beweis, dass Sie zur Tatzeit in ihrer Wohnung waren», triumphierte Wyss.

Der Anwalt mischte sich wieder ein: «Es sind schon wieder unbewiesene Vorwürfe, die die Polizei gegen meinen Mandanten erhebt. Ich möchte klarstellen, dass hier Aussage gegen Aussage steht, und ich betone mit Nachdruck, dass sämtliche dieser fürchterlichen Anschuldigungen haltlos sind. Und sollten Sie sich erdreisten, etwas davon an die Öffentlichkeit durchsickern zu lassen...»

«Wir haben Sie verstanden, Herr Schwander», unterbrach ihn Wyss. «Zu Ihrer Kenntnisnahme möchte ich festhalten, dass ich heute von Ihrem Mandanten zum zweiten Mal innerhalb weniger Tage angelogen worden bin und er sich erst unter massivem Druck durchringen konnte, die Wahrheit zu sagen.» Und an Sollberger gerichtet fuhr er fort: «Wissen Sie noch, was Flückigers Wahrzeichen war?»

«Seine knallrote Baseballmütze. Aber was soll das?»

«Frau Schertenleib hat mir vorhin bestätigt, sie könne nicht ausschliessen, den nach den zwei Schüssen davonrennenden Mörder bloss aufgrund der roten Baseballmütze identifiziert zu haben.»

«Siehst du diesen armseligen Kerl», wandte sich Sollberger an von Greyerz. «Bloss weil er sieht, dass er mir nichts beweisen kann, kramt er immer wieder in dieser alten Geschichte herum. Ich muss mir das nicht länger anhören.» Dann stand er auf und auch sein Anwalt erhob sich.

«Keine Angst», Wyss blieb ganz ruhig sitzen. «Ich verspreche Ihnen, dass ich Sie bereits in den nächsten Tagen soweit haben werde, dass Sie mich nicht mehr länger anhören müssen. Allerdings wird dann der Richter mit Ihnen sprechen wollen.»

Sollberger und Schwander rauschten ohne ein Wort aus dem Raum und von Greyerz erhob sich.

«Sie nehmen den Mund etwas gar voll, Wyss», mahnte er. «Vergessen Sie nicht, mit wem Sie es zu tun haben. Sollbergers Aussagen klingen plausibel, und dass er nicht von Beginn weg mit der Wahrheit rausrücken wollte, ist angesichts der delikaten Angelegenheit nur allzu verständlich.»

«Ich bin immer wieder erstaunt, wie eng gepaart Unverstand und Verständnis in der Politik zusammengehen», murmelte Wyss und ging zusammen mit Gerber nach draussen, um etwas frische Luft zu kriegen, während sein Partner sich eine Zigarette ansteckte.

«Hast du sein Gesicht gesehen», grinste Gerber und nahm einen Zug. «Ich glaube, von Greyerz überlegt noch immer, was du mit deinem letzten Satz sagen wolltest.»

«Hiesse der Verdächtige nicht Sollberger, hätten wir ihn längst in Untersuchungshaft und Sonja Kaufmann schwebte nicht in Lebensgefahr», knurrte Wyss. «Aber es ist so: Es steht Aussage gegen Aussage. Wir brauchen mehr.»

***

In diesem Moment klingelte Gerbers Handy. «Es ist Marquard!», sagte er nach einem Blick aufs Display, drückte seine Kippe aus und sie eilten in Davids Büro. «Ich schalte auf Lautsprecher.»

Der Antiquitätenexperte war, kaum aus den Ferien zurück, in sein Geschäft gefahren. In der Post hatte er den erwarteten Brief mit retournierten Dokumenten aus England zu Händen von Samuel Dürrenmatt gefunden.

«Ich habe in seinem Auftrag zahlreiche Fotos des Wagens an Dinky Toys England geschickt, zusammen mit der Kopie eines in den Achtzigerjahren ausgestellten Echtheitszertifikats und der Kopie des Kaufvertrags, den er bei seinem Kauf vor drei Jahren erhalten hat.»

«Es gibt einen Kaufvertrag?», fragte Wyss.

«Aber natürlich», sagte Marquard. «Die lückenlose Beweisführung der Herkunft eines Sammlerstücks ist bei so teuren Exponaten für seriöse Sammler eminent wichtig.»

«Und Sie haben eine Kopie nach England geschickt?», versicherte sich Wyss.

«Genau. Das Original hat Herr Dürrenmatt bei sich behalten, genau wie das Original des Echtheitszertifikats. Es enthält den Namen und die Adresse des Händlers, der ihm den kleinen Ferrari verkauft hat.»

«Das ist es!», frohlockte Wyss. «Das fehlende Puzzleteil! Sie müssen wissen: Es gab in Dürrenmatts Unterlagen keinen Kaufbeleg. Sein Mörder muss ihn mitgenommen haben.»

Marquard freute sich, dass er den Polizeibeamten ein wichtiges Beweisstück liefern konnte und faxte ihnen den Beleg gleich nach dem Gespräch zu. Darauf waren tatsächlich sämtliche Kontaktdaten eines Londoner Antiquitätenhändlers zu finden.

«Can you English?», fragte Gerber seinen Kollegen und grinste.

«Ich war der Darling meiner Englischlehrerin», warf sich David in die Brust. «Im Ernst, mein Englisch ist seit meinem Ferien-Sprachaufenthalt in Bournemouth vor der Polizeischule ganz passabel und sollte wohl reichen.»

Der Händler, mit dem sich Wyss wenige Augenblicke später unterhielt, zeigte sich erstaunt, dass sich innerhalb von wenigen Wochen zum zweiten Mal jemand wegen des kleinen Ferraris an ihn wandte. Ein junger Amerikaner habe sich bei ihm erkundigt. Klar könne er sich an das kleine Schmuckstück erinnern. Er habe das Auto vor rund dreieinhalb Jahren im Auftrag eines Konkurs gegangenen Geschäftsmannes verkauft, eines gewissen Henry Burton, dessen Telefonnummer er ihm gerne geben könne.

«Ein junger Amerikaner?» Wyss und Gerber schauten sich verblüfft an.

Es dauerte nicht lange und Wyss hatte auch diesen Burton am Draht. Auch er war überrascht und erzählte dem Schweizer Polizisten dieselbe Geschichte wie bereits zwei Wochen zuvor einem amerikanischen Studenten, wie er erklärte. Dieser habe sich als Mike vorgestellt und sich wohl im Namen eines Schweizer Sammlers an ihn gewandt. Burton gab an, den Ferrari vom Sohn seines leider verstorbenen Freundes Erich Sollberger aus der Schweiz erhalten zu haben. Seine Frau könne dies nötigenfalls bezeugen, Christian Sollberger habe ihnen erklärt, es sei dies der Wille seines Vaters gewesen. Leider seien dann als Folge der anhaltenden Wirtschaftskrise seine Geschäfte immer schlechter gelaufen und schliesslich habe er Konkurs anmelden und einiges aus seinem Privatbesitz zu Geld machen müssen, um die Schulden bei seinen Gläubigern bezahlen zu können.

«Mike?» Gerber kratzte sich am Kopf.

«Klar! Michael Krauss, Dürrenmatts Assistent», rief Wyss aufgeregt. «Dürrenmatt schämte sich für sein schlechtes Englisch und wird ihn gefragt haben, ob er für ihn dieses Gespräch führen könne.»

Das war die Lösung: Mike hatte die Anrufe wohl von seinem Handy aus geführt, weswegen in Dürrenmatts Verbindungsnachweisen nichts aufgetaucht war. Das abzuklären hatte Zeit. Viel bedeutsamer war die aus dem Gespräch mit Burton gewonnene Erkenntnis, dass Dürrenmatt die Spur des Ferraris gefunden hatte. Das war der Beweis, und da war das Motiv! Gerber holte Küng und sie klärten ihn auf.

«Dürrenmatt muss Sollberger mit dem Resultat seiner Nachforschungen konfrontiert haben», erklärte Wyss seine Vermutung. «Was auch immer er damit bezwecken wollte, er nahm mit Bestimmtheit nicht an, dass dieses Wissen so brisant war, dass Sollberger einen Mord begehen würde, um es geheim zu halten.»

«Wichtig ist aber, dass wir jetzt beweisen können, dass Flückiger den Wagen nie gestohlen hat», fügte Gerber hinzu.

«Und die Münzen», fuhr Küng fort, «hat Sollberger möglicherweise bloss mitgehen lassen, um vom wichtigsten Diebesgut abzulenken: dem Original des Kaufbelegs, von dem er nicht wusste, dass eine Kopie existiert.»

«Den Ferrari selbst und das Echtheitszertifikat liess er zurück», mutmasste Wyss weiter, «weil er unter allen Umständen verhindern wollte, dass das Auto als Diebesgut wieder in die Presse gekommen wäre und den Verdacht möglicherweise auf ihn gelenkt oder aber mindestens seine Wahlkampagne gestört hätte. Abgesehen davon ging er wohl davon aus, dass man den Ferrari ohnehin in der Erbmasse erkennen, identifizieren und ihm als rechtmässigem Besitzer zurückgeben würde.»

Die drei Polizisten schauten sich zufrieden an. Gerber ging mit dem Handy am Ohr hoch zum Pausenraum, um sich einen Nespresso zu holen, und informierte Honegger über die neusten Erkenntnisse. Wyss dagegen wählte Sollbergers Nummer.

«Ich ruf den Drecksack an und lade ihn gleich noch einmal vor.» Er ging nicht ran, also hinterliess er ihm eine Nachricht: «Wyss hier, guten Tag Herr Sollberger. Wir haben neue Erkenntnisse und möchten Sie dringend noch einmal sprechen. Bitte melden Sie sich, sobald Sie diese Nachricht abgehört haben.» Dann hängte er auf.

***

Er lehnte sich zurück und überlegte. Irgendetwas befremdete ihn an der ganzen Sache. Er stutzte. Mike! Warum hatte er ihm nichts von diesem Anruf erzählt? Plötzlich sprang Wyss auf, wie von der Tarantel gestochen. Nein, Mike Krauss hatte ihn angelogen! Er habe erst nach Dürrenmatts Tod aus den Zeitungen erfahren, dass sein Chef ein leidenschaftlicher Sammler gewesen sei, hatte er behauptet! Er griff zum Handy, aber natürlich nahm Krauss als Jude an einem Samstag den Anruf nicht entgegen.

«Verdammt, irgendetwas ist da mächtig faul!», murmelte Wyss unruhig vor sich hin, als Gerber das Büro betrat. Er erzählte ihm von seinem Gedankengang und schlug sich wütend gegen die Stirn. «Wie konnte ich so gutgläubig sein. Der Typ hat uns nach Strich und Faden verarscht.»

«Und jetzt», fragte Gerber.

«Ich ahne Übles!», stöhnte Wyss. «Was, wenn er auf irgendein Bild aus dem Familienbesitz gestossen ist. Er hätte sicher sofort und auf eigene Faust mit dem Besitzer verhandeln wollen und Dürrenmatt hätte ihn auf den offiziellen und langwierigen Weg verwiesen.»

«Möglich», überlegte Gerber. «Aber wäre das wirklich ein Mordmotiv?»

«Keine Ahnung. Wir müssen Krauss unbedingt noch einmal verhören. Und diesmal eindeutig nicht bloss als Zeugen.»

«Gib Honegger Bescheid. Er soll ihn zu Hause abholen und in Gewahrsam nehmen.»

**

Es war mittlerweile halb eins und Wyss hatte Hunger. Und eigentlich hätte er seine Mutter vor ihrer Heimreise gerne noch gesehen. Er rief sie an und reservierte für sich und Gerber zwei Plätze am Küchentisch im «Restaurant Mama». Zehn Minuten später parkierte Gerber seinen Wagen unterhalb der Kirche auf dem Parkplatz der Einwohner- und Sicherheitsdirektion, wo früher die Stadtpolizei stationiert gewesen war, und die beiden gingen zu Fuss zu Davids Wohnung. Weil auch Vanessa noch geblieben war, genossen sie zu fünft eines von Hannas Wunderrezepten, das so schnell zubereitet war und zugleich so lecker schmeckte, dass sie damit in jeder Fernseh-Kochsendung Furore gemacht hätte.

«Das ist doch etwas anderes als ein weiteres Sandwich aus dem Tankstellenshop», seufzte Wyss zufrieden, und auch Gerber rieb sich behaglich den Bauch und stand auf, um am Fenster eine zu rauchen. Dann klingelte sein Handy. Es war Honegger, der berichtete, sie hätten Krauss nicht zu Hause vorgefunden und ihn gleich auf die Fahndungsliste gesetzt.

«Mist!», schimpfte Wyss. «Ich weiss nicht mehr, was ich glauben soll.»

«Ich auch nicht», meinte Gerber. «Es bleibt uns nichts anderes zu tun, als zu warten und uns auf Sollberger zu konzentrieren.»

«Weisst du schon mehr über Sonja Kaufmanns Zustand?», fragte Vanessa.

«Leider nein», antwortete David. «Ich werde später noch im Bürgerspital nachfragen. Aber in unserem Mordfall haben wir Fortschritte gemacht und ein entscheidendes Puzzleteil gefunden. Leider darf ich euch noch nicht mehr erzählen.»

«Ich habe übrigens heute Morgen deine Nachbarin Denise im Treppenhaus angetroffen», berichtete seine Mutter. «Und ich hab ihr von der jungen Frau erzählt, die so übel zugerichtet worden ist. Als sie mich fragte, ob der Täter gefasst sei, ist mir rausgerutscht, dass du Sollberger im Verdacht hast. Sie hat sich furchtbar aufgeregt und angetönt, sie müsste dir vielleicht etwas über ihn erzählen.»

Wenig später klingelte es an der Wohnungstür. Es war tatsächlich Denise, die mitgekriegt haben musste, dass David über Mittag nach Hause gekommen war. Sie trug einen Kapuzenpulli und eine modische Jeans, verwaschen, mit zerrissenen Knien.

«Komm rein», sagte David, «Mama hat grad von dir erzählt.»

«Du bist wirklich hinter Sollberger her?», fragte sie, nachdem sie in der Runde Platz genommen hatte.

«Du weisst, ich darf über laufende Ermittlungen nicht sprechen», sagte Wyss, gespannt, womit Denise herausrücken würde. «Aber nehmen wir an, dass es so wäre, was würdest du mir erzählen wollen.»

Denise wurde ernst. «Du hast mich neulich gefragt, was ich von ihm halte, und ich habe keinen Hehl daraus gemacht, dass ich ihn nicht ausstehen kann, und das hat seine Gründe.» Sie machte eine kurze Pause und trank einen Schluck Espresso aus der Tasse, die Hanna ihr hingestellt hatte. «Damals, als ich von ihm als Hausbesitzer die Bewilligung kriegte, in meiner Wohnung als Roxy erotische Dienstleistungen anzubieten, vereinbarte ich mit ihm eine höhere Miete, was für mich als Geschäftsfrau auch völlig in Ordnung war. Dann aber, bereits nach ein paar Wochen, machte er klar, dass er von mir mehr erwartete, als nur Geld. Er wollte Sex, oder ‹Naturalien›, wie er es nannte. Und er setzte mächtig Druck auf, drohte mir, mich sonst rauszuschmeissen und dafür zu sorgen, dass ich in dieser Region nie mehr ein eigenes Etablissement würde führen können. Manchmal kam er mehrmals pro Woche. Ich fühlte mich machtlos ausgeliefert. Wisst ihr, es gibt immer wieder Arschlöcher unter meinen Kunden. Aber gegen die kann ich mich wehren oder sie mindestens auf meine schwarze Liste setzen.»

«Das ist Nötigung», sagte Gerber, «Sie hätten ihn anzeigen können.»

«Ja, das hätte ich. Aber wie wären meine Chancen vor Gericht gestanden? Eine Nutte, die einen angesehenen Industriellen und Politiker beschuldigt? Er hätte mich problemlos fertiggemacht.» Sie hielt einen Moment inne und erzählte dann weiter. «Ein paarmal musste ich ihn auch als Escortdame begleiten. Das war wohl, bevor er seine Sekretärin als Spielzeug entdeckt hat. Es war widerlich, wie er mich dort herumgereicht hat. Die Kerle haben jeweils gesoffen wie die Löcher und sich nicht mehr gespürt. Als ich mich nach einem dieser Abende weigerte, mich von ihm in seinem Zustand nach Hause fahren zu lassen, begann er mit seinen Fahrkünsten zu prahlen, mit seinen schnellen Runden auf dem Hockenheimring und seinen nächtlichen Fahrten auf der Autobahn. Und dann erzählte er von einer Verfolgungsjagd, die er sich am Steuer eines geklauten Wagens mit einem Polizisten geleistet habe, der dabei einen Unfall mit vier Todesopfern gebaut habe.»

David Wyss war kreidebleich geworden. Ihm war, als ob die Erde aufgehört hätte, sich zu drehen, während seine Gedanken immer noch weiterkreisten. Ihm wurde schwindelig. Erst nach einigen Augenblicken schaffte er es, sich so weit zu kontrollieren, dass er mit bebender Stimme stammeln konnte. «Der verdammte Sauhund! Denise, wie lange ist das her?»

Denise hatte Tränen in den Augen. «Bestimmt drei oder vier Jahre. Es tut mir so leid. Ich hab's immer gefühlt, aber nie gewagt, dir etwas davon zu sagen.»

David zitterte am ganzen Körper und schlug die Hände vors Gesicht. Die ganzen Jahre war er von diesem Gespenst verfolgt worden; die ganzen Jahre hatte er sich damit abfinden müssen, dass der Kerl, dessentwegen er die fatale Verfolgung aufgenommen hatte, sich am Schluss wie ein Feigling selbst die Kugel gegeben und damit der gerechten Strafe entzogen hatte; die ganzen Jahre war Sollberger damit durchgekommen und hatte in den letzten Wochen mit ihm gespielt; und die ganzen Jahre hatte Denise es geahnt. Er blickte auf und sah, wie Vanessa Denise in den Armen hielt.

«Wärst du unter Eid bereit, diese Aussage vor Gericht zu wiederholen?», fragte David, der sich langsam wieder fasste, leise. Denise schnäuzte sich die Nase.

«Ja, wenn es dazu dient, dass Sollberger zur Rechenschaft gezogen wird.»

«Okay», sagte er entschlossen. «Das ist schon mal gut.»

«Und jetzt?», fragte Denise.

«Lass mich überlegen», sagte er, starrte einen Moment vor sich hin, atmete tief durch und trank einen Schluck Kaffee. «Nehmen wir an, Sollberger erfährt, dass jemand bereit ist, über diese Verfolgungsjagd vor Gericht gegen ihn auszusagen, was wird er dann tun?» Und ohne zu warten, gab er die Antwort gleich selbst. «Ich halte ihn zu allem fähig.»

«Sieh mal, wie er seine Sekretärin zugerichtet hat!», meinte Gerber. «Er würde wohl dasselbe noch einmal tun.»

«Das befürchte ich auch», erwiderte Wyss. «Aber ungeachtet seiner Brutalität: Ich gehe vor allem davon aus, dass er die Person sicher aufsuchen wird.»

«Ich müsste untertauchen», sagte Denise ängstlich.

«Stimmt!», sagte David ernst. «Und wenn er käme, um dich zum Schweigen zu bringen, wäre die Polizei zur Stelle, um ihn zu schnappen.»

«Denkst du, dass der Staatsanwalt sich auf ein solches Vorgehen einlässt?», zweifelte Gerber.

«Ein Versuch ist es Wert», erwiderte Wyss. «Lass uns Küng und Honegger ins Boot holen. Wenn sie einverstanden sind, dann werden wir grünes Licht kriegen.

Die beiden waren nicht wirklich Feuer und Flamme für den Plan, Sollberger in Denises Wohnung zu locken und dort in flagranti zu schnappen.«Es ist Burgdorfer Kulturnacht heute, David», gab Küng zu bedenken. «Du weisst, was das heisst. Die ganze Stadt ist auf den Beinen, um bei den unterschiedlichen Veranstaltern Konzerte und Aufführungen zu besuchen und dann in irgendeiner Beiz gemütlich zusammenzusitzen.»

«Mist!», entgegnete Wyss. «Das habe ich gar nicht bedacht.» Er überlegte einen Moment. «Aber vielleicht ist das gerade gut. Sollberger wittert die Chance, in all den Leuten nicht beachtet zu werden. Für den späten Abend ist Regen gemeldet. Nach den letzten Attraktionen werden die Besucher rasch nach Hause eilen, was ihm in die Hände spielt und uns damit auch. Ich rechne nicht damit, dass er vor ein oder sogar zwei Uhr zuschlagen wird. Der Gefahr, Roxy nicht allein, sondern in Gesellschaft eines Freiers anzutreffen, wird er sich nicht aussetzen wollen.»

«Cow-Boy-Spiele», nannte Honegger den Vorschlag zuerst. Allerdings hatte er auch etwas Verlockendes an sich, vor allem, weil man der Öffentlichkeit endlich einen mutmasslichen Täter würde präsentieren können.

«Einverstanden», sagte er schliesslich. «Wenn Sollberger dir ins Netz geht, dann bestätigt er deinen Verdacht im Fall Flückiger. Und wenn der erst einmal geklärt ist, wird er den Mord an Dürrenmatt auch zugeben. Ausser Krauss sei für diese Tat verantwortlich. Die Fahndung nach ihm läuft noch immer. Und keine unnötigen Risiken! Ich bespreche mich mit dem Staatsanwalt und gebe euch dann Bescheid.»

Es wurde ausgemacht, dass Denise bei Vanessa Unterschlupf finden würde, während sich Hanna und Fredi schweren Herzens verabschieden mussten, denn am nächsten Tag sollte bei Ihnen mit der ganzen Familie der 90. Geburtstag von Fredis Vater gefeiert werden, und sie hatten noch einiges vorzubereiten.

«Versprich mir, dass du Sorge zu dir trägst, mein Junge», sagte Hanna beim Abschied zu ihrem Sohn.

«Das tu ich!», sagte er und küsste sie auf die Stirn. «Danke für alles, Mama, ich melde mich.»

***

Eine halbe Stunde später traf die offizielle Erlaubnis für die Aktion ein. Die beiden Polizisten gingen los, um sich in der unmittelbaren Umgebung ein Bild von möglichen Beobachtungsposten, Verstecken und Verschiebungswegen zu machen – für die fünf Mann Verstärkung, die Honegger zusammenstellte und die spätestens ab 22 Uhr für den Einsatz bereitstehen mussten. Das Ganze würde nicht einfach werden: In der Oberstadt waren tatsächlich zahlreiche Veranstaltungen geplant, die Restaurants hatten Tische auf die Gasse hinausgestellt, in der Hoffnung, das schlechte Wetter würde nicht zu früh kommen. In den Marktlauben stand zwischen den Tischen eine kleine Bühne und einige Tontechniker waren daran, die Musikanlage zu testen und auch auf dem kleinen Platz in der Hofstatt war alles für die Kulturnacht vorbereitet.

«Scheisse», meinte Gerber. «Hoffentlich machen wir keinen Blödsinn. Wenn unsere Männer den Leuten zu sehr auffallen, kriegen die Panik.»

«Wird schon schiefgehen», beruhigte ihn Wyss. «Wir verstecken zwei mit Blick auf den Hauseingang in den gegenüberliegenden Geschäften, dazu je einen Mann weiter oben und unten an der Gasse und auf der Rückseite des Hauses, um eine allfällige Flucht zu stoppen.»

Gerber zückte sein Smartphone, öffnete die Wetter-App und schaute die Niederschlagsprognose für Burgdorf als Animation an.

«Spätestens um halb elf dürfte es ziemlich nass werden», sagte er zufrieden. «Dann werden sich die Tische in den Gassen leeren.»

«Okay», nickte Wyss. «Ich setze jetzt den Köder ab. Schliess du dich noch mit Honegger kurz.»

«Er hat mir soeben eine SMS geschickt», erwiderte Gerber. «Er erwartet mich zur Besprechung in Bern. Wir sehen uns gegen sechs Uhr bei dir.»

Wyss ging zurück in seine Wohnung und wählte Sollbergers Nummer. Dieser nahm den Anruf wie erwartet nicht entgegen und Wyss hinterliess ihm die zweite Nachricht innerhalb weniger Stunden: «Es sieht nicht gut aus für Sie, Herr Sollberger. Nachdem wir heute Vormittag im Fall Dürrenmatt ein entscheidendes Indiz gefunden haben, droht Ihnen jetzt auch im Fall Flückiger Ungemach. Eine Zeugin ist bereit, vor Gericht zu bestätigen, dass Sie ihr von Ihrer damaligen Verfolgungsjagd in einem gestohlenen Wagen erzählt haben, in deren Verlauf es zu einem tödlichen Unfall gekommen sei. Und ja, wegen jahrelanger sexueller Nötigung werden wir Sie auch drankriegen. Ich erwarte Ihren Rückruf und empfehle Ihnen, bei dieser Gelegenheit gleich Ihre Frau zu informieren, dass Sie eine Weile lang nicht mehr nach Hause kommen werden.»

***

Wyss war müde. Er beschloss, zur Ablenkung noch eine kurze Runde durch die Altstadt zu machen. Zuvor rief er allerdings im Bürgerspital an, um sich nach Sonja Kaufmanns Zustand zu erkundigen. Die gute Nachricht war, dass eine Notoperation am Kopf hoffnungsverssprechend verlaufen war und sie mittlerweile nicht mehr in akuter Lebensgefahr schwebte. Man hatte davon absehen können, sie in ein künstliches Koma zu versetzen. Die schlimme Nachricht allerdings betraf die gebrochenen Wirbel. Sie war bereits auf dem Weg ins Paraplegiker-Zentrum Nottwil, wo man sie weiteren Untersuchungen unterziehen würde. Dies waren tatsächlich nur halbwegs beruhigende Nachrichten. Trotzdem wollte Wyss sie Sonja Kaufmanns Freundin Lara Weber nicht vorenthalten. Er wählte ihre Nummer.

«Ihre Freundin lebt und wird durchkommen», sagte er gerade als Erstes. «Allerdings ist sie noch nicht bei Bewusstsein, weshalb die Folgen der Kopfverletzung noch nicht absehbar sind. Sonja ist nach Nottwil gebracht worden, weil man dort die Wirbelverletzungen am besten behandeln kann.»

«Wird sie wieder gehen können?», fragte Lara ängstlich.

«Wir wissen es noch nicht», antwortete Wyss wahrheitsgetreu. «So oder so wird es aber wichtig für sie sein, dass sie Freunde um sich hat, die sich um sie kümmern. Ich wollte Ihr Fest nicht ruinieren, Frau Weber, aber ich weiss, dass Sie sich ohnehin den ganzen Tag Sorgen gemacht hätten. Versuchen Sie, sich ablenken zu lassen. Morgen werden wir bestimmt mehr wissen.»

Unter anderen Umständen hätte Wyss den Hochbetrieb in der Stadt sicherlich mehr genossen. Der Kronenplatz gab sich so bevölkert wie sonst nur selten: Im Kino liefen Sondervorstellungen, die Buchhandlung lud zur Autorenlesung irgendeines neuen Regionalkrimis ein und vor der Weinhandlung degustierten die Leute edle Tropfen und fachsimpelten über Säuren und Tannine. Er folgte der Hohengasse, blickte links das Kirchbühl hoch, wo weiter oben Leute vor dem Casino standen, ging am Stadthauskeller und am Theater Z vorüber, aus dessen Eingang Musik einer lokalen Jazzformation klang und stieg dann die Treppe hinunter in die Metzgergasse. Auch hier herrschte ein buntes Treiben. Einige Künstler führten Kunststücke auf, vor dem Alten Schlachthaus tranken die Besucher Cüpli, wenige Meter weiter, neben einer von Luginbühls Skulpturen, spielte Matt, ein junger irischer Musiker mit Schweizer Wurzeln (so stand es auf dem Karton, der seine CD anpries) mit seiner Gitarre seine Songs. Ein kleiner Ed Sheeran, dachte Wyss. Und erinnerte sich an Noena, an ihre Wut und Trauer, die so sehr in Kontrast standen zu den fröhlichen Gesichtern, die hier überall zu sehen waren. Sein Weg führte ihn weiter in die Kornhausgasse hinter der Gasthausbrauerei durch, der Heimat eines der besten Biere Europas, wenn man den Juroren glauben will, die an internationalen Wettbewerben Preise vergeben.

«David, setz dich zu uns», hörte er Geri Felders Stimme. Dieser sass mit einigen Kolleginnen und Kollegen gemütlich bei einer Flasche «Ämme» und wies auf einen leeren Platz neben sich.

«Sorry, Geri», entschuldigte sich Wyss, «ein anderes Mal gern. Aber ich bin im Dienst.»

«Ich hab die beiden Jungs noch rangenommen», sagte der Lehrer lachend. «Sie mussten einen Kurzvortrag halten zum Thema: Warum man nicht zu zweit auf einem Fahrrad unterwegs sein darf.»

«Die beiden werden bestimmt noch jahrelang Albträume haben», sagte Wyss augenzwinkernd, grüsste den Schulleiter, der soeben sein E-Bike in den Fahrradständer gestellt hatte und sich über den leeren Platz freute und verliess die Gasse. Scheissalbträume, nein, die wünsche ich niemandem, dachte er und kam ins Grübeln. Ob meine wohl aufhören werden, wenn das hier vorbei ist?, fragte er sich und ging weiter zum Museum Franz Gertsch, wo aus aktuellem Anlass eine Sonderausstellung besucht werden konnte.

Es wurde Zeit. Er fühlte sich von den Eindrücken erfrischt und machte sich auf den Heimweg. Dabei stiess er auf Urs Schenk, der mit seiner Frau zum Konzert in der Stadtkirche unterwegs war.

«Wie geht es Ihnen?», fragte ihn der Pastor.

«Schwer zu sagen», antwortete Wyss. «Einerseits spüre ich Aufwind, andererseits hat sich die Geschichte mit Morgenthalers nicht wie erhofft entwickelt.»

«Ja, Vanessa hat uns vorhin am Telefon davon erzählt», sagte Frau Schenk. «Das tut uns leid.»

«Ich denke, dass Noena und ihre Grosseltern einfach noch Zeit brauchen», meinte Wyss. «Natürlich war das schlimm, vor allem für Vanessa. Aber sie wird sich nicht allzu lange entmutigen lassen. Und ich», fuhr er fort, «ich bin mittlerweile hart im Nehmen.»

Sie waren bei der Ecke zum Kirchbühl angekommen und Schenk gab ihm die Hand.

«Ich bin jederzeit für Sie da, wenn Sie reden möchten», sagte er mit freundlicher, aber ernster Stimme. «Passen Sie gut auf sich auf, Herr Wyss!»

Um 18 Uhr traf Gerber zu Fuss ein, mit einer grossen Tasche, in der er seine Ausrüstung dabei hatte, inklusive zwei Westen zum Schutz vor Stich- und ballistischen Verletzungen.

«Habt ihr etwas von Krauss gehört?», fragte Wyss.

«Nichts!» Gerber schüttelte den Kopf. «Der Kerl versteckt sich. Aber irgendwann muss er auftauchen, dann werden wir ihn schnappen. Konzentrieren wir uns auf Sollberger!»

Die beiden Polizisten richteten sich in Denises Wohnung ein. Das Zimmer gleich neben dem Eingang, in dem Roxy ihre Gäste empfing, liessen sie unbeachtet und konzentrierten sich auf Denises privates Schlafzimmer im hinteren Bereich der Wohnung. Hier präparierten sie das Bett, damit es aussah, als ob jemand darin schliefe, legten einen jener zylinderförmigen Bluetooth-Lautsprecher versteckt neben das Kopfkissen und spielten probehalber das Geräusch ruhigen, rhythmischen Atmens ab, knipsten ein sanftes Schlaflicht an und schlossen die Tür bis auf einen Spalt von etwa zehn Zentimetern, durch den der Schein der Lampe auf den Korridor leuchtete. Sie überprüften Fluchtwege und stellten einige Möbel um, um sich nicht gegenseitig in die Quere zu kommen. Dann nahmen sie in der abgedunkelten Küche Platz und warteten auf die Nacht. Sie nahmen an, dass Sollberger als Hausbesitzer einen Schlüssel zu Denises Wohnung hatte oder es ihm bestimmt ein Leichtes war, einen organisieren zu können. Dann begann das lange Warten. Um 22 Uhr vergewisserte sich Gerber per Funk, dass die Männer auf ihren Posten waren. In der Stadt war noch reger Betrieb, die Veranstaltungen der Kulturnacht liefen noch, die Musik des Konzerts auf der Bühne am Kirchbühl drang dumpf in die Nachbargasse herüber. Die Zeit schlich. Der Regen verspätete sich. Dafür setzte er gegen Mitternacht mit grossem Getöse umso abrupter ein: Ein heftiges Gewitter entlud sich über der Stadt. Ein grosser Teil der Gäste, die bis eben an den Tischen auf der Gasse noch getrunken und gelacht hatten, machten sich auf den Heimweg oder zogen sich für die letzte Stunde in die Bars oder in die Marktlaube zurück. Die Musik hörte auf, es wurde etwas leiser. Kurz nach eins räumten die letzten Gäste ihre Plätze, wenig später ging eine Gruppe fröhlich lachender Jugendlicher, die eine Nadja zu ihrem 20. Geburtstag hochleben liessen, klatschnass unter dem Fenster vorbei, dann kehrte tatsächlich Ruhe ein. Das einzige Geräusch war das des Regens, der unverändert heftig niederging.

Dann, kurz nach zwei, hörten sie ein kurzes Funksignal. Es ging los! Wenige Augenblicke später hörten sie, wie unten der Eingang zum Treppenhaus geöffnet wurde und dann Schritte nasser Schuhe. Diese gingen merkwürdigerweise an Denises Tür vorbei in den zweiten Stock.

«Scheisse», flüsterte Wyss, «der Kerl geht zu mir.» Augenblicke später ertönte die Klingel zu seiner Wohnung und sie hielten den Atem an. Plötzlich wurde ihm bewusst, dass Sollberger sich nicht nur jederzeit zu Denises, sondern auch zu seiner Wohnung Zutritt verschaffen konnte. Was, wenn er rein geht?, dachte er und wartete. Er hörte, wie an seine Tür geklopft wurde, dann wieder Stille. Schliesslich, eine halbe Ewigkeit schien vergangen, drehte sich der Schlüssel hier im ersten Stock in der Tür zu Denises Wohnung. Der Augenblick war gekommen. Der Schein einer Taschenlampe huschte durch den Korridor, die Wohnungstür schloss sich wieder. Durch den Spalt der bloss angelehnten Küchentür sahen die Polizisten, wie der Eindringling näher kam und dann gegenüber Denises Schlafzimmer betrat. Er blieb einen Moment stehen, schaltete die Taschenlampe aus und hörte auf den regelmässigen Atem der im Bett liegenden Person, deren Konturen sich beim dumpfen Schein des Schlaflichts deutlich abhoben. Er griff ahnungslos nach einem Kissen, das die Polizisten ihm bereitgelegt hatten, ging ums Bett herum, näherte sich langsam dem Körper, und genau in dem Moment, in dem er der vermeintlich Schlafenden das Kissen mit aller Kraft aufs Gesicht presste, um sie zu ersticken, ging grell das Deckenlicht an und Sollberger sah sich mit Schrecken zwei bewaffneten Polizisten gegenüber.

«Christian Sollberger, ich verhafte Sie wegen versuchten Mordes an Denise Burgherr. Ausserdem auch aufgrund des dringenden Verdachts, Sonja Kaufmann vorsätzlich schwer verletzt und Patrick Röthlisberger, Robert Leibundgut und Samuel Dürrenmatt ermordet zu haben. Sie können die Aussage verweigern und ...»

«... ich hab das Recht, meinen Anwalt zu kontaktieren.» Sollberger stand mit erhobenen Händen da, im triefnassen Regenschutz, die Kapuze nach hinten geschoben und atmete tief durch. «Ich habe Sie unterschätzt, Wyss. Sie sind hartnäckiger, als ich dachte.»

«Unterschätzen Sie nie die Gefährlichkeit eines in die Enge getriebenen verzweifelten Mannes», sagte Wyss. «Das haben Sie mir selber so erklärt.»

«Roxy hat geplaudert?», fragte er.

«Sie brauchten Flückigers Verzweiflung, um ihren ehemaligen Kumpel Röthlisberger loszuwerden.»

«Das sagen Sie!»

«Es liegt auf der Hand.»

«Das werden die Richter entscheiden», sagte Sollberger schliesslich. Er schien seinen ersten Schrecken abgelegt und wieder zu etwas mehr Trotz zurückgefunden zu haben.

«Und Sonja Kaufmann?», fragte Wyss weiter.

«Hatte ich ein Motiv?», fragte Sollberger zurück. Und fügte dann hinzu: «Die Nutte hier, da wird wohl alles Leugnen zwecklos sein. Ich wollte sie erdrosseln und dann nackt in ihr Liebesnest legen. Es hätte wie die Tat eines Freiers ausgesehen.»

«Und wir haben die Aussage von Henry Burton, dem Sie den Ferrari ein paar Monate nach dem vermeintlichen Diebstahl übergeben haben. Es gab eine Kopie des Kaufvertrags, der Rest war einfach.»

«Mist. So kann es schiefgehen. Dürrenmatt stellte mich zur Rede. Er wollte nicht Geld, er wollte wissen, wieso ich den Wagen als gestohlen gemeldet hatte, wenn er offensichtlich immer noch in meinem Besitz gewesen war.»

«Sie haben ihn ermordet!»

«Beweisen Sie's!»

«Und was wollten Sie an meiner Tür?»

«Ich wollte mit Ihnen reden. Wer weiss, vielleicht wären wir ja bei einer genügend grossen Summe ins Geschäft gekommen.»

«Womöglich haben Sie mich wirklich unterschätzt», sagte Wyss.

Sollberger schwieg, sah an sich herunter, blickte auf seine nassen Schuhe, die in einer Pfütze standen und lachte schliesslich resigniert. «Okay, ich geb mich geschlagen. Ich nehme jetzt die Arme runter, damit Sie mir die Handschellen anlegen können.»

«Wir haben ihn!», funkte Gerber an die Kollegen, senkte die Waffe, steckte sie weg und näherte sich Sollberger, dann ging alles blitzschnell.

«Pass auf!», schrie Wyss, aber es war zu spät. Sollberger wirbelte Gerber herum, nahm ihn in den Würgegriff und hielt ihm eine Pistole mit Schalldämpfer an die Schläfe. So stand er Wyss bewegungslos gegenüber, Auge in Auge. Sein Blick war eiskalt.

«Die hatte ich für Sie dabei, Wyss», zischte er höhnisch. «Aber vielleicht werde ich sie für Ihren Partner verwenden. Sie sind sich ja gewöhnt daran, Partner zu verlieren, nicht wahr. Legen Sie die Waffe nieder.»

«Sie haben keine Chance, draussen wartet ein Einsatzkommando der Polizei auf Sie», versuchte Wyss, seinen Gegenspieler zur Vernunft zu bringen.

«Wollen Sie wirklich das Leben Ihres Partners aufs Spiel setzen?», fragte Sollberger. «Ich warne Sie! Unterschätzen Sie nie die Gefährlichkeit eines in die Enge getriebenen verzweifelten Mannes!», wiederholte er die Worte, die Wyss eben gesagt hatte.

Einen weiteren Moment standen sie sich gegenüber, dann hob Wyss seine linke Hand über den Kopf und legte mit der rechten die Pistole auf den Boden und schob sie mit dem Fuss weg.

«Machen Sie jetzt keinen Scheiss», sagte er.

«Nehmen Sie Ihre Handschellen und ketten Sie sich ans Bett und werfen Sie den Schlüssel weg», befahl Sollberger. Wyss gehorchte.

«Und nun zu Ihnen!» Sollberger gab Gerber einen kräftigen Stoss. «Waffe auf den Boden! Und rüber zu Ihrem Kollegen!»

Gerber hatte keine Wahl.

«Und jetzt Ihre Handschellen. Ketten Sie sich an Wyss.» Gerber tat, was Sollberger verlangte und warf ebenfalls den Schlüssel weg.

Sollberger zückte ein altes Nokia-Handy und wählte eine Nummer, während er weiterhin mit der Pistole die beiden Polizisten in Schach hielt.

«Ist da die Polizei?», fragte er und fuhr mit ängstlicher Stimme fort: «Ich wohne gegenüber dem Waffengeschäft Schwarz an der Rütschelengasse in Burgdorf. Ich glaube, jemand will den Laden ausrauben. Ich sehe zwei dunkle Gestalten, die sich an der Türe zu schaffen machen.»

Wyss schaute ihn wütend an. Eine Minute später meldete sich der Einsatzleiter der Verstärkung von draussen über Funk, es gebe einen Einbruch in der Rütschelengasse, er schicke vier Mann hin.

«Machen Sie keinen Fehler, Wyss», drohte Sollberger und zielte mit seiner Waffe auf Gerbers Kopf.

«Okay», sprach Wyss ins Funkgerät. «Wir haben hier alles im Griff.»

«Werfen sie die beiden Funkgeräte in die Ecke», befahl Sollberger. Er ging zum Fenster, das auf die Rückseite des Hauses ging und blickte zufrieden hinaus.

«Da geht Ihre Verstärkung und macht sich geduckt auf den Weg, um die zwei Gauner zu schnappen», lachte er.

Als sie genug weit weg waren, öffnete er die Balkontür.

«Sie wollten den grossen Showdown», wandte er sich an Wyss. «Er ist soeben verschoben worden.»

Damit kletterte er über das Balkongeländer, sprang auf die Terrasse der Erdgeschosswohnung und von dort hinunter auf die Strasse hinter dem Haus, rannte zur schmalen Treppe, die auf den Fussweg zur Grabengarage hinunterführte, und verschwand im nächtlichen Regen.

«Verdammte Scheisse», schrie Wyss, und mit vereinten Kräften zogen sie das Bett so weit, dass Gerber eines der Funkgeräte zu fassen kriegte.

***

Eine Viertelstunde später sassen die Polizisten ernüchtert aber gefasst um den Tisch in Wyss' Wohnung. Auf Gerbers Funkspruch hin hatten einige Männer die Verfolgung Sollbergers aufgenommen aber rasch erkannt, dass sie sinnlos war. Honegger fluchte, als er ins Bild gesetzt wurde, war aber froh, dass seine Männer unversehrt geblieben waren. Die Fahndung lief, die Überwachung von Sollbergers Villa auch, und die Flughäfen und die Grenzpolizei waren informiert. Zudem hatte man zwei Polizisten vor Vanessas Wohnung beordert.

«Und Krauss?», fragte Wyss.

«Werden wir schnappen, keine Angst», beruhigte ihn Honegger.

Es klopfte, Küng trat ein und setzte sich zu seinen beiden Polizisten.

«Scheisse gelaufen, tut mir leid!», sagte Wyss zerknirscht.

«Hauptsache, ihr seid wohlauf», meinte sein Chef mit väterlichem Ton.

Wyss berichtete, wie die misslungene Festnahme abgelaufen war.

«Hat er gestanden?»

«Den versuchten Mord an Denise, ja. Da blieb ihm auch keine Wahl. Alles andere nicht.»

«Er wird nicht weit kommen.»

«Ich hoffe es. Aber wenn wir sicher gehen wollen, dass er wirklich kriegt, was er verdient, brauchen wir Beweise.»

«Und was denkst du von Krauss?»

«Das ist es ja! Kann es wirklich sein, dass ich mich so getäuscht habe?»

«Dann hältst du ihn für Dürrenmatts Mörder?»

«Nein! Doch, vielleicht. Ich weiss es nicht!»

«Nach beiden wird gefahndet, und wir werden beide finden. Geh schlafen, ruh dich aus, morgen ist auch noch ein Tag.»

Küng verabschiedete sich, und auch die Leute des Einsatzkommandos wollten aufbrechen.

«Es ging so unglaublich schnell», sagte Gerber und trank seinen Kaffee aus. «Ich hab mich wie ein Idiot übertölpeln lassen.»

«Scheisse, hab ich eine Angst gehabt», entgegnete Wyss.

«Und ich erst», stöhnte Gerber. «Ich dachte schon, ich müsste in Zukunft mit einem Loch in der rechten Schläfe zur Arbeit gehen.»

Wyss zuckte zusammen. «Was hast du grad gesagt?»

«Dass ich Angst hatte, er würde mir den Kopf wegpusten.»

«Nein, das mit der Schläfe», rief Wyss aufgeregt. «Flückigers Leiche. Er hat sich mit einem Schuss in die rechte Schläfe das Leben genommen. So steht's im Bericht.»

«Und?», fragte Gerber gespannt.

«Flückiger war Linkshänder! Nie und nimmer hätte er sich mit rechts erschossen!»

Sonntag, 18. Oktober 2015

Wyss schreckte auf. Er hatte das Gefühl, er habe sich eben erst hingelegt. Es war wohl etwa fünf Uhr morgens geworden, bis er endlich Schlaf gefunden hatte. Der Adrenalinspiegel in seinem Blut war nach der ganzen Aufregung, dem Ärger über Sollbergers Verschwinden und der Erleichterung über den glimpflichen Ausgang der brenzligen Situation nur langsam gesunken, sodass er auch nach dem Telefongespräch, mit dem er Vanessa und Denise über die Flucht Sollbergers und die zwei Polizisten vor ihrer Haustüre orientierte, nicht hatte einschlafen können. Und jetzt fragte er sich, was ihn aufgeschreckt hatte, denn an seinen Albtraum konnte er sich nicht erinnern.

«Scheisse, mein Handy geht!», murmelte er verschlafen und ging ran.

«Hoi Däveli, ich hoffe, ich hab dich nicht geweckt», hörte er Walters vertraute Stimme am anderen Ende der Leitung.

«Walter!», gähnte Wyss verdrossen und doch gleichzeitig etwas belustigt und verblüfft. «Nein, um diese Uhrzeit bin ich doch längst wach.» Er schaute aufs Display des Handys. Es war halb acht. «Besonders am Sonntag.»

«Du», sagte Walter, «mir ist vorhin etwas Merkwürdiges passiert. Ich bin heute früh aus den Federn. Senile Bettflucht nennt Ruth das. Und so bin ich mit unserem Fido raus und war vorhin unterwegs von der Wynigenbrücke hinauf über den Flüeweg. Es ist zwar noch alles nass vom Regen letzte Nacht, aber hier hat's so früh wenig Leute und ich hab Zeit, ein bisschen mit Gott über mich und den Rest der Welt zu plaudern. Und dann bin ich plötzlich auf den Sollberger gestossen.»

«Den Ständeratskandidaten?» Spätestens jetzt war Wyss hellwach.

«Ja! Du, der war wohl sturzbetrunken und hat wirres Zeug geredet. Ich weiss ehrlich nicht, ob ich den nächstes Wochenende wählen soll oder nicht.»

«Und wo genau hast du ihn getroffen?», fragte Wyss schnell, während er sich anzog.

«Auf der zweiten Fluh. Ich nehme an, er ist noch dort.» Walter schien unsicher. «Ich wollte ihn mitnehmen, aber er hat sich mit Händen und Füssen gewehrt, bis es mir zu dumm wurde. Ich bin dann weiter in Richtung dritte Fluh. Aber es liess mir keine Ruhe, und da habe ich gedacht, ich ruf mal die Polizei. Und weil ich wusste, wie ich auf meinem Handy deine Nummer finden kann, hab ich jetzt dich angerufen.»

«Das hast du super gemacht, Walter», lobte ihn Wyss. «Ich bin schon unterwegs. Geh du nur ruhig weiter. Und grüss Ruth von mir.»

Rasch wählte er den Notruf und erklärte die Situation, raste dann, so schnell er konnte, mit seinem Fahrrad zur Wynigenbrücke und hastete den Zickzackweg empor, an der ersten Fluh vorbei zur zweiten, wo er auf Sollberger traf, der bereits sehr nahe am Abgrund stand.

«Machen Sie keinen Scheiss, Sollberger!», rief Wyss von weitem.

«Sie haben alles kaputtgemacht», schrie Sollberger. «Sie haben mein Leben ruiniert.»

«Sie glauben wohl tatsächlich, was Sie sagen», keuchte Wyss, der nun auf ein paar Meter an seinen Widersacher herangekommen war. «Wenn einer hier Leben zerstört hat, dann waren Sie das, und nicht nur Ihres. Und dies offensichtlich schon seit Jahrzehnten.»

«Das waren alles Schmarotzer und Parasiten», erwiderte Sollberger. «Was haben die schon für die Allgemeinheit geleistet?»

«Ach, dann geht das ja alles in Ordnung, nicht wahr», sagte Wyss zynisch. «Aber wenn wir schon bei den Leistungsträgern sind: Sie haben versagt! Sie haben zu viele Fehler gemacht.»

«Ich weiss! Deswegen werde ich mich auch nicht lebendig in Ihre Hände geben.»

«Sie wollen runterspringen?»

«Halten Sie mich auf, wenn Sie können.»

Unten hörte man ein Einsatzfahrzeug und eine Ambulanz mit Martinshorn über die Wynigenbrücke heranfahren und auf dem Parkplatz anhalten.

«Flückiger war Linkshänder!»

«Na und?»

«Sie haben ihm in die falsche Schläfe geschossen.»

«Wen kümmert's? Er war ein Idiot. Am Abend vor dem Betreibungstermin wurde mir klar, dass er nie fähig sein würde, Röthlisberger zu erschiessen, diesen feigen Verräter. Ich musste das übernehmen. Also hab ich ihm KO-Tropfen in sein Bier gegeben und ihn dann zur Waldhütte gebracht, wo die Polizei ihn am folgenden Tag tot in Röthlisbergers Passat gefunden hat. Jeder hat dem Doppelmörder die Kugel gegönnt und keiner hat an seinem Selbstmord gezweifelt.»

«Sie haben ihn zum Schuldigen gemacht, und es war für alle praktisch, ihn als solchen zu sehen. Bis Dürrenmatt versucht hat herauszufinden, was mit seinem kleinen Ferrari so Schlimmes geschehen war, dass er ihn nicht weiterverkaufen konnte.»

«Wieso musste der Idiot auch seine Nase in Dinge stecken, die ihn nichts angingen?»

«Dummerweise wurde ihr Ferrari von einem Sammler ersteigert, der es gewohnt war, akribisch nach der Herkunft von wertvollen Objekten zu forschen. Er ist Ihnen auf die Schliche gekommen und wollte die Sache publik machen.»

«Ich fuhr zu ihm, um ihn zur Vernunft zu bringen. Als er nicht einlenken wollte, habe ich ihn gezwungen, mir den Kaufbeleg auszuhändigen.»

«Haben Sie ihn ermordet?»

«Ach, Sie sind gar nicht sicher?» Sollberger schien einen Moment lang belustigt. «Fragen Sie doch den, der jene Goldmünzen geklaut hat, die Sie nicht im Handschuhfach meines Wagens finden werden. In der Presse war von über zwanzig die Rede. Ich nahm nur die mit, die er auf dem Schreibtisch liegen hatte.»

«Verflucht, Krauss!», murmelte Wyss. «Und Sonja Kaufmann?», fragte er dann.

«Sie begann leider, Fragen zu stellen. Um sie tut es mir leid. Ich mochte sie wirklich. Das können Sie ihr ausrichten.»

«Sagen Sie es ihr selbst», sagte Wyss. «Sie wird überleben.»

«Ja, Sonja wird überleben. Aber ich nicht.» Sollberger drehte sich um und näherte sich der Felswand bis auf wenige Schritte. Wyss erkannte, dass der Zeitpunkt gekommen war, da Sollberger in den Tod springen wollte.

«Lassen Sie den Scheiss. Ich hab vier Menschen auf dem Gewissen. Aber es käme mir nie in den Sinn, mir deswegen das Leben zu nehmen.»

«Weil Sie zu feige sind, Wyss», rief Sollberger. Er stand mit dem Rücken zum Abgrund und riskierte einen Blick nach unten.

«Nein, weil ich lernen will, dafür gerade zu stehen. Wenn Sie jetzt springen, sterben Sie als Feigling. Wollen Sie das? Passt das vielleicht sogar zu Ihnen? Gleich kommt Verstärkung. Diesmal werden sie sich nicht vor der Verantwortung für Ihre Taten drücken können, denn wir werden Sie hier herunterbringen.» Er streckte seine Hand aus und machte einen Schritt auf Sollberger zu.

«Keinen Schritt näher», schrie dieser, zückte seine Pistole und richtete sie auf den Polizisten. «Nein», lachte er verzweifelt, «Sie werden mich nicht lebendig kriegen. Aber ich werde nicht alleine abtreten.»

«Scheisse!», rief Wyss, als er das entschlossene Aufblitzen in Sollbergers Augen sah. Er warf sich zur Seite, hörte den Knall und fühlte, wie das Projektil um Haaresbreite an seinem Kopf vorbeischoss. Sollbergers Füsse aber begannen wegen der hastigen Bewegung auf dem nassen, abschüssigen Gelände zu rutschen und verloren ihren Halt.

«Nein», schrie Wyss, während er noch einen letzten Blick in Sollbergers weit aufgerissene Augen warf. Dann stand er auf und atmete tief durch.

Auf dem Weg nach unten begegneten ihm zwei Beamte, die seinem Gesichtsausdruck sofort entnahmen, dass sie zu spät gekommen waren. Wenige Minuten später ging er still an seinen Kollegen vorbei, die den Ort weiträumig absperrten, und wartete etwas abseits auf Küng, den er unmittelbar nach Sollbergers Sturz angerufen hatte. Gedankenverloren sah er den Rettungskräften zu, die unverrichteter Dinge abzogen und den Platz für die Spurensicherung und den Gerichtsmediziner freigaben. Als Küng eintraf, setzte Wyss ihn mit kurzen Worten über das Geschehene in Kenntnis. Dann nahm er sein Fahrrad und fuhr um die Stadt herum zu Vanessas Wohnung. Als sie ihm die Türe öffnete, schloss er sie in die Arme.

«Sollberger ist tot», sagte er. «Bitte halte mich.» Dann brach er in Tränen aus.

***

Eine Stunde später sass er zusammen mit Vanessa hinten im Saal der Freikirche neben der Migros. Denise hatte nicht mitkommen wollen und sich mit den Worten verabschiedet, sie möchte nicht riskieren, dass es zu peinlichen Begegnungen kommen könnte, was Vanessa mit einer Umarmung quittierte. David fühlte sich leer und auch irgendwie fehl am Platz. Aber genauso fand er es dennoch irgendwie passend, nach den Ereignissen der vergangenen Tage mit dem heutigen dramatischen Ende eine Kirche aufzusuchen. Kurz vor Gottesdienstbeginn setzte sich Pascal Schenk neben ihn, musterte ihn mit kritischem Blick und meinte dann: «Herr Wyss, Sie sehen furchtbar aus. Aber es ist schön, dass Sie da sind.» Da huschte doch ein Lächeln über sein müdes Gesicht. Sein Handy piepte. Eine SMS von Gerber war reingekommen. «Wir haben Krauss! Melde mich später.» Er schloss die Augen und atmete tief durch. Die berndeutschen Lieder der Band lullten ihn ein, und die Predigt von Urs Schenk drehte sich darum, dass Gott seinen Menschen vielleicht gerade in den dunkelsten und von Zweifeln am stärksten zernagten Stunden am nächsten sei, oder wie auch immer. Irgendetwas an all dem liess ihn für den Moment ruhig werden. Er berührte zögernd sanft Vanessas Finger und sie legte ihre Hand in seine und blickte ihn von der Seite an.

Das Gespräch, das er später mit Gerber führte, brachte erstaunliche Neuheiten zum Fall Dürrenmatt. Mike Krauss hatte ausgepackt. Der verhaftete junge Mann, der Dürrenmatts Assistent gewesen war, hatte sich im Auftrag einer Kunstschieberbande mit falscher Identität für die wissenschaftliche Mitarbeit in der Gurlitt-Taskforce aufgedrängt. Mit diesem Zugang zu Insiderwissen sollte er sich auf die Suche nach ausgewählten Bildern in Privatsammlungen machen, deren Besitzer man anschliessend mit betrügerischen Mitteln um ihre Schätze bringen wollte. Es gab unter den zahlreichen suspekten Milliardären weltweit einige, die bereit waren, Unsummen für solche Werke zu bezahlen, weil sie den Kunsthandel als Möglichkeit missbrauchten, ihr schmutziges Geld zu waschen. Die erfundene Geschichte des jüdischen Urgrossvaters, der vor den Nazis flüchten musste und seinen ganzen Besitz verlor, hatte offensichtlich nicht nur bei Wyss Empathie geweckt, und sie war auch als Motiv für die gelegentlich vom eigentlichen Ziel abweichenden Forschungstätigkeiten durchgegangen. Dürrenmatt schöpfte anscheinend erst wirklich Verdacht, als er seinen Assistenten zwei Tage vor seiner Ermordung fragte, weshalb er eigentlich das «Sukkoth», nicht feiere. Ein Jude, der das eben in diesen Tagen stattfindende Laubhüttenfest nicht bei seinem hebräischen Namen kannte: Dies weckte seinen Argwohn. Am Tag darauf musste er wohl in Krauss' Aufzeichnungen auf Ungereimtheiten und das Fehlen von Dokumenten gestossen sein, jedenfalls stellte er ihn zur Rede und schickte ihn nach Hause. Möglicherweise versäumte er es aber wegen dem bevorstehenden Termin mit Sollberger, seinen Verdacht weiterzumelden.

«Hat *er* Dürrenmatt umgebracht?», fragte Wyss schliesslich.

«Er behauptet, er sei erst kurz nach zehn Uhr in Konolfingen eingetroffen, mit dem Auftrag, seinen Chef zum Schweigen zu bringen. Allerdings habe dieser schon tot in seinem Arbeitszimmer gelegen. Er gab aber zu, die Goldmünzen entwendet zu haben, die er in dem offenen Tresor fand. Sie befinden sich noch in seinem Besitz. Er ist bereit zu kooperieren und erhofft sich wohl für Informationen zu seinen feinen Auftraggebern Strafminderung.»

Wyss hängte auf und entdeckte eine Nachricht von Vanessa auf dem Display seines Handys: «Noena hat geschrieben. Sie möchte mit mir reden!» Er setzte sich hin und atmete tief durch. Seine Hände zitterten. Fühlte sich so Hoffnung an? *«Irgendwo geit e Türen uf.»* Wyss erinnerte sich an die Zeile aus dem Lied, das er neulich im Zug weggedrückt hatte, weil es so nicht in seine Welt zu passen schien. Er schickte Vanessa ein Herz-Emoji zurück.

Am Nachmittag erreichte ihn ein Anruf von Lara Weber. Sie war in Nottwil und erzählte ihm, Sonja Kaufmann sei vorhin kurz aufgewacht und ansprechbar gewesen. Die Kopfverletzung werde wohl keine bleibenden Schäden hinterlassen; was die Rückenverletzung angehe, seien die Prognosen allerdings eher düster, aber nicht hoffnungslos. Sonja habe sie gebeten, ihm etwas von einer Busse wegen zu schnellem Fahren auszurichten. Wyss informierte sie so ausführlich, wie er es sich erlauben durfte über die Vorfälle und schloss mit der Vermutung: «Eine Busse, sagten Sie? Ich könnte mir vorstellen, dass sie Sollberger zur Rede stellte, weil er mit ihrem Wagen zu schnell unterwegs und geblitzt worden war. Besonders brisant wäre ein solcher Vorfall gewesen, wenn er am Abend des Mordfalls

Dürrenmatt zwischen Bern und Konolfingen stattgefunden hätte. Dies wird sich leicht feststellen lassen.»

***

Am Abend fuhr Wyss ins Büro, um seinen Chef beim Verfassen des ersten und dringendsten Schreibkrams betreffend Sollbergers Tod zu unterstützen. Dabei gingen sie die gesamte Geschichte noch einmal durch, was er als hilfreich empfand, denn es gab eine Menge, worüber er nachdenken musste, und je klarer er sah, desto einfacher war es, seine aufgewühlten Gedanken zu ordnen. Auch die letzte Frage hatte sich mittlerweile geklärt: Die ballistischen Untersuchungen hatten bewiesen, dass der tödliche Schuss auf Dürrenmatt aus Sollbergers Waffe abgegeben worden war, mit der er auch Wyss und Gerber bedroht hatte.

«Wie fühlst du dich jetzt?», fragte Küng, nachdem sie mit der Arbeit fertig waren und sich eine Tasse Kaffee holten. «Leer», antwortete David. «Versteh mich richtig. Ich bin froh, ist es vorbei. Aber auch wenn wir den Fall abgeschlossen haben, ist mir heute nicht nach Feiern zumute. Ein Mann hat sich umgebracht und lässt eine Familie und Freunde mit quälenden Fragen zurück, auf die sie vielleicht nie eine Antwort finden werden.» Er dachte nach. «Ich immerhin habe in den letzten Tagen Antworten erhalten. Nicht, dass sie mich glücklicher machen. Im Gegenteil, vielleicht bin ich mehr erschüttert als zuvor.»

«Nein, glücklich machen solche Antworten nie», stimmte Küng zu. «Aber wenigstens kennen wir heute einen grösseren Teil der Wahrheit über das Schicksal der Menschen, die vor sechs Jahren gestorben sind. Es heisst, die Wahrheit mache frei. Es wäre schön, wenn etwas davon für dich spürbar würde.»

«Ja. Und für Morgenthalers auch.» Einen Augenblick lang blieben beide still. «Weisst du», sagte Wyss nachdenklich, «irgendwie hatte ich gehofft, dass die Lösung des Falls und die Antwort auf die Frage, was damals wirklich geschah, mir helfen würden.»

«Und? Haben sie das?»

«Ich weiss es nicht.» Er zögerte. «Es ist ja nicht so, dass meine Schuld am Unfall jetzt plötzlich getilgt wäre. Und trotzdem: Irgendetwas ist passiert. Jahrelang war ich wütend auf Flückiger, und jetzt, wo ich weiss, was der arme Kerl durchgemacht hat und dass ich eigentlich Sollberger verfolgt habe, fühle ich mich unfähig, meine Wut vom einen auf den anderen zu übertragen. Sie ist weg. Die erste Verfolgungsjagd habe ich verloren, die zweite gewonnen. Aber der Jubel darüber hält sich in Grenzen. Was bleibt, ist die Gewissheit, dass ich den besseren Weg eingeschlagen habe, mit meiner Schuld umzugehen, als er.»

«Verantwortung übernehmen nennt man das», sagte Küng und legte ihm die Hand auf die Schulter.

«Was wohl der Pfarrer an der Abdankung für Worte finden wird, um Sollbergers Leben zu würdigen?», fragte Wyss.

Küngs Telefon klingelte. Als er sah, wer anrief, stellte er auf Lautsprecher. Es war von Greyerz. Er gratulierte zum Erfolg, zeigte sich aber vor allem erschüttert über das Schicksal seines Freundes. «Es ist furchtbar, Wyss, dass Sie seinen Tod nicht verhindern konnten.»

«Bei allem Respekt, Herr Regierungsrat», antwortete Wyss mit bitterem Sarkasmus. «Mir haben Sie vor wenigen Tagen angekreidet, dass ich mir nach meinem Unfall vor sechs Jahren nicht die Kugel gegeben habe. Sein Tod tut mir auch leid. Sie werden aber akzeptieren müssen, dass sich mein Verständnis für Ihre Trauer um Christian Sollberger in Grenzen hält.» Dann stand er auf, ging in sein Büro, warf die Tür zu und drehte die Musik laut auf. Herbert Grönemeyer sang sein unvergleichliches Meisterwerk *Mensch* und David lehnte sich in seinem Lehnstuhl zurück und schloss die Augen.

*****

Dank des Autors
Als ich mich im Herbst 2016 zum ersten Mal mit dem Gedanken beschäftigte, einen Roman zu schreiben, hatte ich riesigen Respekt vor der Herausforderung, aufregende Protagonisten zu schaffen und diese eine Geschichte erzählen zu lassen, welche die Stunden der Lektüre wert sein würde. Nie im Leben erwartet hätte ich aber die Erregung, in die das Projekt mich selbst als Schreiber versetzte: «Kreative Leidenschaft» und «leidenschaftliche Kreativität» beschreiben wohl am ehesten die Faszination des Schreibens, wie ich sie in den Monaten der Entstehung dieses Buches erlebt habe. Und nun, da es fertig ist, vermisse ich David und Vanessa und ihre Freunde bereits.

Die Ereignisse der vorliegenden Geschichte sind vollständig erfunden; dies gilt ebenso für alle Personen, die darin auftauchen. Allerdings entspricht es der Wahrheit, dass Bern als Drehscheibe für den Verkauf von NS-Raubkunst diente, dass der SCB am 3. Oktober 2015 den EHC Kloten 2:1 schlug (mit dem ersten Treffer in den ersten Minuten)… und dass Burgdorf eine charmante Kleinstadt ist, in der es sich angenehm leben lässt.

Ohne die Inspiration, die initiale Unterstützung, die aufschlussreichen Diskussionen und Feedbacks von Matthias Wenk, Peter Rubeli und Pascal Marquard wäre dieses Buch nie entstanden. Danke, dass ihr an mich geglaubt habt!

In zahlreichen Begegnungen haben mich Gerhard Feldmann, Monika Jufer, Brigitte Poschung, Susanne Eberle, Urs Wegmüller und Elisabeth Wenk angespornt, «dran» zu bleiben. Eure Ermutigung hat mir Kraft gegeben.

Professionelle Hilfe und Unterstützung bekam ich von Tania und Andreas Glanzmann (für polizei- und ermittlungstechnische Fragen), Mirjam Jost (für die psychologischen Aspekte rund um Noena), Matthias Wenk (für das Gespräch mit dem Pastor) und Annina Rickli (für das Vergewaltigungsopfer Jessica Hofer): Herzlichen Dank für eure wertvollen Beiträge.

Ein Autor ohne Buch bleibt mit seinem Werk allein. Madeleine Hadorn hat früh an das Potenzial meiner Geschichte geglaubt und zusammen mit Laura Scheidegger mich und den Verlag überzeugt, dass David Wyss auf die Menschheit losgelassen werden sollte. Danke für eure aufmerksame Betreuung und dafür, dass ihr mich bestärkt habt, All in zu gehen.

Weiter erwähnen möchte ich Ursula und Tobias Bitterli, in deren Zuhause in Israel ich zehn überaus anregende und schreibintensive Tage verbringen durfte.

Ein besonderer Dank gehört meiner «Gemeindefamilie» in der «Freikirche neben der Migros»: Mit euch zusammen unterwegs zu sein, bereichert mich und ist ein Anker in meinem Leben. Den Bands, die dort «berndeutsche Lieder» singen: Für einmal hab ich meine Kreativität in andere Bahnen gelenkt, aber ich bleibe euch erhalten!

Mein grösster Dank geht aber an meine Familie. Nicky, du bist mir seit so vielen Jahren eine wunderbare, treue Begleiterin. Danke, dass du mich auch in den Momenten ertragen hast, in denen ich vollständig in meiner Geschichte abgetaucht war. Ich liebe dich. Matt und Nadja:

Ihr seid die besten Kinder, die sich Eltern wünschen können. Ich bin richtig stolz auf euch. And to Luiza: Welcome to our family!

Burgdorf, August 2018
Martin Güdel